斬られ権佐

宇江佐真理

集英社文庫

目次

斬られ権佐　7
流れ灌頂《かんじょう》　55
赤《せき》縄《じょう》　105
下弦の月　151
温《おん》　201
六《ろっ》根《こん》清《しょう》浄《じょう》　251

解説　藤水名子　301

斬られ権佐

斬られ権佐

一

権佐《ごんざ》の父親である次郎左衛門《じろうざえもん》は、日本橋で少しは聞こえた仕立て屋である。その息子の権佐も十歳から仕立て屋の修業をしてきた。

子供の頃の権佐は仕立て屋という商売が嫌《い》やで嫌やで仕方がなかった。それというのも、手習いの稽古所《けいこじょ》の仲間に次郎左衛門の仕事ぶりをさんざん、からかわれていたからだ。

日本橋の呉服町《ごふくちょう》、樽新道《たるしんみち》にある次郎左衛門の家は、天気がよければ、いつも障子を開け放してある。眼を使う仕事なので次郎左衛門は常に採光のことを考えてそうしているのだ。

通り過ぎる人々から次郎左衛門の仕事をする姿は丸見えである。次郎左衛門は身体を小刻みに揺らし、首を左右に振って仕事をする。次郎左衛門の仕事が忙しくなればなるほど、身体の揺れも首の振りも激しくなる。

わざとそうしている訳でもないのに、次郎左衛門の仕種《しぐさ》を滑稽《こっけい》に感じるのだろう。稽古所の悪餓鬼《わるがき》どもは、そこを衝《つ》いてからかう。権佐には辛《つら》いことだった。

一度だけ、権佐は次郎左衛門にそのことで不満を洩《も》らしたことがある。次郎左衛門はいきなり物差しで権佐の尻を張った。すぐに権佐に背を向けて仕事の続きを始めたが、次郎左衛門の背中は怒りが粟立《あわだ》っているように見えた。

「仕立て屋が嫌やなら、棒手振《ぼてふ》りでも日傭取《ひようと》りにでもなれ」

次郎左衛門は低い声で言った。客に対して柔らかい物言いをする次郎左衛門は、普段でも声を荒らげることは少ない。他の職人の家のように両親が派手な夫婦喧嘩《げんか》をすることもなかった。だから、その時の次郎左衛門の怒りが権佐にはこたえた。

仕立て屋の修業を積み、検校《けんぎょう》の紫衣《しえ》や武士の正装である裃《かみしも》を扱う腕となれば、自分で極めた手順、工夫がある。いかにして早く、正確に仕立てるか、次郎左衛門は十二歳からこの道に入って、日々努力を怠らなかった。

結果、自分の手と扱う生地が一体となり、針を滑《なめ》らかに運ぶために身体で調子を取る必要が生まれたのだ。次郎左衛門の仕種に得心がいったのは、権佐が曲がりなりにも他人様《ひとさま》の着物を縫うようになってからだった。

次郎左衛門の俯《うつむ》いた恰好《かっこう》は堀に頭を浸《つ》けるようだと、たとえる人もいる。一旦、仕事に掛かると次郎左衛門は脇目も振らない。一心不乱に縫い物と格闘する。反物を裁《た》ち、仕上げの躾《しつけ》糸《いと》を掛けるまで、まるで時計のように正確に仕事が進められた。

骨と皮だけの痩《や》せた身体をしているが、次郎左衛門はろくに風邪も引かない丈夫な男であった。居職《いじょく》の暮らしが、すっかり身について、権佐の眼には立ったり歩いたりする次郎左衛門の姿よりも座っている方が収まりよく映る。くるぶしには大きな座り胼胝《だこ》が堅く貼りついていた。

いつしか権佐も父親と同じような仕種で着物を縫っていた。それに気がついた時、権佐は嬉《うれ》しいような、もの悲しいような気持ちになったものだ。

しかし、どれほど仕事に精を出しても権佐は次郎左衛門の腕を超えることはないのだと思っている。権佐は六年前に負った刀傷のために身体が不自由であった。

それに権佐は、仕立て屋ばかりでなく、八丁堀の吟味方《ぎんみかた》与力、菊井数馬《きくいかずま》の小者《こもの》（手先）を務めるという裏の仕事もあった。仕立て屋の仕事は自然、お留守になることが多い。次郎左衛門はそんな権佐のために期日に縛《しば》られない「化け物」と呼ばれる仕事を与えていた。化け物は着物の仕立て直しのことである。手間を喰《く》う割に実入《みい》りが少ない仕事である。しかし、昔からの得意先から頼まれたら嫌やとは言えない。権佐と弟の弥須《やす》は化け物専門である。

二十歳の弥須は権佐の腰巾着《こしぎんちゃく》のようなもので、権佐と常に行動を共にしていた。次郎左衛門はそのことで、あからさまに小言を言ったことはなかった。危険が伴《ともな》う小者の御用をする権佐には弥須が傍《そば》にいた方が心強い。

次郎左衛門も内心でそう思っているのだろう。しかし、最近の権佐は弥須のことを考えると気が重くなった。自分はともかく弥須には次郎左衛門の跡を継いでほしいと思っている。次郎左衛門の五人の子供の内、男子は権佐と弥須の二人だけだったからだ。

二

江戸は花見の季節を迎えていた。花見客で賑《にぎ》わう向島《むこうじま》で深夜、押し込みの事件が起きた。

知らせを受けた権佐は弥須とともに朝っぱらから現場に向かった。事件が起きたのは向島で古くから料理茶屋を営む「松金《まつきん》」という見世《みせ》だった。前日までの売り上げが洗いざらい奪われた上、料理茶屋の亭主が殺され、番頭が深手を負った。近所の医者を呼んで番頭の手当を頼んだのだが、土地の医者は一目見るなり手に余ると断ったらしい。権佐は現場に着いて、数馬の配下の同心に事情を告げられると、すぐに若い者を頼んで、八丁堀の外科医、麦倉洞《むぎくらどう》海《かい》の許《もと》に番頭を運ばせた。

麦倉洞海は権佐の女房の父親である。数馬が権佐を向島まで呼び寄せたのは、どうやら洞海に手当をさせる目的があったようだ。

娘の亭主に怪我人の手当を頼まれたら舅《しゅうと》の立場として嫌やとは言えない。そういうことは、これまで何度もあった。洞海は番頭の傷を見るなり、すぐに手術を始めると言った。

手術には権佐の女房のあさみがつき添う。

一人娘のお蘭《らん》が邪魔になるので、権佐はお蘭を連れて樽新道の次郎左衛門の家に行くことにした。後でまた、番頭の様子を見に行くつもりだった。

「おべべの爺《じ》っちゃん！」

垣根越しに次郎左衛門の姿が見えると、お蘭は甲高《かんだか》い声を上げた。その声に、俯いていた次郎左衛門がふっと顔を上げた。

「ちょいと向島まで行って来たもんで……」

権佐は言い訳するように次郎左衛門に言った。時刻は八つ（午後二時頃）になろうとしている。朝から仕事をしなかった後ろめたさが権佐にあった。しかし、次郎左衛門は頓着《とんちやく》した様子もなく「おっ母《か》さんは一緒じゃないのかい？」と、お蘭に機嫌のよい声で訊《き》いた。

「おっ母さん、しゅじつ。だから、今夜はおべべの爺っちゃんの家にお泊まりしろって。いい？」

お蘭はまだ五歳である。手術と言えなくてしゅじつになる。

「ああ、いいともさ。ささ、お上がりよ。婆《ば》っちゃんもいるからさ」

次郎左衛門は眼を細めてお蘭に応《こた》えた。お蘭の利《き》かん気な顔は、美人で評判の母親よりも権佐に似ていた。ということは遠回しに次郎左衛門に似ていることでもある。他人にそれを言われると次郎左衛門は相好《そうごう》を崩した。その表情は、かつて権佐が見たことのないものだった。孫というのは特別なものなのかも知れないと、権佐はしみじみ思う。

「お土産《みやげ》があるんだよ」

お蘭は得意そうに続けた。

「ほう、何《な》んだい」

次郎左衛門は悪戯《いたずら》っぽい表情で訊く。弥須が「親父、めろめろだぜ」と、苦笑した。

「しばらく顔を見せていなかったからな」

権佐も相槌《あいづち》を打った。権佐と弥須に構わず、お蘭は張り切った声で言った。

「長命寺《ちょうめいじ》の桜餅《さくらもち》だよ。おべべの爺っちゃん、好きだろ？」

「ああ、大好きだとも」

次郎左衛門がそう応えると、後ろの弟子達もくすくすと笑った。お蘭を前にしての次郎左衛門は弟子達からも確かに違って見えるようだ。

「皆んなの分もあるよ。弥須のおいちゃんが気を利かせたんだって。だけどお鳥目《ちょうもく》を出したのはお父《と》っつぁんだよ」

次郎左衛門は短く噴《ふ》いた。

「へえ、そりゃありがたいねえ」

「うん」

向島で番頭を運ぶ戸板が来る間がやけに長かった。現場が長命寺の近くだったことから、弥須は名物の桜餅を買う気になったらしい。事件の現場に行って、そんな悠長なことができるのは弥須ぐらいのものだと権佐は思う。後でしっかり桜餅の代金を要求されてしまった。

権佐はお蘭の小さな背中をつっついて中に入るように促した。お蘭は桜餅の入った籠《かご》を持って台所にいる権佐の母親のおまさを声高に呼んでいた。

「ご苦労様です」

権佐と弥須が仕事場にしている六畳間に入って行くと、三人の弟子達が言葉を掛けた。次郎左衛門の弟子は三十二歳の徳次《とくじ》、二十歳の万吉《まんきち》、十八歳の捨吉《すてきち》である。徳次だけが所帯を持っていた。弟子達は皆、通《かよ》いである。

「昨夜《ゆんべ》遅く、向島の松金って料理茶屋に押し込みが入ったのよ。年寄りの亭主は殺されて番頭も虫の息よ。おれ達はこっぱやく叩《たた》き起こされて向島まで行って来たとこだ。ところが番頭の手当をする段になって近所の藪《やぶ》は匙《さじ》を投げた。それで麦倉の親父の所に運んだんだ。麦倉の親父はほれ、切った張ったの病人を治すのはお手のもんだろ？　義姉《ねえ》さんと一緒に手術を始めるそうだ」

弥須は自分の長机《ながづくえ》の前に胡座《あぐら》をかいて座ると、さっそく語り出した。弟子達は興味深い顔で弥須の口許を見ている。

「それでお蘭ちゃんは、しゅじつだと言ったんですね」

徳次は手を動かしながら口を挟《はさ》む。

「そういうこと。だが、今度の山は色々と腑《ふ》に落ちねェことが多くてな。菊井の旦那《だんな》も頭を抱えていたわな」

「腑に落ちないって、どういうことですか？」

捨吉が首を伸ばして弥須に訊く。十八歳なのに、とてもそんなふうには見えない。せいぜいが十三、四というところである。捨吉は女きょうだいの中の、たった一人の男として育ったので、立居振る舞いがどことなく女っぽい。

「亭主と番頭がひどい目に遭《あ》ったというのに、お内儀《ないぎ》はぴんぴんしているのよ。それにな……」

「捨吉、茶ァ、淹《い》れっつくんな。桜餅で一服しようぜ」

権佐は弥須の話の腰を折るように言った。黙っていたなら弥須の話は止まらない。弟子達の手はお留守になる。それは次郎左衛門が一番嫌うことだった。いっそ、思い切りよく休憩にした方がいいのだ。捨吉は権佐に言われて腰も軽く立ち上がり、台所へ向かった。次郎左衛門は眉間《みけん》を指で摘《つま》み、疲れた眼をいたわる仕種をしてから、こちらを振り向いた。

おまさは奥の間の仏壇に桜餅の幾つかを供えると、残りを籠ごと仕事場に運んだ。

ほどなく捨吉も茶を淹れた湯呑《ゆのみ》を盆にのせて戻って来た。

「ささ、権佐が買って来てくれた桜餅だ。皆んなでありがたくいただきましょうよ」

おまさは盆の横に桜餅の籠を置いて勧める。

おまさは次郎左衛門とは対照的にふっくらとして丸顔の女である。昔は二十貫も目方があったというが、今はそれほどはないだろう。はきはきと早口で喋《しゃべ》り、気性もさっぱりしている。いかにも下町のおかみさんという感じだった。

お蘭は賑やかなことが好きな子供なので、おまさの隣りに座って嬉しそうにしている。

徳次はお蘭の頰《ほお》をつっついてからかう。お蘭は「もうッ！」と言いながら徳次の腕をひっぱたいて応酬する。母親が傍にいなくても平気である。母親の仕事の都合で呉服町に泊まることは、これまで何度もあった。すっかり慣れっこになっている。

「今夜はお泊まりしてくれるのかえ？　そりゃ嬉しいねえ」

おまさはお蘭の小さな手を撫《な》でたり、着物の襟《えり》を直したりしながら言う。次郎左衛門のことをおべべの爺っちゃんと言うくせに、おまさのことは、ただの婆っちゃんである。八丁堀の麦倉の姑《しゅうとめ》はお蘭が生まれる前に死んでいるので、お蘭にとって祖母はおまさだけである。自然、慕う気持ちも強い。お蘭には祖父が二人いて、麦倉洞海を爺っちゃん、次郎左衛門は仕立て屋をしているので、おべべの爺っちゃんとなった訳だ。

「弥須、今夜は夜なべするか？　小間物屋のかみさんに、いったい、いつまで待たせるのかと悪態《あくたい》をつかれたからよう」

権佐は自分の長机に頰杖《ほおづえ》を突いて、そんなことを言った。仕事用の長机は各自に一つずつあてがわれている。

「朝から座って仕事をしねェと、やる気が失《う》せらァ」

弥須は、さも面倒臭そうに応えた。弥須はおまさに似て体格がいい。次郎左衛門似の権佐より背丈もある。人によっては弥須の方を兄だと思う者もいた。

「やりたくない者は無理してやらなくともいい！」

次郎左衛門が癇《かん》を立てた。お蘭が一瞬、脅《おび》えたような眼になった。次郎左衛門はすぐに笑顔を拵《こしら》え「お蘭を怒ったんじゃないよ。弥須のおいちゃんが、なまくらだから怒ったんだ」と、お蘭に言い訳した。お蘭は安心したように小粒の歯を見せて笑った。

「おっ母さんも、おいちゃんのことを心配していたよ。もうお父っつぁんは一人前だから、おいちゃんはお父っつぁんの下っちきをやめにして、おべの仕事に戻った方がいいって」

お蘭はこまっしゃくれた言い方をした。お蘭の言う「下っちき」は下っ引きのことである。

徳次は「お父っつぁんが一人前になったはよかったな」と笑う。権佐が弥須の手助けなしでもやっていけると、あさみは判断しているようだ。しかし、弥須は真顔になって「お蘭、本当におっ母さんはそんなことを言ったのかい？」と訊いた。お蘭は桜餅を頬張りながら、こくりと肯《うなず》いた。

「そろそろ兄貴の所に居候《いそうろう》しているのも鼻に衝《つ》いて来たんだな」

弥須はおもしろくなさそうに呟《つぶや》いた。

「そりゃそうだよ。あさみさんじゃなくたって、亭主の弟がいつまでも家に居着いたんじゃ迷惑にもなるさ。ふた親がこうして達者でいるというのに……」

おまさは溜め息混じりに応えた。あさみは女ながら長崎で医学を学んだ。父親の洞海と同じで外科医としての腕もあるのだが、八丁堀では子供医者として名が知られている。子供の病を専門に診ているのだ。しかし、洞海に外科手術の必要がある時は進んで助手を務める。

あさみの兄の洞順《どうじゅん》は大名屋敷の侍《じ》医を務めているので、そちらの拝領屋敷で暮らしている。洞海にとってあさみが傍にいることは心強いことでもあった。あさみの仕事の都合上、権佐は麦倉の家で暮らしているが、弥須も、いつの間にか一緒に寝泊まりするようになった。権佐と弥須は実の親の所へ通いをしているという訳である。

「そうですよ。やっちゃんはこちらに戻って、仕立て屋の仕事に本腰を入れてもいい頃ですよ。今からなら心掛け次第で立派にお師匠《つしょ》さんの跡は継げますよ」

徳次は権佐の思惑を察しているかのように言う。

「兄貴、お前《め》ェはどう思うよ」

弥須は頬杖を突いている権佐に向き直った。

権佐は話を聞きながら、もう一つの手で長机をこつこつと指先で突いていた。弥須にいきなり訊《たず》ねられ、二、三度、眼をしばたたいた。

「おれァ、本心を言えば、親父の跡を継ぎてェのよ。縫い物の仕事は嫌《き》れェじゃねェからな。それは親父も知っているだろう？」

権佐は次郎左衛門の顔をちらりと見て言う。

「ああ」

次郎左衛門は低い声で肯いた。

「だが、こんな身体になっちまって、仕事をしても手間を喰うばかりだ。弥須が性根《しょうね》を入れ換えて親父の仕事をやってくれるんなら、これ以上のことはねェ」

「ごんちゃん、手間を喰うなんて、そんなことがあるもんか。ごんちゃんはその気になれば昔通りに仕事ができますよ」

徳次は権佐の肩を持つように口を挟んだ。

「兄《にい》ちゃん、お愛想はなしだ。手前《てめ》ェのことは手前ェがよく知っている。おれは化け物をこなすのが精一杯だ。親父の真似《まね》はとてもできねェ」

徳次は権佐の言葉に黙った。そっと次郎左衛門の方を見たが、次郎左衛門は二人の話が、まるで聞こえていなかったかのように桜餅を食べている。

次郎左衛門には自分の気持ちがわかっているのだと権佐は思う。化け物をこなすのが精一杯と言ったのは本心だった。女房や娘、舅の着る物を縫うことはあっても、所詮《しょせん》、それは商売を離れての話である。

権佐は不自由な身体で次郎左衛門の跡を継ぐことが自分としても承服できないのだ。やるのなら人並以上と言われたい。それができないのなら自分は裏方に回ると。だが、肝心の弥須は仕立て屋の仕事よりも外を歩いている方が性《しょう》に合うらしく、権佐が菊井数馬から呼び出されると、頼んでもいないのに後をついて来た。数馬の小者について間もない頃は、権佐も今よりずっと身体の自由が利かなかったので、弥須の存在はそれなりに頼りにもなった。しかし、六年も経った今、権佐は以前の八分通りの動きを取り戻している。あさみが、弥須はそろそろ下っ引きを返上してもいいと思い始めたのも無理のないことであった。

「どうでも弥須がその気になれねェというなら、ここは一つ、兄ちゃんに親父の跡を継いで貰《もら》うしかねェだろう。何しろ、親父が抱えている客は百人と下らねェ。それをむざむざ他人に任せるという手はねェからな」

権佐がそう言うと徳次は慌てて「そんな、ごんちゃん、お師匠さんに実の息子が二人もいて、おれがそれを差し置いて跡を継ぐことはできないよ」と言った。弥須と変わらない体格のよい徳次は、その身体から想像もできないほど気持ちの優しい男である。

「何言いやがる。師匠、師匠たって、たかが仕立て屋だ。腕のいい奴が継ぐのが一番なんだ。それほど難しく考えることはねェよ。まあ、独立して別に店を構えてェと言うなら無理には勧めねェが……そん時は親父一代限りでこの仕立て屋はお仕舞《しめ》ェだ。そうだな、親父？」

権佐はいちいち次郎左衛門に相槌を求める。

次郎左衛門は黙って肯いた。

「何んだよ、おれに下駄ァ、預けられてんのか。知らねェよ、んなこと……」

弥須はふて腐れた。

「弥須、手前ェも二十歳になったんだから、そろそろ先のことを考えた方がいいぜ。おれが二十歳の時は女房がいて、お蘭も生まれていたからよ」

権佐は弥須を諭《さと》すように言う。

「兄貴とおれを一緒にされても困るぜ。義姉さんが兄貴の女房になったのは事情が違わァな。当たり前なら仕立て屋風情《ふぜい》の男に女医者をしているような女は嫁に来ねェ」

「弥須、いい加減におし！」

おまさの叱責《しっせき》が飛んだ。次郎左衛門の弟子達の表情はこわばっている。居心地の悪い沈黙が座敷に流れた。

「くそおもしろくもねェ。湯屋にでも行ってくらァ」

弥須は間が持てなくて、ぷいっと外に出て行った。

「さて、仕事だ」

次郎左衛門の鶴のひと声で、おまさは湯呑を片づけ始めた。

「お蘭、買い物に行こうかね。今夜は何が食べたい？」

おまさは傍《かたわ》らのお蘭に訊く。

「あたい、活《い》きのいい刺身」

お蘭の言葉に捨吉と万吉はぷッと噴き出していた。

三

遠くから按摩《あんま》の笛が聞こえる。次郎左衛門もお蘭も、とうに床《とこ》に就《つ》いた。権佐は長机に向かって仕事を続けた。弥須は湯屋からの帰り、なじみの居酒屋で一杯引っ掛けているらしく、まだ戻っていなかった。

「権佐……」

晩飯の後片づけを済ませたおまさは茶の間にやって来て権佐に声を掛けた。

「もう、先生とあさみさんの仕事は終わったろうかねえ」

「さあてな。傷の按配《あんばい》によっちゃ長引くこともあらァな」

権佐は針を運びながら応える。

「お腹《なか》、空《す》かしてないだろうかねえ」

おまさはあさみと洞海のことを心配する。

「なあに、おすずさんが晩飯の仕度をして帰るから大丈夫だよ」

麦倉の家はおすずという通いの女中を雇っていた。

「それでも先生は仕事が終わったら一杯、やりたい口だろう？　お酒のあてが足りないんじゃないかと……」

「何んかあるのか」

権佐は着物の袖を捌《さば》いて、袖口の按配を見てからおまさに向き直った。

「煮物をたくさん拵えたら余っちゃったよ。弥須も帰って来ないし……少し届けてやったらどうかねえ」

「…………」

これからまた八丁堀に行くのが大儀に思えた。夕方に麦倉の家を覗《のぞ》きに行くと、おすずは、まだ手術が終わっていないと言った。権佐はお蘭と一緒に、今夜は呉服町へ泊まると言付《ことづ》けして来たのだ。

権佐の表情をすばやく察したおまさは「松金のことだけどさ」と、話を続けた。

「ああ。おっ母さん、知っていたのか？」

「知っていたともさ。あそこに後添《のちぞ》えに入ったおこうさんは、昔、この近所にいた人だもの」

「そうかい……」

「松金の旦那とは二十も年が離れているよ。おこうさんが後添えになったと聞いた時は、近所の人は金目当てじゃないかと噂《うわさ》したものさ。ところが、松金はおこうさんが後添えに入ってから、さほど繁昌《はんじょう》しなかったと聞いているよ。どうもねえ、おこうさんは料理屋の商売を知らない人だったから、客に対する目配りが欠けていたようだ。旦那はおこうさんにぞっこんだから、面と向かって文句は言えない。古くからいる奉公人もぼちぼちやめていったらしい。怪我をした番頭さんは一番古くから勤めていた人で、あの人だけは、さすがに薄情な真似はできなかったんだろう。自分がいなかったら旦那も見世も駄目になるって。おこうさんは松金を出合茶屋《であいぢゃや》か、あいまい宿にでもしたいようだった。その方がてっとり早く日銭を稼げるだろう？　それで番頭さんと言い争いになることも多かったらしい」

「おっ母さん、何が言いてェ」

権佐はぎらりとおまさを見た。その拍子に左の白眼が剝《む》き出された。

「松金は押し込みに狙《ねら》われるような見世じゃないってことさ」

「…………」

「旦那さんは殺された。本当は番頭さんも殺されるところだったんだろう。ところが深手を負って麦倉先生の所に担ぎ込まれた。番頭さんは下手人を知っていると思うよ。そうとなりゃ、下手人は番頭さんの口を封じるために、またやって来るんじゃないのかい？」

「行っつくらァ」

権佐はおまさの話が皆まで終わらない内に腰を上げた。

「あいよ」

おまさはすぐに台所から風呂敷に包んだ重箱を持って来た。

「何事もなけりゃ、それでいいのさ。お菜《さい》を運んで来たと言えばいいんだから」

おまさは取り繕《つくろ》うように言い添えた。

「胸騒ぎがするのかい？」

権佐は風呂敷を受け取るとおまさに訊いた。

「ちょいとね……」

「そいじゃ、うっちゃってもおかれめェ」

「後始末、あたしがしておくから」

仕事を途中で放り出す権佐の気持ちを察しておまさは言う。

「済まねェ……」

「何んだねえ、実の母親に水臭い」

「おっ母さんがいるんで、お上の御用も安心してできるというものだ」

「麦倉の家に着いたら、ようく中の様子を窺《うかが》うんだよ。周りは役人だらけの所だ。慌てることなんてないんだからね」

おまさは幼い子供に言い含めるように権佐に言った。

「わかった」

権佐が着物の裾を絡《から》げると、おまさは後ろに回って唐桟縞《とうざんじま》の羽織を着せた。

「いつ見ても、この唐桟はいいねえ」

おまさはうっとりとした声になる。

権佐が数馬の小者になる時、麦倉の舅が進呈してくれた物である。

「行って来るぜ」

権佐は雪駄《せった》をつっ掛けて外に出た。おまさはその後ろ姿をしばらく見つめていたような気がする。料理茶屋の置き行灯《あんどん》の前を通る時、自分の吐く息が白く見えた。気のせいでもなく、夜は冷え込んでいた。

四

薬簞笥《くすりだんす》が壁際に並ぶ部屋には囲炉裏《いろり》が切ってある。畳は敷いておらず、黒光りする板の間になっていた。莫蓙《ござ》の丸座蒲団《ざぶとん》が囲炉裏の周りに置いてあり、洞海とあさみは、ようやくそこに座って、遅い夕食を摂《と》るところであった。

囲炉裏の五徳《ごとく》の上には大振りの鉄瓶がのせられ、徳利が沈められていた。あさみは徳利をつまんで燗《かん》がついたのを確かめると、洞海に「ささ、どうぞ。お疲れ様でございます」と労をねぎらうように酌をした。

「お蘭はもう寝ただろうかね」

洞海は少し顔をしかめて酒を呑み下すと口を開いた。いつもは賑やかな家が火が消えたように静かに思える。

「もう、とっくに寝ていますよ。きっと、あちらのお義母《かあ》さんの作ったおいしい物をいただいて大満足でしょうよ」

「おまささんは料理の腕がいいからね。そいつは羨《うらや》ましいというものだ」

「料理下手の娘で悪うござんした」

あさみは皮肉混じりに応える。

「なに、そういう意味で言ったんじゃないよ」

洞海は慌てて言い添えた。頭を剃《そ》り上げているので、寺の僧侶《そうりょ》によく間違えられる。手当の時に着る十徳《じっとく》という上っ張りも僧侶の作務衣《さむえ》とよく似ていた。

「だから鰻《うなぎ》の蒲焼でも取りましょうかと言ったんですよ」

あさみはお菜に不満そうな洞海に言い訳するように言った。

「寝しなに油っこい物はごめんだ」

酒のあては晩飯に用意された鰯《いわし》の丸干しと青菜のお浸し、沢庵《たくあん》が並んでいる。鰯は冷めて堅い。洞海は齧《かじ》るのに苦労していた。

「明日はちゃんと拵えますから、今夜のところは辛抱して下さいな」

あさみは気の毒そうな顔で父親をいなした。

「しかし、足を切らなくて済んで本当によかった」

洞海は酒で舌を湿すと心から安心したように言った。

「本当に……」

　あさみも相槌を打つ。

「昔のわしだったら躊躇《ちゅうちょ》なく切っていただろう。権佐の足を切るのに、お前は最後まで反対した。あの時からわしの考えは変わったと思う」

　洞海は遠くを見るような眼になって言う。

「あの時、足だけじゃなくて腕も切らなければ助からないとお父っつぁんは言ったんですよ。手足を切って達磨《だるま》のようになるくらいなら、いっそ、そのままにしておくのが情けだと思ったんです」

「権佐が助からなかったら、お前も死ぬつもりじゃなかったのかね」

　洞海は悪戯っぽい眼であさみに訊く。

「そんなこと……嫌やなお父っつぁん」

　あさみは俯いて洞海の視線を避けた。

「病は気からとよく言ったものだ。お前が権佐の女房になると言わなければ、あいつはとっくに死んでいただろう。いったい幾つ傷があったかね。縫合の絹糸を一巻丸々使ったじゃないか」

「八十八箇所ですよ、お父っつぁん」

　あさみの言葉に洞海は改めて驚いたように眉を上げた。松金の亭主は十四箇所の刀傷で命を落としたという。それを考えると、権佐が今、生きているのは奇跡に近い。

「手当している最中も、いつお陀仏《だぶつ》になるかと、はらはらしていたよ。幸い、意識ははっきりしていた。気丈な男だった」

洞海は独り言のように言う。あさみは洞海の盃に酒を注《つ》いだ。

「あたし、どうしても権佐を助けたかった。この命に代えても……」

あさみは俯いて低い声で言った。

「わかっていたよ。お前がそんな気持ちになったのはあの時だ」

「あの時？」

あさみは顔を上げ、怪訝《けげん》な眼を洞海に向けた。

「そこまであさみを庇《かば》う必要はなかったんだとわしが言った時だよ」

「………」

あさみは権佐の呟いた言葉を思い出した。胸がきゅんとして、つかの間、眼を瞑《つぶ》った。医者の道を目指し、生涯を独り身で通そうとしていたあさみの気持ちが、その言葉のために大きく揺れたのだ。

「切羽詰まれば、人は本音を吐くものだと思ったよ」

「何んだか、お父っつぁんの前では恥ずかしい」

「いいじゃないか。そのお蔭《かげ》でわしはお蘭の顔を見ることができたんだから」

「そうですか？　本当に喜んでいただいていますか」

「もちろんだよ」

「そう言えば、あの番頭さんも、何か言っておりましたね。坊っちゃんがどうした、こうしたって」

「誰だろうね、坊っちゃんというのは。松金の息子のことだろうか」

「さあ。今夜は疲れて眠っておりますから、明日の朝になったら訊いてみますよ。もしかしたら押し込みと関係のあることなのかも知れませんから」

「そうだねえ。権佐が帰って来たら、忘れずにそのことは伝えた方がいいよ」

「はい」

徳利の中身が空になり、ご飯にしたらと促《うなが》したが、呑兵衛《のんべえ》の洞海はもう一本とねだった。もう一本だけですよ、あさみは念を押して台所に向かい、片口《かたくち》に酒を注いだ。

台所にある裏口の戸が微《かす》かに鳴り、あさみはそちらを振り向いた。

「誰？　お前さんかい」

気が変わって権佐が戻って来たのかとも思った。しんばり棒を支《か》っている戸の外に人の気配がする。

「ねえ、どうしたの。お蘭も一緒？」

あさみの問い掛けに答えはなかった。

代官屋敷通りに面している麦倉の家は門を設《しつら》えているが、それは、ついぞ閉じられたことはなかった。夜中でも駆け込んで来る病人のために開けっ放しだった。

日本橋の呉服町からようやく八丁堀に着いた権佐は門を入ると、つかの間、立ち止まった。空気に生臭いものが感じられる。権佐より先に、そこを通った者がいる。生臭いのは人の体臭でもあり、悪の臭いでもあったろうか。

権佐は手に持った重箱の包みを、ひょいと門柱の上に置くと、足音を忍ばせて屋敷に近づいた。玄関は二つあり、一つは訪れる患者用、もう一つは家族が使うものである。

雨戸はすべて閉ざしてあって、物音は聞こえない。権佐は庭を横切り、松金の番頭が寝かされている部屋の前まで来ると、そっと雨戸に耳を押し当てた。果たして、あさみが誰かを諫《いさ》める声が聞こえた。

「落ち着いて下さい。番頭さんはまだ口を利くことはできないんです。お願いですから乱暴はやめて」

権佐は白眼を剝いて夜空を仰いだ。見事な満月が昇っている。敵はどうやら一人らしい。近くの自身番に助《すけ》っ人《と》を頼むことも考えたが、あさみの様子では間に合わなくなる恐れもある。

権佐は裏口に廻り、そっと中に入って手当場《てあてば》に向かった。

「生憎《あいにく》だが、お前ェさん達が余計なことをしなけりゃ、おれもこんなことはしたくなかったんだ」

男前だが、崩れた様子が感じられる二十五、六の男は薄笑いを浮かべて、あさみにそう言った。

「あなたは松金の息子さんですね？　番頭さんが、うわ言《ごと》を言っておりましたよ」

あさみは気丈に訊いた。傍で洞海も宥《なだ》めていたのだが、男はそんなことを素直に聞くような輩《やから》ではなかった。眼が覚めた番頭は、また訪れた恐怖に顔を歪《ゆが》ませていた。男の匕首《あいくち》が番頭の首筋に当てられている。

「おっと、そこまで知ってしまったんなら、なおさら放ってもおけねェ。悪いが番頭ともども覚悟を決めてくんな」

「どうしてこんなことをするんです？」

あさみは男の気を逸《そ》らすために盛んに言葉を繋《つな》いだ。黙っていたなら、今にも男は番頭の首にぶすりと匕首を刺し通すような気がした。

「どうして？　んなこと、ちょいと考えたらわかりそうなもんじゃねェか」

「向島のお見世と関係があるんですね」

「あたぼうよ。もっと実入りのいい商売に鞍替《くらが》えしてェと思っていたのに、親父もこいつも、反対するばかりだ。清水《きよみず》の舞台から飛び下りたつもりで事を起こしたが、ついてねェ。こいつが生き残っちまった。口を割られたんじゃ元も子もなくなっちまわァ。どうせ捕まっても獄門《ごくもん》に決まっていらァな。お前ェ達が余計なことをしてくれたお蔭で、おれはまた、苦労することになっちまった」

こんな息子の言うことを父親が素直に聞くはずもない。実の父親を手に掛けるとは、とんでもない悪《わる》である。

洞海が溜め息をついた。酒のせいで、さほど恐怖を感じている様子はなかった。

「頭の悪い奴はものの言いようを知らぬ。人殺しをすることを苦労とは何んだ、このひょうたくれ！」

「うっせェ、爺ィ！」

吠えた男は洞海を睨《にら》んだが、視線が動き、顔が歪んだ。権佐が手当場に入ったからだった。

「どすを捨てな」

権佐は押し潰《つぶ》したようなしゃがれ声で男に命じた。

「うっせェ、八つ裂きにされたくなかったらおとなしくしていな」

男の言葉にも権佐は怯《ひる》まず、前に歩み寄った。お前さん、とあさみの低い声が聞こえた。

「手前ェ、人を八つ裂きにする腕があるのか？　そのどすじゃ、せいぜいが、どてっ腹を刺すのが関の山よ。憚《はばか》りながら、こちとら侍《さむれ》ェの段平《だんびら》で身体ァ、八つ裂きにされた口だ。見るかい？　八十八も斬《き》られたんだぜ。四国の遍路は八十八の寺を廻るってな？　験《げん》のいい数だ。おれァ、それから不死身だぜ。斬ってみるかい？　死なねェ男ってのも乙なもんだぜ」

権佐はそう言って、着物の袖から腕を抜き、いきなり上半身を男に見せた。赤黒い傷痕《きずあと》が無残に剝き出される。男は「ひッ」と呻《うめ》いて匕首を構えたが、すでに及び腰になっていた。

廊下の板を踏み鳴らす音が聞こえたと思った。権佐はすぐにその音が弥須のものだと当たりをつけていた。

なくなった。

「正五郎《しょうごろう》、このおッ！」

案の定、権佐の後ろから飛び込んできた弥須が、男に近づき、男が応酬する隙《すき》も与えず、腕を取り、匕首を叩き落とした。それから二つ、三つ殴りつけると、男はすっかりおとなしくなった。

「一人で八丁堀に帰るなんざ、ひどいよ」

弥須は男の腕を取って、権佐に恨み言を言った。

「手前ェが帰って来ねェからよ。おっ母さんが胸騒ぎするってんで、ちょいと面倒だったが戻ってみたんだ。いやあ、間に合ってよかった。おっ母さんの勘が当たっちまった」

権佐は着物を元に戻しながら応えた。

「こいつは松金の馬鹿息子よ。継母《ままはは》にそそのかされて押し込みの真似をしたんだ。松金を手に入れても、すぐに継母にお払い箱になるのによ。いいか、手前ェの継母は岡場所の元締《もとじめ》とつるんでいるんだ。手前ェなんざは明日にでも簀《す》巻《ま》きにされて大川にどぶん、よ。まあ、お上に捕まっても同じことだが、継母に甘い汁を吸われて、指をくわえているよりましだろう」

弥須の、いつもの長口上《ながこうじょう》が始まった。おこうが岡場所の元締らしい男とぐるになっている話は権佐も初耳だった。

「湯屋でおこうの従弟《いとこ》の峯吉《みねきち》と出くわしたんだ。ちょいと飲ませて、おこうのことを訊いたら喋る喋る。悪口《あっこう》の百万陀羅《ひゃくまんだら》よ。おこうが色仕掛けでこいつをそそのかしたのも、岡場所の元締とつるんでいることもわかったんだ。正五郎、手前ェ、てて親の女と深間《ふかま》になるたァ、どういう了簡《りようけん》だ？　犬畜生にも劣るぜ」

弥須は正五郎の背中をどやして吐き捨てた。

「弥須、縄ァ、あるか？」

権佐は弥須の口を封じるように訊いた。

「あ、忘れちまった」

「仕方のねェ野郎だ。そらよ」

権佐は腰の捕り縄を外して弥須に渡した。

弥須は男の腕を慣れた手つきで縛った。

「ちょいと自身番に知らせて来い。それから菊井の旦那の所へもだ」

権佐は何事もなかったような顔で弥須に言った。

「合点！」

弥須は張り切った声で、すぐさま出て行った。あさみは番頭の傍に行き「もう、大丈夫ですからね」と、優しく言葉を掛けた。番頭は、こくりと肯いた。

「坊っちゃんが悪いんじゃない。悪いのは皆、あの女狐《めぎつね》だ」

番頭は声を励まして正五郎に言った。正五郎は、その途端、俯いて咽《むせ》んだ。殺そうとしていた番頭から庇われたのがこたえたのだ。

「番頭さんや死んだ親父に済まねェという気持ちがあるんなら、殊勝に洗いざらい喋るんだぜ。そいでお裁きがあるまで南無阿弥陀仏を唱えてりゃ、死ぬことは、さほど怖くねェやな」

権佐がそう言うと正五郎は顔を上げ、ぶるぶると震え出した。

「怖がるなって。おれァ、三途《さんず》の川まで行って来た口だ。おっと、おれの場合は川じゃなくて海だったがな。死んだ爺さんや婆さん、親戚の伯父さんが浅瀬に足を濡らして立っているのよ。他に知らない奴もいっぱい立っていた。お天道《てんと》さんが、やけに眩《まぶ》しくてな、風もいい気持ちだった。それなのによ、雪が降って来たんだぜ。嵩《かさ》のある雪がしんしんと海に降るんだ。滅法界《めっぽうかい》もなくきれえな景色よ。おれは口を開けて見惚《みと》れた。ところが降った雪は、今度は逆に寺の坊主の姿になって空に昇って行くんだ。白い帷子《かたびら》に錦《にしき》の輪袈裟《わげさ》を首に掛けた坊主達よ。跳びはねたような恰好で昇って行くんだ。おれァ、何んだかおかしくなって笑っちまった。げらげら笑って、気がついたら娑婆《しゃば》に舞い戻っていたという寸法よ。だが、お前ェはそのまま海の中に入って行きな。どさくさに紛《まぎ》れて空に舞い上がったら、極楽に行けるかも知れねェ」

一編のおとぎ話になりそうなことを権佐は喋った。正五郎は不思議そうに権佐を見つめていた。

「権佐は仕立て屋でなくて戯作者《げさくしゃ》になった方がいい」

洞海は愉快そうに口を挟んだ。

五

「いや、でかした権佐。あっぱれであるぞ」

菊井数馬は翌日、正五郎を茅場町《かやばちょう》の大番屋に収監すると権佐に褒《ほ》め言葉を掛けた。正五郎の調べは定廻《じょうまわ》りの同心が行なうことになる。

松金のおこうと岡場所の元締も捕まったという。

「やっぱり、正五郎の命は助けられやせんかい？」

権佐は数寄屋橋御門内《すきやばしごもんうち》にある南町奉行所に数馬を送る道々、そう訊いた。

「たとい、おこうにそそのかされたとしても、親殺しは重罪である。寛容なお奉行様でもお目こぼしは叶《かな》わぬだろう」

「そうですかい……」

権佐の声は自然に低くなった。

「案ずるな。正五郎はすでに腹を括《くく》っておる。殊勝にお裁きを受けるはずだ。最期だけは男らしく振る舞うことだろう。それよりも、あさみ殿と麦倉先生がご無事だったのが何よりだ。あの二人にもしものことがあれば、八丁堀の住人達は大層困ることになる」

三十五歳の数馬は務め柄《がら》、自分の感情をあまり表に出さない男である。喋る口調も淡々としている。しかし、数馬はあさみに思いを寄せていた。権佐は、それを嫌やというほど知っている。数馬からあさみを横取りしたのだという思いが権佐にはあった。苦労の割にさほど銭にならない小者をしているのも、数馬に対する後ろめたさが理由の一つである。

次郎左衛門は昔から菊井の家の着物を縫わされていた。父親の使いで権佐も何度か菊井の家を訪れたことがあった。数馬は男の兄弟がいないせいで、権佐のことを可愛がってくれた。権佐も十歳年上の数馬を兄のように慕っていた。数馬が与力見習いで奉行所に出仕する前から縁日に行ったり、めしを喰いに行っていた。初めて酒を口にしたのも数馬の勧めによるものである。数馬は権佐にすっかり気を許すと、胸の思いを打ち明けるようになった。権佐はその時、あさみの名を知らされたのである。

その頃、あさみは兄の洞順とともに長崎で医学を学んでいた。数馬はうっとりとした顔で女ながら偉いものだとか、美しい人だとか、優しい人だとか権佐に喋った。そんなことは子供の頃からの友人にさえも話せるものではない。権佐だから安心して打ち明けたのだ。数馬は秘めた胸の思いをどこかで発散したかったのだと思う。むろん、権佐は数馬の胸の内を他人に口外することはなかった。

しかし、数馬の話を聞かされている内、権佐の胸の中にも、まだ見たこともないあさみ像が自然に育っていった。あさみは、いつしか権佐にとって天女か弁天様にも匹敵するような女になった。それは数馬へ、おくびにも洩らしたことはなかったが。

そして、五年の修業を終え、十九歳のあさみが江戸に戻って来た。権佐はあさみより一つ年下の十八歳だった。権佐は数馬からあさみが戻って来る日を知らされると、自分もそっと舟着場に迎えに出た。物陰から覗き見たあさみは、くちなし色の被布《ひふ》を羽織り、ひと際艶《あで》やかだった。権佐の眼には、あさみから後光が射《さ》しているように見えた。頭に挿《さ》した簪《かんざし》も長崎仕込みで、見慣れた江戸の娘達とは違っている。白い白い肌、濡れたような眼、形のいい鼻、少し厚めの唇、含み綿をしているような頬……夢に描いていたあさみと実際のあさみは少し違っていたのだけれど、権佐の期待が裏切られることはなかった。

数馬はさっそく麦倉の家に縁談を持ち込んだらしい。しかし、答えはつれないものだった。あさみは医者の修業を続けるので誰にも嫁ぐつもりはないと言ったのだ。権佐は意気消沈した数馬の言葉になぜかほっとする思いだった。

あさみには、数馬の他にも縁談を申し込む男達が多かった。どれほど身分の高い家の縁談であろうとも、あさみの答えは同じだった。

頑《かたく》なあさみの態度に、縁談を断られた男の一人はあさみの態度を生意気と捉《とら》え、あろうことか報復の手段に出たのだ。可愛さあまって憎さ百倍。男の嫉妬《しっと》は根が深い。

数寄屋橋御門の前で権佐は数馬に暇乞《いとまご》いをした。数馬はこれから松金事件の詳細をお奉行に報告するという。後で褒美《ほうび》に一杯、数馬は人差し指と親指で酒を飲む仕種をして笑った。その拍子に数馬の左頬に深い亀裂《きれつ》が刻まれた。刀傷でついたものである。その刀傷の痕が温厚な数馬の表情を険しく見せる。

権佐も数馬に応えて唇の端を歪めた。数馬は権佐の顔から眼を逸らした。数馬は今でも権るからだ。しかし、数馬が眼を逸らすのはそればかりでないと、権佐は思う。数馬は今でもあさみに対する思いを捨て切れずにいる。それは妻を迎え、二人の息子ができたところで変わりはしないのだ。数馬の息子は四歳と三歳の年子である。秋にはもう一人の子供も生まれる予定だった。

権佐を手許に置くのは、少しでもあさみと繋《つな》がっていたいためではないかと、権佐は考えることがある。そうでなければ身体の不自由な自分をわざわざ小者に使うこともないのだから。

そろそろ黄昏《たそがれ》が迫って来る時刻になった。

ぼんやりとした春の一日である。松金事件に追い立てられている内、早や、満開の桜は花びらをほろほろと落とし、葉桜になり掛けていた。数寄屋橋御門近くの武家屋敷の庭にも薄紅色の桜の樹《き》が風もないのに花びらを落として権佐の雪駄の先に纏《まと》わりついた。

二の腕の傷の痕が痒《かゆ》い。一つ痒いと思えば、どこもここも痒くなる。権佐はじっと堪《こら》えた。痒みと痛みを堪えるのは、どちらが辛かっただろうかと考える。どちらにも軍配は挙げられなかった。ただ、雨が降る時はよくわかった。傷痕が微妙に疼《うず》くからだ。あさみは、お前さんに訊けば明日の天気がよくわかる、と冗談を言うほどだ。

どうしてあさみは自分のような者の女房になると言ったのだろう。それが自分に対する恩返しだとしても得心《とくしん》はいかない。あの時、自分が命を落としたところで、権佐は後悔などしなかっただろう。あさみを救った、救うことができた、ただそれだけで権佐は満足だった。何も考えていなかった。ましてあさみを手に入れるために、そうしたのでもなかった。あえて言うなら自棄《やけ》である。意地でもある。あさみはそんな自分と一緒になったのだ。考えなしの男と考えなしの女。いったい神さんは何を考えて自分とあさみをくっつけたものか。権佐はその答えがわからなかった。

六

あれは権佐が十九歳の秋口のことだった。

あさみが長崎から江戸に戻って一年ほど経った頃である。あさみは毎日、病の子供の家を廻って脈をとったり、薬を与えたりしていた。美人で腕のいいあさみは八丁堀だけではなく、日本橋の方でも評判だった。

客の所に仕立て物を届けるために家を出た権佐は通りの辻《つじ》で、奉行所から退出する数馬とばったり出くわした。

数馬はお務めの裃姿で、後ろに中間《ちゅうげん》を従えていたものの、いつもの通り道ではない所を歩いていた。理由はすぐに知れた。数馬の視線の先に白い十徳を着たあさみが下男に薬箱を持たせて歩いていたからだ。その時のあさみは日本橋の商家の娘の往診に行った帰りだったという。

数馬はばつの悪いような表情をして、中間に「先に戻ってよし」と言った。権佐に伴《とも》をさせるつもりになったようだ。権佐は先を急いでいたが、数馬に引き留められては断れない。渋々、一緒に歩き出した。中間達は訳知り顔で権佐に目配せすると菊井の屋敷に戻って行った。なに、数馬はあさみに声を掛けて挨拶をすれば気が済むのだ。権佐はそれをよく知っていた。縁談を断られても数馬はあさみをなかなか思い切れなかったのだ。

半町ほど先にいたあさみは下男に何やら言葉を掛けながら、ゆっくりと歩いていた。腰の曲がった下男もうんうんと肯いていた。おおかた、季節も秋めいて来たようだ、とでも言ったのだろう。

八丁堀に続く越中橋《えっちゅうばし》を渡り、広大な松平越中守の屋敷前に出た時、屋敷の物陰から、五、六人の男達が現れてあさみの前に立ちはだかった。男達は皆、紋付、袴《はかま》をつけた武士である。あさみをからかう様子でもあった。数馬は色めき立って腰の刀に手をやった。権佐はそんな数馬を制した。まだ陽《ひ》の目もあるし、それほど無体なことはしないだろうと思ったからだ。

年寄りの下男は、そんな武士達を諫《いさ》めていた。しかし、信じられないことが起こった。男達の一人が何んの躊躇もなく下男を斬り捨てたのである。見ている権佐の肝《きも》が冷えた。下男は呆気《あっけ》なく地面に引っ繰り返った。

「何をするのです。たとえ素町人といえども理由もなく斬ることはお上より禁じられておりましょう。あなた達はどこのお屋敷の方ですか？　場合によってはただで済みませんよ」

あさみは気丈に男達に言った。しかし、あさみは男達に口を塞がれ、松平家の手前の堀に連れ込まれた。その堀は空堀《からぼり》になっていた。人目にもつき難《にく》い。釣瓶《つるべ》落としの秋の陽は、みるみる暮れて、辺りを薄闇で包み込んだ。

「おのれ！」

数馬は刀を抜くと空堀に走った。権佐も後に続いた。身分が卑しいとも思えない男達が、よってたかってあさみに乱暴しようとしていた。それは、でき心なのか、それとも誰かに命じられたことなのか、定かにわからない。

いかに剣術の手練《てだ》れの数馬であろうとも、一人と五人では分《ぶ》が悪い。まして足場の悪い空堀の中では。

権佐は「誰か、誰か助けてくれ」と叫んだが、通り過ぎる町人達は恐ろしそうに、その場をそそくさと離れて行くばかりであった。

数馬の袢の上が斬られ、旗のように翻《ひるがえ》った。傍で一人の男が強引にあさみを組み伏せている。

権佐の眼にあさみの白い脛《はぎ》が見えた時、訳のわからない怒りに捉えられた。権佐は風呂敷包みを放り出すと、空堀に飛び下り、あさみの上になっている男の背中を蹴った。男は振り向いたが表情がよくわからない。薄闇の中で男の血走った赤い眼だけが、やけに鮮明であった。

権佐はあさみの腕を取り、起き上がらせた。

その瞬間、背中に衝撃を受け、焼けるような痛みを感じた。振り向くと、間髪を容《い》れず、腹を刺された。たらたらと滴《したた》る血を権佐は他人事《ひとごと》のように見つめた。権佐は獣のような声を上げて、斬った男に摑《つか》み掛かった。男は権佐の勢いを止めようと、また刀を振るう。闇雲《やみくも》に。別の男の刀が腕を斬る、腰を突く、髷《まげ》を跳ね飛ばす。それでも権佐は倒れなかった。

「逃げろ、権佐！」

数馬が応戦しながら叫んだ。数馬もすでにどこか斬られているようで、着物は血で染まっていた。ざんばら髪で幽鬼のようになった権佐の姿に恐れをなし、一人が刀を放り出して逃げた。権佐はその刀を拾い上げて身構える。剣術の心得など一つもなかった。ただ、素手でいるよりはましだと思っただけだ。

だが、それが相手方にさらに火を点《つ》けた。

刀を放せ、いや、放さぬ。動かぬ証拠だ、これを持ってお偉いさんに告げ口してやる。いったい、それから何が起こったのか、今となっては当人の権佐でさえも定かに覚えていない。刀が肌に触れると瞬間、ひやりとして、すぐさま熱い痛みに変わる。ひやり、熱い、ひやり、熱い……幾度、それが繰り返されたことだろう。

ようやく騒ぎに気づいた役人が現れた時、権佐の姿は正視に堪《た》えない状態であったという。下男はすでに、こと切れていた。

「戸板を二枚お願いします。麦倉の家に運んで！」

あさみは大粒の涙をこぼしながら叫んだ。その声を権佐は薄れる意識の中で聞いた。

「ごめんなさい、あたしのために。ごめんなさい……」

あさみは権佐の身体を抱きながら言った。

このまま死んでもいい。権佐はうっとりしていた。どうでェ、菊井の旦那。おれはあさみ様に抱かれた最初の男だぜ。権佐は数馬にそう言いたかった。

血だらけ、血まみれの権佐は、白い歯を見せてほくそ笑んだ。

麦倉洞海は権佐の姿を見るなり、これは駄目だと匙を投げたらしい。しかし、あさみは、どうでも治すと言ってきかない。洞海の弟子達も諦《あきら》めた方がいいと、あさみを諭した。お嬢さんのお気持ちはわかりますが。

「あたしの気持ちがわかるなら手を貸して。この人を助けるのよ。やってよう！」

あさみは悲鳴のような声を上げた。

それから翌日の朝まで、麦倉の家の灯りは消えることはなかった。あさみは消毒の焼酎《しょうちゅう》を権佐に吹き掛け、傷口を縫う。吹き掛けては縫う。権佐の意識は時々、遠くなった。その度にあさみは怒鳴った。

「寝たら駄目。寝るのは終わってからよ」

「もう、勘弁してくんな。後生だから……」

「どうして逃げなかった。え？　こんなになってまで、あさみを庇うことはなかったんだ。お前はひょうたくれだ。縁もゆかりもない娘に義理はないものを」

洞海は権佐のお蔭で娘が難を逃れたことより、瀕死《ひんし》の傷を負った権佐を責めた。怒りのやり場がなかったのだ。本心は土下座して権佐に礼を言いたかったくせに。

「ひょうたくれ」は洞海の口癖である。馬鹿者の意であった。

「縁もゆかりもあらァな。おれはよう、おれは、あさみ様におっこちきれたからよう」

おっこちきれたは、近頃、若者の間に流行している言葉であった。ぞっこん惚《ほ》れたという意味である。あっちでもこっちでも、おっこちがやり取りされていれば、洞海でも覚える。

「ひょうたくれ！」

洞海は苦々し気に言ったが、その声音《こわね》は弱かった。

「そんなにあたしを？　本当？」

あさみは涙声で訊いた。権佐は僅《わず》かに笑顔になって、こくりと肯いた。

「ねえ、それじゃ、あたしのために頑張ってちょうだい。そしたら、あたし……あたし、あんたのお嫁さんになってもいいから……」

洞海がぎょっとして手を止めた。洞海の二人の弟子も驚いたような顔になった。ぼんやりしていた権佐の眼に、つかの間、生気が漲《みなぎ》った。

「嘘だろ？」

「嘘じゃない、本心よ」

あさみは手を動かしながら少し怒ったように応えた。あさみの十徳は権佐の血で赤く染まっていた。額には汗が光っている。

権佐はあさみの汗が蠟燭《ろうそく》の灯りに反射して、きらきら光るのをきれいだと思っていた。

「どうして……」

どうして、そんなことを言うのだと権佐は訊いていた。あさみはにこりともせずに「だって、こんなになるまで、あたしを庇ったじゃないの。あたし、どうして恩返しをしていいのかわからないのよ。それで、ふと、そうだ、あんたの女房になればいいんだと思ったのよ」

「お嬢さん！」

年かさの弟子があさみを制するように声を荒らげた。

「兼杢《けんもく》さんは黙って。これはあたしの問題なのよ」

あさみは兼杢と呼ばれた男をきゅっと睨んだ。

「おれァ、あさみ様より一つ年下だ。いいのかい？」

権佐は恐る恐る訊く。声にならない声で。

新内《しんない》泣かせのいい声も、その時の怪我がもとで失われていた。

「一つ年上の女房は金《かね》の草鞋《わらじ》を履いてでも捜せと言うじゃないの」

「…………」

「ほら、しっかりして。手当が済むまで、我慢してくれたら、きっと助かる。それまでの辛抱よ」

「ありがてェ……約束だぜ。きっとだぜ」

権佐は大きく息をついてそう言うと、縫合の痛みに歯を喰い縛ったのだ。

しかし、手当が済んでも問題は起こった。

夏の盛りは過ぎていたというのに、膿《う》んだ傷口にうじ虫が涌《わ》き、権佐は悲鳴を上げた。

特に大腿部《だいたいぶ》と左腕にそれがひどい。洞海は権佐の両足と左腕を切断することをあさみに告げた。あさみは強く反対した。このままでは権佐の足も腕もうじ虫に喰い尽くされてしまうと洞海は言った。あさみはうじ虫を取り除くと応えた。何百、何千といううじ虫を、すべて取り除くのは不可能に近い。

「わしには無理だ。後はお前がどうでもやるというのなら仕方もないが」

洞海は生ける屍《しかばね》のような権佐を見ながら深い吐息をついた。

「やらせて下さい。もうこの人のことは、あたしに任せて」

あさみは気丈にそう言った。幾ら消毒をしてもうじ虫は涌いた。あさみは白木の箸《はし》で一匹、一匹、つまんでは取り除いた。あさみのつむじの辺りに、常に、ざわざわと悪寒が走っていたという。

最初に長崎で腑分け《ふわ》(死体解剖)を行なった時、あさみは嘔吐《おうと》して部屋から飛び出した。医学研修生は、女はあさみ一人であった。それも正規の研修生ではなく、兄の洞順のつき添いという立場を取らされていた。朋輩《ほうばい》の研修生達は、あさみに対して寛大であった。これからの世の中、女子でも医学を志す者がいてもよいと。

蘭方《らんぽう》医学を学び、世界に眼を向ける研修生達は開明的な考え方をしていたと思う。それでも腑分けに失神寸前になったあさみを、最初の経験だから無理もないとは言わず、女だから仕方がないと言った。それが悔しい、それが悲しい。あさみは宿舎に帰ると兄の前で声を上げて泣いた。洞順は泣くのなら江戸に戻れと、あさみを突き放した。あさみはその言葉にきッと顔を上げ、「戻りません」と応えたのだ。

あさみは権佐を前に、何ものかに試されているような気がした。権佐を治したら、自分も医者として一歩、先へ進めると思った。あさみは唇を嚙《か》み締め、不眠不休でうじ虫と格闘したのである。

権佐はひと月余り、床の上で暮らした。

うじ虫の姿は次第に少なくなり、ついには赤黒い傷口の周りにいなくなった。時々、蠅《はえ》が飛んでいるのを見て、どきりとしたが、それは湯に入ることのできなかった権佐の不潔な髪に寄って来るものであった。

権佐が月代《さかやき》を伸ばしているのは、傷口を隠すためである。今でも髪にはあまり櫛《くし》を入れられない。傷口が引き攣《つ》れるからだ。

ようやく床の上に起き上がれるようになると、あさみは歩行訓練を命じた。骨折はなかったものの、長く寝ていたために筋肉が衰え、権佐はろくに歩けなかったからだ。

通りを杖を突きながら歩く権佐には、決まってあさみがつき添っていた。

菊井数馬はその様子を穏やかでない気持ちで眺めていたらしい。

もはや呉服町に帰してはどうかと、数馬は余計な差し出口をせずにはいられなかった。

あさみは艶然《えんぜん》と微笑んで「いいんですよ。権佐とあたし、所帯を持つことにしたのですから」と応えた。

「馬鹿なことをおっしゃらないで下さい。それは同情というものです」

数馬は癇を立てて言った。

「数馬様、権佐は死ぬことも厭《いと》わず、あたしを庇ってくれたんですよ。同情ではありません。権佐の気持ちが心底、身に滲《し》みたんです。あたし、権佐におっこちきれているんですよ」

「…………」

数馬は呆《あき》れて言葉もなかった。しかし、あさみの決心は変わらなかった。権佐はそれからひと月後にあさみと祝言《しゅうげん》を挙げたのである。

身内だけの質素な祝言だった。誰もこの祝言を素直には喜べなかった。弥須はその時のことを「まるで通夜みてェだった。親父もお袋も俯いて喋らねェ。姉ちゃん達も同じ。麦倉の親父は黙って酒を呑んでばかりだったし、麦倉の兄《あに》ィは溜め息ばかり。機嫌がよかったのは兄貴と義姉さんだけだった」と話した。

あさみはすぐに妊娠した。それにも人々は驚いた。権佐に子供を拵える力があったのかと。お蘭が生まれた頃、権佐はそろそろと縫い物を始めていた。お蘭の産着《うぶぎ》と寝かせる蒲団を権佐は長い時間を掛けて縫った。父親になるという気持ちが権佐の回復にさらに拍車を掛けたのだった。

権佐に手ひどい傷を負わせたのは、さる旗本の家臣達であった。縁談を断られた男の一人が朋輩を誘って思い切った行動に出たのである。菊井数馬も何箇所か刀傷を負った。頬の傷もその一つである。

男達は仕える主から切腹を申し渡されたという。

数馬は、しばらく権佐と口を利かなかった。道で出会ってもそっぽを向いた。権佐は無理もないと思った。数馬は、あさみを妻にした権佐が許せないのだ。瀕死の重傷を負った権佐であるが、数馬も程度の差こそあれ、あさみのために刀傷を負ったのだから。このまま数馬と疎遠になっていくことは寂しかった。もう二度とあの人と笑い合ったり、酒を酌み交わすことはないのだろうかと。あさみは権佐の女房として十分過ぎるほど気を遣ってくれるが、兄のような数馬の代わりにはなれなかった。

しかし、数馬との眼に見えない絆《きずな》は細々と繋がっていたらしい。

七

ある日、島送りの沙汰《さた》が下りた男が行徳河岸《ぎょうとくがし》から舟に乗る時、役人の監視を振り切って逃げるという事件があった。年寄りの男だった。もう、その年で島送りになっては生きて娑婆へ戻れない。男は切羽詰まって思い切った行動に出たのだ。

権佐は洞海の浴衣《ゆかた》を苦労して拵え、それを次郎左衛門に見て貰うために八丁堀から日本橋へ向かうところであった。海賊橋《かいぞくばし》で、その男と出くわしたのである。鼠《ねずみ》色の洗い晒《さら》したような単衣《ひとえ》は咎人《とがにん》のお仕着せであると、すぐに気づいた。男は鎧《よろい》の渡しの船頭を脅《おど》して茅場町に入り、そのまま日本橋に逃げようとしていた。

権佐は男の後ろから激しく鳴る呼び子笛の音を聞いた。男は権佐を見ると「そこをどきな」と、胴間声で怒鳴った。権佐は男の眼に侮蔑《ぶべつ》の色を感じ取った。

目の前の男は自分を甘く見ていた。権佐は不意に自分の中に狂暴なものが吹き荒れた気がした。男の眼は世間そのものだった。自分はその眼に一矢、報いたい。

権佐は浴衣の入った風呂敷包みを脇に放り出すと「おとなしくしな」と、男に言った。

「ヘッ」と、男は小馬鹿にするように笑った。

足払いを掛け、不意を喰らって地面に倒れた男の背中に権佐は馬乗りになった。男は「化け物」と罵《のの》りの声を上げた。化け物は自分のやっている仕事の一つであって、自分ではない。

権佐は取った腕を背中で締め上げた。

「でかしたぞ、権佐」

まもなく駆けつけて来た数馬は、馬上から権佐に褒め言葉を掛けた。男は他の役人達に引き立てられた。

「これほどできるとは思わなかったぞ」

数馬は以前の口調で続けた。

「夢中だったもんで……」

数馬の顔が眩しくて見られなかった。数馬は二、三度肯いて、そのまま去って行った。

間もなく権佐は数馬から思いも寄らぬことを囁《ささや》かれた。それは数馬の小者を務めることであった。もちろん、あさみは反対した。権佐には無理であると。

だが権佐はその申し出を受けた。あさみが自分の女房になって恩返しをしてくれたのだから、自分も数馬に何んらかの恩返しをせねばならぬという思いがした。たとい、自分の身体に不足があろうとも精一杯、務めたい。

数馬は権佐に下手人を捕らえることを期待していなかった。ただ権佐を自分の傍に置く、それだけだった。本来、与力は屋敷に寄宿する中間以外、小者を配下に置くことはない。それをするのは定廻りや隠密廻りの同心達だ。定廻りと隠密廻りには、直属の与力はいない。彼等は自分達だけで江戸の治安を守っていた。それゆえ吟味方与力の数馬には事件の内容が把握できないことが、しばしばあった。その不足を補うためにも数馬は権佐の起用を考えたのだ。

気の弱い下手人ならば権佐がしゃがれた声を出すだけで怖《お》じ気《け》をふるった。権佐は次第に自分の役割を理解するようになった。

数馬の小者についたことは、はからずも権佐の身体の訓練に、ひと役買うことにもなった。事件の現場に向かう時、権佐は数馬に容赦なく走らされた。音《ね》を上げると「いいのか？　お前はわしからあさみ殿を横取りしたのだぞ。恩返しをせぬのか」と権佐の言葉を受けて脅すのだった。

権佐は数馬の小者についてから、小者の仲間内で「斬られ権佐」と呼ばれるようになった。全身、八十八箇所の刀傷は、今では権佐の誇りでもあった。

松金の番頭の容体も落ち着いたようだ。権佐は預けているお蘭を迎えに呉服町に向かった。

次郎左衛門は相変わらず身体を小刻みに揺らし、首を振りながら仕事をしていた。

その姿は権佐をほっとさせる。

「お父っつぁん、今、帰《け》ェったぜ」

権佐は次郎左衛門に気軽な言葉を掛けた。

ふっと顔を上げた次郎左衛門は「気掛かりは片づいたのかい」と訊いた。

「ああ、全部な。明日から化け物をやるわな」

次郎左衛門はふん、と言ったのか、いやと言ったのか、また、首を俯けた。

おまさの拵えた煮物の重箱はその日の夕方まで門柱の上にのせられたままだった。麦倉の所を訪れる患者達は、あれは何んのまじないかと、不審な顔で噂をしていたそうである。

流れ灌《かん》頂《じょう》

一

夏も近い江戸は、日によって真夏を思わせる陽射《ひざ》しが降ることもあった。その日も結構な暑さだった。

権佐《ごんざ》は娘のお蘭《らん》を連れて日本橋の稲荷新道《いなりしんみち》にある蕎麦《そば》屋「はし膳《ぜん》」に足を向けていた。

権佐の腋《わき》の下はうっすらと汗ばんでいた。

お蘭も額の生え際に汗を浮かべ、それが明るい陽射しに反射して砂金のように光って見える。

はし膳は権佐が子供の頃から知っている店である。

所帯を持ち、八丁堀に暮らすようになった権佐は、近頃、はし膳から足が遠退《とおの》いていた。八丁堀の提灯《ちょうちん》掛《が》け横丁《よこちょう》に「藪《やぶ》きた」という馴染《なじ》みの蕎麦屋ができたことと、権佐の両親が、はし膳の蕎麦の味が落ちたと話していたせいもあった。

しかし、その日は朝からお蘭を父親の家に同行させていた。お蘭と一緒に昼飯を食べるには、近場のはし膳が適当だった。

権佐は八丁堀にある嫁の実家に寝泊まりしていて、毎日、仕立て屋の父親の所へ仕事をするために通っている。権佐も父親の次郎左衛門《じろうざえもん》と同じ仕立て屋である。だが、仕事の傍《かたわ》ら、南町奉行所与力、菊井《きくい》数馬《かずま》の小者《こもの》を務めるという裏の仕事も引き受けていた。嫁の実家にいる権佐のことを入《い》り婿《むこ》と陰口を叩《たた》く者もいたが、権佐も権佐の両親も、今ではさほど気にしていなかった。

権佐は帯の後ろにいつも緒《お》のついた十手を挟み、横には青色の捕り縄をぶら下げていた。青色の捕り縄は南町奉行所のものと定められている。北町奉行所は白であった。享保の頃には四季によって捕り縄が区別されていたという。すなわち、春は東方に向けて青龍《せいりゅう》の縄を打ち、夏は南に向けて朱雀《すざく》、秋は西に向けて白《びゃっ》虎《こ》、冬は北に向けて玄武《げんぶ》（黒）、土用は黄色の縄を打つと、捕り縄といえども情緒のあるものだった。しかし、この仕来たりはいつの間にか簡素化され、今では南町は青、北町は白となったのである。

午前中、権佐の母親のおまさに相手をして貰《もら》ったお蘭であったが、すっかり退屈していた。権佐は散歩がてら、はし膳に行くことを思いついたのだ。権佐の女房のあさみは八丁堀で子供医者として評判を取っていた。医者は人の命を預かる商売である。厄介な患者が訪れると、不眠不休で手当をすることも少なくない。権佐も自然に自分のことより、あさみの仕事を優先するくせがついていた。その日のあさみは朝から忙しく、眼が吊り上がっていた。

権佐が、お蘭を連れて行くと言うと「おかたじけ。恩に着るよう、お前さん」と、安心したように両手を合わせた。

「お蘭、お前ェ《め》が最初に蕎麦を喰《く》った時のことを覚えているかい？」

五歳のお蘭と手を繋《つな》いで歩きながら権佐は訊《き》いた。

「知らない」

お蘭は素っ気なく応《こた》える。竹の柄《がら》が入った青い単衣《ひとえ》はあさみの着物を仕立て直したものである。それに鹿子《かのこ》の三尺を締めている。唐人髷《とうじんまげ》はお蘭の利《き》かん気な顔によく似合う。権佐と繋いだ手は少し汗ばんでいたが、お蘭はその手を離そうとはしなかった。手を離せば父親がどこぞに行ってしまいそうで心配になる、以前にお蘭があさみにそう話していたそうだ。周りの人間が権佐の身体を気遣うので、お蘭も自然に父親を案じる気持ちになるのだろう。ありがたいと思う一方、煩《わずら》わしいと感じることもある。人が思うほど権佐は、自分の身体を不自由とは思っていない。

「知らないってことがあるもんか。お前ェはちゃんと覚えているはずだぜ」

権佐は含み笑いを堪《こら》えながらお蘭に言った。

「すんなら言わないでよ」

お蘭は権佐の顔をきゅっと睨《にら》んだ。

「お前ェはせいいろの上に、いきなり蕎麦つゆを、ざあっと掛けてしまった。せいろが丼《どんぶり》と違うことを知らなかったんだな。さあ、せいろの下から蕎麦つゆが流れて、お前ェはそれを見てわあわあ泣いてしまったのよ」

「…………」

「どうして泣いたんだ？　誰でも最初の時は勝手を知らねェ。ましてお前ェは昨日今日生まれたばかりの餓鬼《がき》だった。泣くほどのことはなかったのによ」

「恥ずかしかったから」

お蘭はぶっきらぼうに応えた。

「蕎麦の喰い方を知らなかったことがか？」

「うん」

「そうか……恥ずかしかったのか」

「今は大丈夫だよ。ちゃんと上手に食べられるから」

お蘭は言い訳するように権佐を見上げた。

「そいじゃ、お前ェは、こんな傷だらけの顔をしたてて、親がさぞかし恥ずかしいだろうな」

権佐は試しに訊いてみた。お蘭は不思議そうに首を振った。

「どうしてよ」

「だって恥ずかしくないもの。お侍と喧嘩《けんか》してお父っつぁんは斬られ権佐になったんだろ？」

「ああ」

「いっそ、勇ましいじゃないか」

「そうか、勇ましいか」

「うん」

「せいろに蕎麦つゆをぶっかけねェでくれよ」

権佐は冗談混じりに言った。お蘭は自分の腰を権佐にぶつけて応酬した。


稲荷新道のはし膳は、権佐の父親の家から北へ向かって二本目の通りにある。稲荷新道から東へ下れば日本橋の通り一丁目の繁華な大通りである。だから、はし膳の前の通りも存外に人の往来がある。しかし、店の前に立った権佐は客の入りがもう一つであることにすぐに気づいた。斜め向かいに稲荷のお堂がある。ためにその通りは稲荷新道と呼ばれるのだ。

はし膳は鉤形《かぎがた》の飯台に客が五人ほど座れる席と小上がりのある店である。二階もあり、そちらは座敷になっている。昼の時分だというのに、小上がりに商家の手代ふうの男と、飯台の前に半纏《はんてん》姿の男がいるだけだった。


権佐がお蘭と一緒に入って行くと、板場からはし膳の亭主の常蔵《つねぞう》が顔を覗《のぞ》かせた。

「おや、ごんちゃん。珍しいねえ」

細く長い顔は年のせいでひと回り小さくなったようにも感じられる。そのくせ、特徴のある長者眉だけは相変わらず黒々としていた。瘦《や》せた身体は腰の辺りから少し曲がっている。常蔵はそろそろ六十にもなろうか。

「あれっ、一人でやっているのかい？　兄さんはどうしたよ」

いつもは板場で蕎麦を打っていた常蔵の息子の幸蔵《こうぞう》の姿がなかった。

「なあに。あいつは魚河岸《うおがし》の方に店を出したんだよ」

常蔵はさり気なく応えた。息子が親から独立して別に店を構えたことは、本来ならめでたいことなのに、常蔵はあまり喜んでいないような様子だった。

「魚河岸に来る客は舌の肥えた連中ばかりだから、兄さんも張り切っているんだろうな」

権佐はお愛想にそう言った。

「さあ、どうだか。さて、何《な》んにする？　おや、嬢《じょう》ちゃんも一緒かい。嬢ちゃん、ご注文は？」

常蔵はお蘭をあやすように訊いた。お蘭は張り切った声で「あたい、せいろ」と応えた。

「お、そりゃ、通《つう》だねえ」

常蔵はにッと笑った。

「ごんちゃんもせいろでいいかい？」

「ああ」

権佐は飯台の前に置いてある腰掛けにお蘭を座らせ、自分も隣りに座った。

はし膳は幸蔵の打つ蕎麦と常蔵が吟味した蕎麦つゆが評判を呼んでいた店である。親子が力を合わせて店を守《も》り立てていたのだ。

権佐の両親がはし膳の蕎麦に難色を示すようになったのは、幸蔵がいなくなった辺りだろうかと権佐は、ふと思った。考えてみたら、半年近くもはし膳に足を向けていなかった。幸蔵がよそに店を構えたのも知らなかったのだ。

常蔵はいつもと変わらぬ様子で大釜《おおがま》に蕎麦を放り込んだ。蕎麦が茹《ゆ》で上がるまでの隙《すき》に権佐とお蘭の前に蕎麦猪口《ちょこ》とつゆの入った徳利、薬味の小皿を置いた。小口に切った葱《ねぎ》と山葵《わさび》、それに刻んだ蜜柑《みかん》の皮が小皿の中に入っていた。

権佐の隣りにいた半纏姿の男は蕎麦湯も飲まずに懐から巾着《きんちゃく》を取り出し、飯台の上に蕎麦代の十六文をぴしっと置くと「ういっ」と、妙な声を上げて出て行った。常蔵はその客を心細い表情で見送ると釜に向き直った。

権佐は何んとなく不安な気持ちがしていた。出て行った客には満足の様子が見えなかったからだ。

権佐の不安は的中したようだ。果たして、でき上がった蕎麦をひと口啜《すす》り、権佐は低く唸《うな》った。以前の蕎麦の腰が感じられない。蕎麦打ちは存外に体力を使う。今の常蔵では幸蔵のような訳にはゆかないのだろう。

お蘭はそんな権佐にお構いなしに蕎麦を啜っていた。まだ幼いので薬味を嫌う。

「ごっそうさん、お代はここに置くよ」

小上がりの客がむっつりと言って店を出て行った。そちらを振り向くと、せいろの蕎麦が少し食べ残されていた。

常蔵は溜め息をついてせいろを下げると、客の食べ残した蕎麦を一本口に入れて首を傾《かし》げた。それから残りを板場の中のごみ樽《たる》に捨てた。

「ごんちゃん、蕎麦はいけねェかい？」

常蔵は誰もいなくなったのを幸いに心細い声で訊いた。子供の頃から知っている権佐に正直な感想を聞きたかったのだろう。

権佐は何んと応えていいかわからなかった。

「遠慮はいらねェから応えてくんな」

常蔵にそう言われて、権佐は重い口を開いた。

「蕎麦つゆは相変わらずいい味だぜ。だが、蕎麦は、やはり兄さんの打ったものの方に腰があったような気がする」

「…………」

常蔵はしばらく、ものを言わなかった。

常蔵の蕎麦が全くまずいというのではなかった。幸蔵の蕎麦の味を知っているから、どうしても比べてしまうのだ。権佐は蕎麦を片づけると蕎麦湯を貰ってゆっくりと飲んだ。お蘭はまだ、必死の形相《ぎょうそう》で蕎麦を頰張《ほおば》っている。

「幸蔵が魚河岸の方に店を出す時、あいつはわしに、親父、もう年だから店を畳んだらどうかと言ったのよ」

常蔵は大釜に水を張ると独り言のように口を開いた。

「それで？」

権佐はさり気なく常蔵の話を急《せ》かした。

「この店はもう古いし、年だと言われりゃ返す言葉もねェ。だが、わしはまだ隠居するつもりもなかった。一人でも客が来る内は店を開けていてェと思ったのよ。老いぼれのこの腕じゃ、どうしたって蕎麦打ちに不足は出るがな」

そう言った常蔵は寂しそうだった。

「兄さんの所に一緒に行くつもりはなかったのかい？」

「ああ、ない。長年、王子《おうじ》の水を運んでくれる水売りとのつき合いもある。何より、わしは稲荷新道から動きたくなかった。嬶《かか》ァも同じ気持ちだ。向こうは嫁を貰ったことだし、二人でやるのもここら辺が潮時と覚悟を決めたのよ。まあ、店を畳めと言われて頭に血が昇り、お前ェの指図は受けねェと、馬鹿な意地を張っちまった結果だが」

権佐は常蔵の気持ちも幸蔵の気持ちもわかるような気がした。親子で力を合わせて店をやるのが一番いいのは二人とも承知している。

だが、幸蔵は三十も過ぎると、どうしても先のことに思いがいく。父親がいつまでも達者でいるとは限らない。父親に頼らず、自分一人の力で店をやることを考えたはずである。そして心機一転、魚河岸に店を出したのだ。そこは働き盛り、喰い盛りの男達が集まっているので、今より大きい実入《みい》りも期待できる。

「もう、お腹いっぱい」

お蘭は箸《はし》を置いて権佐を見上げた。権佐はお蘭の残した蕎麦を掻《か》き寄せて蕎麦猪口に入れ、ひと口で啜り込んだ。食べ残さないことが今の常蔵に対するいたわりだと思った。

「まあ、ぼちぼちやりな。兄さんの店は繁昌《はんじょう》してるんだろうな」

権佐は腰を上げると常蔵にそう訊いた。

「さあ、さっぱり様子がわからねェ。ごんちゃん、向こうを通り掛かったら、ちょいと覗いてやってくんねェか」

「ああ。そいじゃ……」

権佐は小銭を飯台に置いてお蘭の手を取った。

「小父《おじ》さん、ごちそう様。おいしかった」

お蘭の言葉に常蔵の顔がくしゃくしゃに笑み崩れた。

二

八丁堀の麦倉《むぎくら》の家に女の患者が運ばれて来たのは権佐がはし膳を訪れてから数日後のことだった。

深夜、玄関の戸を激しく叩く音に権佐は気がつき、横にいるあさみの肩を揺すって起こしたまでは覚えている。あさみが欠伸《あくび》を嚙み殺して起き上がり、そそくさと身仕舞いして出て行くと、権佐はまた深い眠りに引き込まれた。

翌朝、権佐が起きた時、あさみはまだ手当場《てあてば》にいた。運び込まれた病人の治療に往生している様子だった。権佐は舅《しゅうと》の麦倉洞海《どうかい》とお蘭、権佐の弟の弥須《やす》の四人でいつものように朝飯を食べると、そのまま弥須と一緒に、呉服町《ごふくちょう》、樽新道《たるしんみち》の父親の家へ向かった。弥須も麦倉の家で一緒に寝泊まりしている。弥須は兄の権佐を案じるあまり、金魚のふんのようにくっついて麦倉の家に寄宿するようになったのだ。

「義姉《ねえ》さん、昨夜《ゆんべ》は寝ていねェ様子だぜ」

歩く道々、弥須は訳知り顔で言った。

「夜中に病人がやって来たのは知っているぜ。おれがあさみを起こしてやったから」

夜中に訪れる患者は珍しくもない。権佐はさほど興味もない顔で弥須に言った。

「熱が下がらねェという女房だったのよ。義姉さんは薬を飲ませりゃ落ち着くだろうと最初は軽く考えていたようだが……」

弥須は事情を話しながら表情を曇らせた。

弥須は体格がよく、大人びた顔つきをしているが、まだ二十歳の若者であった。

「何んか重い病だったのか？」

権佐は弟を見上げて訊いた。背丈は弥須の方が高い。

「その女房はよ、仲條《ちゅうじょう》で子を堕《お》ろしたばかりだったのよ」

弥須は心持ち声を低くして応えた。仲條は堕胎専門の女医者を指す。男遊びをした後に子を孕《はら》んだ女が困り果てて仲條の門を叩くのである。この江戸でも仲條の看板をそこここに見掛ける。麦倉の家は外科の医者だが、訪れる病人には病の内容に関係なく手当をしていた。

「だけど、病人はちゃんと人の女房だったんだろ？　間男《まおとこ》でもしたってことかい？」

権佐は不思議そうに弥須に訊く。

「そうじゃねェ。亭主の商売を手伝っていて、今はとても子を産むどころじゃなかったらしい。そいで最初の子だったんだが堕ろしに行ったそうだ。その後で養生していれば大事には至らなかったんだが、その女房は仲條から帰ってすぐに働かされたらしい。無理が祟《たた》ったんだな。亭主が仲條に行った話をひた隠しにしていたもんだから、義姉さんも最初は原因がわからなかったようだぜ。もしかしてお陀仏《だぶつ》になるかも知れねェって……」

「そうか……」

権佐に溜め息が出た。朝から聞きたくない話である。

「麦倉の親父が亭主に向かって、ひょうたくれと怒鳴る声が喧《やかま》しくてよ。聞くつもりはなかったけど、話は皆、聞いてしまったという訳よ」

「なるほどな」

権佐は得心《とくしん》したように肯《うなず》いた。

「その亭主というのが、ほれ、稲荷新道のはし膳の息子よ」

「え？」

唇を舌で湿して話を続けた弥須に権佐は驚いた声を上げた。

「近頃、見掛けねェと思っていたら魚河岸に店を出していたんだと。兄貴はこの話、知っていたかい？」

「ああ。この間、お蘭を連れてはし膳に行った時、あすこの親父から聞かされた。それまでは知らなかったがな」

権佐はやり切れないような気持ちで弥須に応えた。常蔵がこのことを知ったら、どう思うだろう。困惑のために八の字にしかめられた常蔵の長者眉を権佐は頭に浮かべた。

「はし膳の息子が魚河岸に店を出したってんで、昔からの贔屓《ひいき》の客が寄ってくれて、最初は繁昌したんだが、その内、櫛《くし》の歯が欠けるように客の足が引いて行ったのよ。何んでも、つゆの味がもう一つとかでよ。店にゃ小女《こおんな》も雇っていたんだが、商売が芳《かんば》しくねェもんで、その小女も首にして女房と二人でやっていたらしい。ところがこの様《ざま》よ。黙って稲荷新道にいて親父を手伝っていればよかったのによ」

弥須はそら見たことかと言わんばかりの調子で続けた。

「ま、他人様《ひとさま》のやることとだ。おれ達が四《し》の五《ご》の言っても始まらねェ。さっさと行くぜ。弥須、今日中に頼まれていた仕事を片づけな」

権佐は兄らしくぴしりと弥須に言った。弥須はちょろりと舌を出し、首を竦《すく》めた。

暮六つ（午後六時頃）過ぎてから権佐は八丁堀に戻った。

弥須は夜なべをするので今夜は呉服町に泊まると権佐に言った。珍しく仕事をする気になったらしい。

板敷きの茶の間にはあさみが一人で座っていた。どことなく気の抜けたような表情だった。

「おう、お蘭はどうしたよ」

いつもは賑《にぎ》やかに出迎えてくれる娘の姿がなかった。傍《そば》に箱膳が二つ、覆《おお》いを被《かぶ》せられて置いてあった。

「おすずさんと湯屋に行きましたよ」

あさみはぽつりと応えた。おすずは通いで来て貰っている女中だった。

「義父《おやじ》さんは？」

舅の麦倉洞海の姿もない。

「お父っつぁん、芝《しば》の松波《まつなみ》先生の所に出かけたんですよ。娘さんの祝言《しゅうげん》が決まったとかで、ご祝儀を届けに。今夜はあちらに泊まるそうなの」

松波玄庵《げんあん》は洞海と同じ蘭方《らんぽう》医者で、洞海の古くからの友人でもあった。

「そうけェ……」

「あら、やっちゃんは？」

一緒に戻って来るはずの弥須がいないので、あさみはその時だけ我に返った顔になった。

「今夜は向こうに泊まって夜なべをするそうだ」

「そうなの」

「おう、はし膳の嫁さんの按配《あんばい》はどうよ」

権佐は幸蔵の女房の様子が気になって早口で訊《たず》ねた。あさみは眉根を寄せて「駄目だったんですよう。夕方に亡くなって、今さっき仏さんは引き取られて行きましたよ」と応えた。

権佐は返事もせずに箱膳の前にどんと腰を下ろした。

「嫌《い》やになっちまう……よりによって、あたしの所に運んで来なくてもいいのに」

あさみは横座りして自棄《やけ》のように言いながら急須を引き寄せた。茶筒を手に取ってから
「あ、お前さん、一杯飲むかえ?」と、訊いた。

「いや、おれもこれからちょいとひと仕事するつもりだから」

あさみはそう言った権佐に肯くと、茶の葉を急須に入れた。

「あの亭主、おかみさんのお父っつぁんという人に、どうしてくれると胸倉攫《つか》まれて、何んにも言えずに俯《うつむ》いたまんまだった。見ていてやり切れなかった」

権佐はあさみの話を聞きながら幸蔵の顔をぼんやりと思い出していた。幸蔵は女房を無理やり働かせるような悪どい亭主ではない。稲荷新道にいた時は蕎麦を打ちながら訪れた客に気軽な言葉を掛けて愛想のいい男だった。

父親から教えられた蕎麦の手順に自分なりの工夫も怠らない律儀な面もあった。まあ、魚河岸の店は小女を首にしたということだから、女房を手伝わせるしかなかったのだろうが、幸蔵の人柄を知っているだけに、この度の一件には少なからず権佐も驚いていた。

「親の仕事を恙《つつが》なく継ぐのって、これで案外、難しいものね」

権佐の前に茶の入った湯呑《ゆのみ》を差し出して、あさみは続けた。店を出したばかりの幸蔵に少しは同情を寄せているようだ。

「お前ェと、お前ェの兄さんは立派に跡を継いでいるじゃねェか」

権佐はひと口、茶を啜って言う。

「お前さんも」

「おれは駄目だ。逆立ちしても親父には敵《かな》わねェ」

権佐の声に溜め息が混じった。

その日、権佐は絽《ろ》の着物を一枚仕上げた。父親の次郎左衛門に見せると「裾の額縁《がくぶち》を、もう少し、きっぱりと決めろや」と、小言を言われた。裾の始末が不満だったらしい。糸をほどいて、やり直したがうまくゆかなかった。往生している権佐に業を煮やし、「どれ、貸してみな」と、次郎左衛門は手を伸ばした。みるみる折り紙のように、きれいな額縁ができ上がった。

同じ手順でやっていても、仕上がりに差が出る。年季の違いを思い知らされていた。

「おやおや、珍しく弱気だこと。斬られ権佐の沽券《こけん》に関わるというものだ」

あさみはからかうように言った。

「おきゃあがれ」

権佐が口を返すと、あさみはふふ、と低く笑った。

「お前ェ、飯は喰ったのかい？」

「まだ……食べる気がしなくって」

「いけねェ、いけねェ。昨夜《ゆんべ》はろくに寝ていねェんだろ？　それに加えて飯を喰わねェんじや、蕎麦屋の嫁さんの二の舞だぜ。弥須の分が残っているから一緒に喰おうぜ」

権佐が言うと、あさみはようやくいつもの表情になって、こくりと肯いた。

「優しい人だね、お前さんは」

あさみは箱膳の覆いを取りながら、きゅっと権佐に艶《なまめ》かしい視線を送った。独り者の時、権佐はこの視線にたじろいだものだ。自分の女房になったあさみは、権佐が独り者の時に思っていたようなあさみと少し違った。存外に捌《さば》けた性格で、何があってもめそめそしたところは見せない。しかし、病人を死なせてしまった時は、やはり胸にこたえるようで表情が暗くなるのだ。

差し向かいで晩飯を食べ始めた時、お蘭の元気のいい声が聞こえた。女中のおすずは戸口までお蘭を送ると、そのまま家に帰ったらしい。湯上がりのお蘭は桜色の頬をしていた。晩飯を食べている権佐とあさみを見ると不服そうに口を尖《とが》らした。

「あたい、またお腹が減った」

「この子は……」

あさみが呆《あき》れてお蘭を睨んだ。お蘭は湯屋に行く前に晩飯を済ませていたはずである。

「こっち来い」

権佐は笑って、お蘭に言う。お蘭は安心したように権佐の横に座って口を開けた。

権佐はその口に焼いた鯵《あじ》の身を入れてやった。

「お蘭は赤ちゃんになりました」

あさみはお蘭をからかった。

「おっ母さん、嫌い。あたいはお父っつぁんがいっち好き」

お蘭はすぐさま応酬する。負けず嫌いの意地っ張りは、さて権佐に似たものだろうか、それともあさみだろうか。権佐はお蘭の利かん気な顔をしみじみ眺めながら胸の内で考えていた。

三

菊井数馬は妻の梢《こずえ》に身仕度を手伝わせながら、苛々《いらいら》した様子で、縁側の傍に控えている権佐に口を開いた。

「夏だからと言うて、誂《あつら》えたように幽霊騒ぎか。芝居狂言でもあるまいし」

数馬は幽霊が出没すると奉行所に届けが出されたことで大いに憤慨していた。梢はそんな数馬を見ながら時々苦笑している。梢の腹はそれとわかるほどに膨らんでいた。秋には三人目の子を出産する予定である。

「権佐、米沢町《よねざわちょう》に行って幽霊話の聞き込みをしろ」

数馬は裃《かみしも》の用意ができると、腰に扇子《せんす》を挟みながら命じた。与力の出仕姿は裃になる。配下の同心は紋付羽織に着流しであった。

最近、権佐も妙な噂《うわさ》を耳にした。両国橋《りょうごくばし》近くの米沢町に、ざんばら髪で白い帷子《かたびら》を着た怪し気な女が出没するという。夜中にその女と出くわしたら、人はどうしても幽霊が出たと思うだろう。あっちでもこっちでも、そんな噂が拡《ひろ》まれば奉行所としても放ってはおけない。数馬はそのようなつまらないことで奉行所が振り回されることに腹を立てているのだ。

「旦那、その幽霊に心当たりのある者はいねェんですかい？」

そう訊いた権佐に数馬は「ん？」と怪訝《けげん》な表情になった。

「心当たりとは？」

「幽霊はただ人を驚かすために出て来る訳じゃねェでしょう」

「…………」

「それとも、誰かが人騒がせ目的で幽霊のふりをするとか」

「馬鹿な。そんなことをして何んの得がある。届けて来た者の話は真に迫っていたそうだ。この世に未練のある者が成仏《じょうぶつ》できずにさまよっておるのだ。その幽霊の出所《でどこ》を探り当てて、場合によっては寺の住職に祈禱《きとう》を頼むのだ」

「…………」

幽霊など微塵《みじん》も信じていないように見える数馬が真顔でそう言ったので権佐は次の言葉に窮した。権佐も幽霊の存在を全く信じない訳ではない。権佐は祖父の幽霊を実際に見たことがあったからだ。

あれは祖父が死んだ後のことだった。下谷《したや》の菩提寺《ぼだいじ》に祖父を葬ってから、権佐は呉服町の家に家族よりひと足早く戻った。寺にいることが退屈で仕方がなかったのだ。おまさは、焦《じ》れた権佐に業を煮やし、それなら先にお帰りよ、と言ってくれた。

呉服町の家は当然のように誰もいない……はずだったが、仕事場から何やら人の気配がする。おかしいなあと思いつつ仕事場に足を踏み入れると、祖父が仕事机に前屈《まえかが》みになって仕事をしていたのだ。祖父は胸の痛みを訴えて倒れたが、さほど寝つくこともなく逝《い》った。倒れるまで仕立ての仕事をしていたのだ。

権佐は祖父が途中で放り出した仕事が気に掛かっていたのだと思った。その時は不思議に恐怖を感じなかった。

「爺《じ》っちゃん、その仕事はおれが仕上げるから安心して向こうに行きな」

権佐は祖父の背中にそう言った。「しゅー」と、吐息なのか、祖父の幽霊の気配なのか、そんな音が聞こえ、祖父の身体は白く朧《おぼ》ろに霞《かす》み、ついに見えなくなった。怖くなったのは、それから二、三日も経ってからだ。権佐は父親にその話をして、細かく指図を受けながら祖父の仕事を片づけた。それから、何事も起きてはいない。また、祖父の幽霊を見たのは権佐だけだった。

だから、この度のように誰にも彼にも姿を見られていることが解《げ》せなかった。こいつは何か訳があると権佐は内心で思っていたが、幽霊話を信じ込んでいる数馬には言わなかった。

権佐は数馬の邸《やしき》を出ると呉服町に寄り、父親の次郎左衛門に御用の向きで米沢町に行くと告げた。次郎左衛門が小さく肯くと、弥須はすぐに座っていた机の前から立ち上がった。

「お前ェは仕事をしていな。ちょいと聞き込みをするだけだから」

権佐が制しても弥須は聞かない。「兄《にい》ちゃん、後は頼むぜ」と、次郎左衛門の弟子の徳次《とくじ》に言うと、単衣の裾をすぱっとめくって、もはや外に出かけるつもりでいる。権佐は苦笑して徳次に目配せした。徳次は笑って「いいから、早く行け」というような手の仕種《しぐさ》をした。

「米沢町と言えば幽霊騒ぎで、ひとしきりうるせェ様子だが、聞き込みはそれか？」

弥須は訳知り顔で訊く。権佐は黙って肯いた。弥須は仕事から解放されて清々《せいせい》したような顔をしている。

「お前ェ、心当たりはあるか？」

権佐は歩きながら弥須に訊いた。まだ午前中のことで頰を嬲《なぶ》る風はさほど熱を帯びてもいないが、これから相当に暑くなりそうだ。梅雨は明けたのだろうかと権佐はぼんやり思った。

「何んか怪しい気もするな。その幽霊はもちろん、夜になってから出るんだが、町木戸が閉まる前に消えるってよ」

「何んだ、それ」

権佐は弥須の言葉に眼を剝《む》いた。通り過ぎる人々は権佐に気づくと、瞬間、ぎょっとした顔になる。権佐の傷だらけの顔に怖《お》じ気《け》をふるうのだ。すれ違った後に必ず振り向くのも、いつものことだった。

「幽霊たァ、時刻のことなんざ気にしねェもんだよな。だからさ、兄貴、こいつは誰かが悪戯《いたずら》を仕掛けているんだとおれは思うぜ」

お喋《しゃべ》り弥須は声を掛けて来る者と路上で立ち話をすることが多い。弥須はつまらない仕方噺《しかたばなし》にも耳を傾けて、これといった話を仕入れて来る。数馬の小者は弥須の方が適当ではないかと、権佐は時々思う。

米沢町で目についた商家に入り幽霊のことを訊ねると、番頭もお内儀も「さあ」と首を傾げた。待ってましたとばかり口から泡を飛ばす勢いで話し出すのかと思っていただけに権佐は気が抜けた。他の店の者も似たようなものだった。噂になっている割には呆れるほど手ごたえがない。これは噂に尾ひれがついて伝わったことだろうかと考えたくなる。

何軒か聞き込みをした後に、権佐と弥須は両国広小路《ひろこうじ》に出て水茶屋に入った。すっかり喉《のど》が渇いていた。草団子と冷えた麦湯を頼んで権佐は首筋の汗を拭《ぬぐ》った。

「やっぱ、ただの噂だったのかなあ」

弥須は運ばれて来た草団子を頬張り、麦湯をぐびりと啜ると首を傾げた。「さっぱり埒《らち》が明かねェよな」

「放っとけば、その内に収《おさ》まるような気もするが」

権佐は実際、そんな気がしていた。直接に被害を受けている者もいなかったからだ。

「そうだよな。兄貴、菊井の旦那にゃ、そう言っといてくんな」

弥須はもう幽霊騒ぎにけりをつけたような顔になっている。

「どれ、昼飯を喰ったら親父の所に戻るか。鬱陶《うっとう》しいなあ」

弥須はさも面倒臭そうに伸びをして言った。

「お前ェ、団子をたらふく喰って、まだ昼飯を喰うつもりか？」

権佐は半ば呆れた声になる。

「甘いもんは別腹《べつばら》」

弥須はそんなことを言った。権佐はしばらく、水茶屋の前を通り過ぎる人々をぼんやりと眺めていた。水茶屋が軒を連ね、様々な商いをする床見世《とこみせ》も集まっている。両国広小路の界隈《かいわい》は江戸でも繁華な場所である。

しばらくすると、年寄りの小さな女が権佐と弥須のいる水茶屋に入って来た。茶酌女《ちゃくみむすめ》がいった。

「あら先生、本日のご商売はお休みですか？」と、声を掛けた。権佐は自然にその女に眼がいった。先生と呼ばれるからには何かの師匠らしいが、音曲を志すようには見えない。しいて言えば遊女屋の遣り手《やりて》のように抜け目ない表情をしていた。

「商売をしていると、あれ《い》が出るからさあ。おっかなくて休んでいるよ」

「まあ……」

茶酌女の表情に気の毒な色が走った。権佐は弥須に目配せした。あれというのは幽霊のことではなかろうかと、ピンと来た。弥須はぴたりとお喋りをやめ、女の話に耳を傾けた。

「さぞかし怖い思いをなすったんでしょうね」

茶酌女は女の前に湯呑を置いて、傍に寄り添う。女は煙管《きせる》を取り出して一服つけた。

「夜に台所で水仕事をしていると、あんた、窓の外にじっと立っているんだよ。あたしゃ、大声を張り上げちまった。気持ち悪いったらありゃしない。近所の人は姑獲鳥《うぶめ》だ、姑獲鳥だと囃《はや》し立てるし、全く商売にも何もなりゃしないよ」

「本当に姑獲鳥だったんですか？」

茶酌女は恐ろしそうな顔で訊く。

「知らないよ、そんなこと。あたし等《ら》の商売はね、姑獲鳥を気にしていたらできるもんか。それに客を死なせたことなんざ、数えるほどしかないんだからね。それだってあたしのせいじゃない。客の身体が弱っていたためだよ。お粂《くめ》さんの所にも、おかやさんの所にも出たらしい。お上に訴えたんだけど、どうなっているんだか……」

「そうですよねえ、先生がいなくなったら困る人もたくさんいますしねえ……」

「あんたも悩みの種ができたら、あたしの所へおいでな。ちゃんと始末してやるから」

「嫌やですよう、先生」

茶酌女はそう言って女の腕を軽く小突いた。

どうやら年寄りの女は仲條の女医者であるらしい。米沢町に出没する幽霊が姑獲鳥だとするなら、因果な商売をする女への当てつけかも知れないと権佐は思う。

妊婦や産褥《さんじょく》で命を落とした女は成仏しにくいと言われている。姑獲鳥と呼ばれる幽霊になって、通り過ぎる人に子を抱かせたり、背負わせようとするのだ。

権佐は女の方に向き直った。

「不躾《ぶしつけ》を承知でお訊ね致しやす。おれは南町の御用を承っている者です」

権佐がそう言うと、女は姑獲鳥に遭った時と同じくらいの大袈裟《おおげさ》な悲鳴を上げた。

「お静かに願いやす。おれは化け物でも幽霊でもござんせん。数年前に刀で斬られてこんな様《ざま》になりやしたが、中身は普通の男でござんす」

「お、驚かさないで下さいな、親分さん」

女は取り落とした煙管を拾いながら言った。

「ちょいと幽霊話を探っておりやす。畏《おそ》れ入りやすが、もう少し詳しい話を聞かせておくんなさい」

権佐の言葉に女は安堵《あんど》の深い吐息をついた。

四

権佐は仲條のおいとめに話を聞いた後、小屋掛けの芝居小屋を廻って聞き込みをした。呉服町に戻る前に権佐は弥須を誘って魚河岸の幸蔵の店に足を向けた。魚河岸と呼ばれる本船町《ほんふねちょう》の通りは、朝方には魚屋の男達が集まり活気のある場所である。しかし、八つ（午後二時頃）をすぎると辺りは閑散としている。その中で、はし膳の暖簾《のれん》も頼りなく揺れていた。案の定、稲荷新道の店と同じで閑古鳥《かんこどり》が鳴いている様子である。

「ごめんよ」

権佐が暖簾を搔き分けると、板場の隅でしゃがんでいた幸蔵が慌てて立ち上がった。女房を亡くした心労からか、はたまた商売が芳しくないせいか、幸蔵の顔色は悪かった。

「ごんちゃん、来てくれたのか？　あれ、やっちゃんも」

幸蔵はつかの間、笑顔を見せた。

「ちょいと前を通り掛かったもんだから。前々から親父さんに寄ってくれと言われていたんだよ」

権佐はそう言って飯台の前に腰を下ろした。

店の造りは稲荷新道と似ていたが、新しい分、清潔で清々《すがすが》しい気持ちがした。これで客でも入っていれば文句のつけどころのない蕎麦屋である。

「親父の店は繁昌しているのかい？」

幸蔵は気後れした表情で訊いた。

「ぼちぼちってところだな。兄さんがいた頃とは違うが……どれ、ちょいと腹拵《はらごしら》えさせてくんな」

「せいろでいいかい？　種物《たねもの》はやっていねェんだ」

「ああ、それでいい。兄さん、おかみさんは気の毒なことをしちまったなあ。うちの嬶《かか》ァの腕が及ばなくて勘弁してくんな」

権佐はそう言って殊勝に頭を下げた。

「女先生のせいじゃねェよ」

幸蔵はそう言って釜に蕎麦を放り込んだ。

弥須はふっと権佐の顔を見た。弥須はもしかして、あさみの所にも姑獲鳥が現れないだろうかと心配していたのだ。

幸蔵の蕎麦を茹でる手際は相変わらずよかった。しかし、食べる段になって権佐は首を傾げた。微妙につゆの味が違っていた。もうひと味、何かが足りなかった。権佐の表情に目ざとく気づいた幸蔵は切羽詰まった顔で「やっぱり、つゆはいけねェかい？」と訊いた。その言い方は常蔵と同じだった。

「やっぱりよう、親父さんのつゆで兄さんの蕎麦を喰うのが一番よ」

弥須はずけずけと言った。幸蔵は二、三度肯いて溜め息を洩《も》らした。

「親父さんにつゆのやり方をもう一度指南して貰ったらどうよ」

権佐は恐る恐る幸蔵に言った。

「何遍も教わった。それにこの眼で嫌やというほど見て来ている。だしの取り方も、たまり醬油《じょうゆ》の合わせ方も、同じようにやっているんだ。なのに客は満足しねェ。相変わらずやっちゃんと同じ台詞《せりふ》を言うのよ」

幸蔵は声を荒らげた。権佐は飯台の下で弥須の臑《すね》をそっと小突いた。弥須は悪さがばれた子供のように首を竦《すく》めた。

「しかし、このままじゃこの店の先行きも心配だ。昼の時分は過ぎているが、こう客の入りが悪いんじゃ……」

権佐は諭《さと》すように幸蔵に続けた。

「親父には派手な啖呵《たんか》を切っちまった。もう年だから店なんざやめろとまで言った。親父も頑固だからうんとは言わねェ。おれは少しのぼせていたんだな。とっくに親父の腕を超えているると思っていたが、この様《ざま》よ。今更どうにもならねェ。店を拵えた借金もある。おまけに女房を死なせてしまって、お先、真っ暗闇よ」

幸蔵は仕舞いに涙ぐんだ。

「親父の腕なんざどこまで行っても超えられねェよ。それが親父ってもんだ。超えてみてェと精進するところに価値があるんじゃねェか。ここは素直になって親父さんに頭を下げることだ」

権佐がそこまで言っても幸蔵はうんとは言わなかった。むっつり押し黙った後「構わねェでくれ」と、悪態をついた。

「兄さん、ちょいと心持ちが普通じゃなくなってるぜ」

「何を！」

「自身番で頭を冷やすかい？　この中《じゅう》の幽霊騒ぎには往生させられたぜ」

権佐は怒気を孕ませた声で幸蔵に凄《すご》んだ。

「そ、それがおれと何んの関わりがあるってんだ」

幸蔵はぎょっとした顔で権佐と弥須の顔を交互に見た。

「兄さん、いけねェよ。姑獲鳥の真似《まね》をして仲條の婆ァを脅《おど》すなんざ」

弥須はさきほど権佐に牽制《けんせい》されたので、今度は幾分、柔らかい物言いで口を挟んだ。

「し、知らねェ。お前ェ達、何を喋ってる」

幸蔵は強情にも白《しら》を切った。真面目な表情はこんな時でも変わらない。理不尽なことを言っているのはお前達で自分ではない、と必死に訴えているように思えた。一瞬、権佐も幸蔵を信じたくなるが、聞き込みで仕入れた話の方に信憑性《しんぴょうせい》があった。

「ネタは割れているのよ、兄さん。両国広小路の鬘《かつら》屋から幽霊の鬘をくすねただろ？　ちょうど幽霊芝居が今月から小屋に掛かることになっていたからよう。鬘屋は兄さんのダチじゃねェか。まあ、鬘屋は事情を話すと、兄さんもおかみさんを亡くして気の毒だから、事は荒だてねェと言ってくれたぜ。いいダチじゃねェか。ああ、そのダチは兄さんが鬘をくすねたなど、露ほども思っちゃいなかったぜ。だが、鬘がねェと芝居の幕が開かねェよ。後生だから返してやんな」

権佐は真っ青になった幸蔵に静かに言った。

幸蔵の唇が細かく震えていた。しかし、幸蔵はこれが土壇場だと悟ると「おれをしょっ引《び》くなら遠慮はいらねェ。縄ァ、掛けてくんな。そいで獄門《ごくもん》でも何んでもしたらいいんだ。おれはそん時、大声で姑獲鳥の真似をしただけでこの様だ、皆々、お上のやることをとっくりと見物しな、と叫んでやらァな」と、豪気に吠えた。権佐はゆっくりと腰掛けから立ち上がると板場に廻った。

震える幸蔵の胸倉を摑み、その顎《あご》をがつんと一発張った。幸蔵はよろめいて板場の土間に転がった。

「甘えるのもてェげェにしな。それでも男か？　兄さんが叫んだところで江戸のお人は同情なんざする訳がねェよ。女房を仲條に行かせて死なせた甲斐性《かいしょう》なしと笑われるだけだ。しかも姑獲鳥の恰好《かっこう》で仲條を脅したとあっちゃ、馬鹿の上塗りよ。いいかい、悪いのは仲條じゃねェんだぜ。そこまでおかみさんを追い詰めた兄さんなんだぜ。商売が可愛いのはわかるが、おかみさんのことをもっと考えてやるんだったな」

権佐は土間を掻きむしって咽《むせ》ぶ幸蔵に醒《さ》めた眼を向けて言った。

「どうしようもなかったんだ。商売はうまくいかねェ、おまけに女房は子ができたとほざく。今はとても育てられねェと思ったのよ。そいで米沢町の仲條に相談に行った。仲條は胸を叩いて任せろと言ったよ。なに、ちょんの間《ま》で始末がつくってな。その後は元通りの身体になっていつものように仕事ができる。少し養生しろなんざ、これっぽっちも言わなかった。仲條の言葉を真《ま》に受けて、女房は戻ってくると、いつものように仕事を手伝った。ところが夜になってから具合が悪いと言った。裾から血が出ている様子もあった。あわてて蒲団《ふとん》を敷いて横にさせたが、熱が出てきてなあ、そいで女先生の所に運び込んだんだ」

幸蔵は咽びながら事情を説明した。女房に死なれたことはさすがにこたえた様子である。

両親はともかく、女房の父親に口汚く罵《ののし》られ、胸に火がついた。その胸の火は仲條のおとめに向けられた。どうしてくれる、女房は死んでしまったじゃないか、と。

おとめが子を堕ろした手間賃を返して、殊勝に謝ったのなら幸蔵も馬鹿な心持ちにはならなかっただろう。しかし、おとめは、かみさんは寿命だと譲らず、すげなく幸蔵を追い返した。とうとう詫《わ》びの言葉はなかった。

怒りの治まらない幸蔵が両国広小路まで歩いて来ると、小屋掛け芝居の看板が眼についた。翌月には幽霊芝居が掛かる。幸蔵はふと、姑獲鳥の真似をしておとめを脅してやろうという気になった。そうすれば、おとめも少しは改心するはずだと。幸蔵は髪屋の友人の所に、ちょいと通り掛かった振りをして訪れ、小半刻《こはんとき》（三十分ほど）、世間話をした。髪屋は芝居小屋の近くにあり、そうして話をしている間にも下っ端の役者やら、小道具係の者が頻繁に訪れる。人の出入りが多いのを幸いに、幸蔵は隙を窺《うかが》って幽霊の鬘をくすねたのだ。

それから店が終わると鬘と女房の浴衣《ゆかた》を持って米沢町に行き、人目につかない場所で着替え、夜な夜なおとめを脅かしたのだ。

おとめばかりを脅すと足がつくので、近所の同じ仲條の看板を出している女医者の所へも行った。夜は時刻になれば町木戸は閉じる。

商売をしているので無理もできない。幸蔵はその点、律儀な商売人だった。町木戸が閉じる前に戻り、朝はいつものように仕込みをして暖簾を出していたという。

まるで子供の考えるようなやり口だった。

権佐は内心、呆れてもいた。商売がうまく行かなくなり、しかも不幸に見舞われると、人の気持ちはこんなにも荒《すさ》んで行くものかと思う。

「兄さん、とっくり、今度のことを考えようや。原因は何よ」

権佐は土間に倒れたままの幸蔵の前にしゃがんで口を開いた。

「知れたこと、店に客が来ねェからだ」

「来ねェ理由は何よ」

権佐はすかさず畳み掛けた。幸蔵はそこで言葉に窮した。

「つゆよ」

権佐は決めつけるように言った。

「稲荷新道の親父さんに頭を下げて、もう一度、一から指南して貰うんだ」

「………」

「何んならおいらが口を利いてもいいぜ。幸い、今度のことじゃ大した問題も起こっちゃいねェ。兄さんがおいらの言い分を承知してくれるんなら、兄さんのやったことは知らぬ顔の半兵衛を決め込むつもりだ」

「兄貴!」

弥須がそれはないだろうと声を張り上げた。

「手前《てめ》ェは黙っていな。兄さんの蕎麦が喰えねェのは、どう考えても惜しくってな。明日、稲荷新道の親父さんを呼んでくらァ。久しぶりに、うまい蕎麦を喰わしてくんな」

幸蔵は応える代わりに、権佐にむしゃぶりつき、泣き声を高くした。権佐は幸蔵の勢いに尻餅《しりもち》を突いた。幸蔵の身体から蕎麦の香が強く匂った。

五

権佐は明六《あけ》つ（午前六時頃）の鐘が鳴る前に八丁堀の家を出た。前日に稲荷新道のはし膳に寄って幸蔵の話をした。常蔵は渋い顔をしていたが魚河岸の店に行くと約束してくれた。権佐は常蔵と一緒に行くつもりで稲荷新道を訪れたのだが、常蔵の女房のおそよは、常蔵がすでに出かけたと応えた。魚河岸の店に来る客は朝がとびきり早いので、常蔵は権佐を待たずに行ってしまったらしい。権佐に笑みがこぼれた。常蔵はやはり父親だと内心で独りごちた。

権佐が魚河岸の店に入って行くと、板場の中で常蔵と幸蔵が忙しく働いていた。客は五、六人入っている。皆、魚屋を生業《なりわい》にする男達である。

「ごんちゃん……」

幸蔵は権佐に気づくと心細いような声を上げた。

「親父さんにおいてけぼりを喰らっちまった」

権佐は冗談混じりに言った。

「年寄りはせっかちなもんだから、ごんちゃん、勘弁してくんな。やたら朝早く眼が覚めちまってよう」

常蔵は言い訳するように応えた。飯台の上に一升徳利がのせられていた。注文があると、常蔵はその徳利を傾けて蕎麦猪口に注ぐ。どうやら中身は常蔵の拵えた蕎麦つゆらしい。

権佐は飯台の隅の腰掛けに遠慮がちに腰を下ろすと「蕎麦つゆを運んで来たのかい？」と訊いた。常蔵は後ろの幸蔵を気にしながら小さく肯いた。

「重かっただろうに」

常蔵の労をねぎらうと、常蔵は「なあに」と応える。久しぶりに息子と仕事ができることを心底、喜んでいる様子だった。

「うまかったぜ」

半纏姿の男の一人が蕎麦代を置きながらそう言った。幸蔵は振り返り、棒立ちの態《てい》でその客を見送った。

朝の客が引けると、常蔵は幸蔵にせいろを命じた。いつもの手順通りに茹で上げ、幸蔵は

恐る恐る常蔵の前に差し出す。

「お前ェのつゆを猪口に入れてくんな」

常蔵はすかさず言う。幸蔵はつゆの瓶から蕎麦猪口に小さな柄杓《ひしゃく》で掬《すく》って入れた。常蔵は

薬味も入れずにそのまま蕎麦を浸すと、ひと口で啜り込む。権佐と幸蔵は常蔵の口許《くちもと》を固唾《かたず》

を飲んで見守っていた。

「こんなもんを客に出して……」

常蔵は容赦なく吐き捨てた。幸蔵は俯いて言葉もない。権佐の肝《きも》も冷えた。

「皆、捨てろ！」

厳しい声が幸蔵に降った。常蔵は、そこに権佐がいることなど気にも留めていない。初め

て見る常蔵の表情だった。

「最初からつゆの仕込みをして見せろ」

常蔵はさらに幸蔵に言った。幸蔵は黙って大鍋を取り出し、そこに水を張った。

「こいつはどこの水だ？」

常蔵は怪しむように訊く。

「近所にうまい水の出る井戸があるのよ。そこから毎朝、汲《く》んで来るんだ」

常蔵は幸蔵の身体を押し退《の》けるようにして鍋の前に進むと、湯呑で水を掬い口に入れた。

「うん……まずくはないが格別うまくもない。いいか、つゆはなあ、同じように拵えても稲荷新道と魚河岸じゃ違うんだ。どうしてかわかるか？　稲荷新道は路地の中だし、ここは日本橋川をまともに見る大通りよ。西陽《にしび》の強さも違わァな。それに加えて水が変わったとあっちゃ、味が落ちるのも当たり前ェだ。お前ェは地の利のことを最初《はな》っから考えていなかったのよ」

権佐はそう聞くと慌てて外に飛び出し、棒手振《ぼてふ》りの水売りを捜した。荒布橋《あらめばし》の所で運よく水売りの姿を見つけることができると、権佐はその水売りを連れて店に戻った。

「ごんちゃん……」

常蔵は感嘆の声を上げた。

「礼は後にしてくんな。とりあえず、つゆの仕込みをしねェことにはよ」

権佐はにッと笑って言った。

常蔵の指図は水だけに留まらなかった。昆布を引き上げる間《ま》の加減、鰹節《かつおぶし》の分量、たまり醤油の合わせ方まで。何遍も教わったと幸蔵が言っていたのがまるで嘘のように首尾の悪さが目立った。

ようやくつゆの仕込みが終わった時には、早や、昼の時分になろうとしていた。

「ま、これでひと晩寝かせたら、明日は使えるだろうよ。本当はしばらく寝かせた方がいいんだが……今日はわしのつゆで凌《しの》ぎな」

常蔵はそう言って前垂れを外した。稲荷新道の店もそろそろ開けなければならない。常蔵はそそくさと帰り仕度を始めた。

幸蔵は夏のせいでもなく、額にびっしりと汗をかいていた。

「それじゃあな。お前ェもせいぜい頑張りな」

常蔵は気軽な言葉を幸蔵に掛けた。

「親父の店の蕎麦、おれが届けてもいいんだぜ」

幸蔵は稲荷新道の店を心配して言った。

「なあに、それには及ばねェ。わしはわしなりに、お前ェの蕎麦に負けねェように精進するから……」

「そいじゃ、時々、おれのつゆを吟味しに来てくれ」

幸蔵は縋《すが》るような甘えるような声になった。

「ああ、時々な」

常蔵は鷹揚《おうよう》に応えた。

「親父、済まねェ。今日は本当にありがたかった。親父のつゆは江戸随一だと身に滲《し》みた」

幸蔵の声が湿った。

「何言いやがる。親に愛想をしたって始まらねェぜ」

常蔵は冗談に紛《まぎ》らわせた。白い歯を見せて暖簾の外に出て行った常蔵だったが、外に出た途端、常蔵の唇がへの字に引き結ばれ嗚咽《おえつ》を堪《こら》える顔になったのを権佐は見逃さなかった。見送る権佐も喉の奥に塊《かたまり》ができたように苦しかった。しゅんと洟《はな》を啜って傍らを見れば、平身低頭したままの幸蔵がいた。幸蔵は父の背中に深々と頭を下げて身じろぎもしない。箒目《ほうきめ》のついた地面に幸蔵の涙が雨粒のように点々と滴《したた》っていた。

六

権佐はあさみとお蘭を連れて茅場町の鎧《よろい》の渡しで小網町《こあみちょう》に入った。そのまま西へ向かえば魚河岸の通りに出る。蕎麦が食べたいというお蘭を幸蔵の店に連れて行こうとすると、病人の手の空いたあさみが珍しく自分も一緒に行くという。ほんの小半刻のことだから、あさみは仕事着の十徳《じっとく》姿のままだった。あさみと権佐に手を引かれてお蘭は嬉しそうである。親子三人で出かけることなど滅多にないからだ。歩く道々、あさみは通り過ぎる人々に何度も声を掛けられる。

「先生、いつもお世話になっております」

「先生、旦那さんとお嬢さんと道行きでござんすかい」

「先生、相変わらずお美しいことで……」

お蘭は「おっ母さん、凄い人気だね」と感心したように言った。

「馬鹿ね。病気を治して差し上げたからですよ。邪険な素振りなどするもんですか。あれはねえ、お愛想というものですよ」

「お愛想かあ」

「お蘭、お前ェ、大きくなったら何んになる？　おっ母さんのように医者になるか、それともおれのように仕立て屋になるか？」

権佐はお蘭を見下ろして訊いた。小鼻を膨らませて思案したお蘭だったが「わかんない」と応えた。

「そうか、わかんないか。まあ、先のことなんざ、お釈迦《しゃか》様でもご存じあるめェという世の中だからな」

「お釈迦様もお父っつぁんが斬られ権佐になるのはわからなかった？」

お蘭は無邪気に訊く。

「ああ、わからなかっただろうな。おいらが命拾いしたのはおっ母さんが手当をしてくれたお蔭《かげ》よ。おいらにとっちゃ、お前ェのおっ母さんがお釈迦様よ」

「お釈迦様って女？　男じゃないの」

お蘭は納得できない顔になった。

「お蘭の勝ち。お釈迦様は男ですよ。お父っつぁんは迂闊《うかつ》だから男と女の区別もできないらしい」

あさみはお蘭を持ち上げた。権佐は小鬢《こびん》を掻いて照れ笑いした。

荒布橋を渡ろうとした時、橋の下で妙な光景が眼についた。堀の中に杭《くい》を四本立て、白い布を張って括《くく》りつけ、年寄りの女が柄杓で盛んにその白い布に水を掛けている。女は常蔵の女房のおそよだった。

「あれは……」

あさみが権佐の袖を引いた。

「流《なが》れ灌頂《かんじょう》だな」

権佐が応えるとあさみは得心したように肯いた。姑獲鳥を成仏させるために行なう風習である。白い布に墨で書かれているのは、恐らく幸蔵の女房の戒名であろう。

おそよの耳にも米沢町の幽霊の話は入っていたのだろう。息子の企みとは知らず、信心深いおそよは、もしや死んだ嫁が迷っているのではないかと思ったらしい。稲荷新道には適当な池や川がないので、魚河岸近くの荒布橋で流れ灌頂を行なう気になったらしい。墨の字が消えるまで毎日毎日、水を掛け続けるのだ。いったい誰が考えついたものか。無心に水を掛けているおそよの身体が瘦せて小さく見えた。権佐の横を通り過ぎる人の口許からも「流れ灌頂」という言葉が、ひっそりと囁《ささや》かれる。

その内、おそよはふっと顔を上げた。橋の上の権佐とあさみに気づいて小腰《こごし》を屈めた。権佐は顎をしゃくって「小母《おば》さんよう、嫁さんの供養かい?」と、気軽な口調で訊いた。おそよは黙って肯き、また柄杓で水を掛けた。あさみはそっと掌《てのひら》を合わせた。

「ながれがんじょう……」

お蘭が権佐の言葉を繰り返した。やけに力んだ言い方だった。

「がんじょうじゃねェ、かんじょうよ」

権佐は優しく訂正する。それでもお蘭は臍《へそ》に力を込めるような感じで「ながれがんじょう」と重々しく言うのだった。

七

「のう、権佐。お前、本当は仔細《しさい》を隠しておるのではないか?」

菊井数馬は権佐の盃に銚子《ちょうし》の酒を注ぎながら怪しむような目付きで訊いた。

「とんでもねェ。そんなこたァありやせんよ」

権佐は慌てて顔の前で右手を振った。

米沢町の幽霊騒ぎが終息してしばらく経つと、権佐は数馬に海賊橋《かいぞくばし》近くの料理茶屋に誘われた。小座敷が五つばかりしかない小さな見世《みせ》だが、五十絡《がら》みのお内儀《かみ》の捌《さば》けた人柄と八百善《やおぜん》で修業したという板前の息子の料理が評判を呼んでいる見世である。四畳半の狭い座敷で二人はしみじみと酒を酌み交わしていた。

その日、数馬は非番であったので久しぶりに権佐を誘ったのだ。蝶足膳《ちょうあしぜん》には趣向を凝《こ》らした夏向けの料理があれこれと並んでいた。

ところてん、山芋《やまいも》に海苔《のり》を掛けたもの、白瓜《しろうり》の三杯酢、ふわふわの鶏卵《けいらん》焼き、野菜とこんにゃくの白和《しらあ》え、鮎《あゆ》の塩焼き、小茄子《こなす》の浅漬、すまし汁。いずれも酒のあてにはぴったりで、すべて平らげても腹にはもたれない。

「お前を米沢町に聞き込みに出した翌日から幽霊騒ぎがぴったり収まったんだぞ。おかしいではないか」

「そうですかねえ、あれはただの噂だったんじゃねェですかい？」

権佐は取り繕《つくろ》ったが、内心では冷や汗をかくような思いだった。

「まあな、幽霊の方もお前の顔を見たら逃げ出そうというものだが」

数馬はきつい冗談を洩らして笑った。中指で時々、頬の傷を撫《な》でる。一寸ほどの深い傷が数馬の頬に、えぐれたようにできていた。権佐の傷と同じ時にできたものだ。

「あさみ殿はお元気でおられるかの？」

数馬はその傷に触って思い出したように口を開いた。

「へい、相変わらず忙しくしておりやす」

「倖《しあわ》せか？」

「へ？」

「お前は倖せかと訊いておるのだ」

「………」

権佐は返事の代わりに盃の中身をくっと飲み干した。

「旦那はどうなんです？」

「わしか？　わしはまああだ」

「そいじゃ、おれもぼちぼちとお答えしておきやす」

「逃げたな」

「とんでもねェ。旦那がのろけ話を白状させようとするからですよ。お人の悪い。もう、いい加減にして下せェ」

「わしは今でもあさみ殿の夢を見る。そうさなあ、月に一度は見る」

「………」

「夢の中のあさみ殿は滅法界《めっぽうかい》もなく優しいのだ。手を伸ばしてその手を握ろうとすると、途端に横からお前の恐ろしい顔が現れる。権佐、夢の中じゃ、お前の顔は実際よりさらに恐ろしいぞ」

数馬の言い方がおかしくて権佐はしゃがれた笑い声を立てた。あさみに岡惚《おかぼ》れしていた数馬は今でも未練たっぷりの様子がある。それは権佐の気持ちをくすぐると同時に軽い嫉妬の感情をもたらす。

「ごめん下さいまし」

開け放した襖《ふすま》の外に三つ指を突いて、「みさご」のお内儀、おもんが声を掛けて来た。

「旦那、いつもご贔屓いただいてありがとう存じます。ちょいと息子がご挨拶を致したいと申しまして……」

　おもんは傍にいた白いお仕着せの息子を振り返った。色白の痩せた息子であるが、存外に筋肉の張った身体つきをしている。

「板前の春太郎《はるたろう》でござんす。旦那、本日のお料理はいかがでござんしょう？」

　春太郎はよく通る声で訊く。

「皆、うまいぜ。先代の腕を超えたな」

　数馬はお愛想を言った。

「旦那にそう言っていただけるなんて、この人も板前冥利《みょうり》に尽きるでしょうよ」

　おもんは満面に笑みを湛《たた》えて言い添えた。

　ふっくらとした色白の顔は、おかめのお面を思い出させる。春太郎とはそれほど似ていない。おもんは亭主を亡くしてから女手一つで三人の子を育て、みさごを切り盛りして来たのだ。春太郎の二人の妹は片づき、春太郎は女房を持った。春太郎の女房もおもんを助けて店を守《も》り立てていた。

「そちらの親分さんはいかがでござんしょう？」

　春太郎は黙っている権佐にも訊いた。

「親父さんの教えを律儀に守っていなさるのは感心なもんです。中にゃ、生意気なのもおりやしてね、とっくに親父の腕を超えたと勘違いする者もいるんですよ。超えたか超えられないかは客が一番知っておりやす。板さんも天狗《てんぐ》にならずに精進して下せェ。今夜の肴《さかな》はどれも結構な味でござんした」

権佐はそんなことを言った。眼の裏には常蔵と幸蔵のやり取りがまだ残っていた。数馬は怪訝そうに権佐を見る。だが春太郎は深く肯いて「へい、親分のお言葉、よっく肝に銘じます。さすが斬られ権佐の親分だ。並のお人とは言うことが違いやすね」と応えた。

おもんが「これっ」と春太郎を制した。

「こいつはご無礼致しました。旦那、それに親分さんも、どうぞごゆっくり」

春太郎は一礼すると、立て膝《ひざ》をしていた姿勢から、すっくと立ち上がり、静かに板場に下がった。おもんはそのまま座敷に残った。

「ねえ、親分。生意気な板前というのは、どちらのお店の方ですか」

おもんは二重顎の愛嬌《あいきょう》のある顔で権佐に訊く。権佐は途端にしどろもどろになって「いや、それは」と、小鬢を掻いた。

「はし膳の息子のことか？　確か、幸蔵だったな？」

数馬はぎらりと権佐を見た。

「幸蔵は魚河岸に店を出したそうだってな。最初は客の入りがさっぱりだったが、この頃は繁昌しているという噂だ。お前、幸蔵に何をした」

「何もしておりやせん」

権佐は慌てて否定する。

「魚河岸のはし膳さんのお蕎麦はおいしいですよ。うちの息子も時々、食べに行っておりますから」

おもんがさり気なく口を挟んだ。幸蔵の店はようやく客を取り戻して、数馬の言うように繁昌の様子を見せるようになった。その割に常蔵の方は相変わらずであったが。

「まあいい。この度のことはわしも眼を瞑《つぶ》ることにしよう」

数馬は訳知り顔で言った。さらに取り繕っては墓穴を掘ることになりそうで、権佐は口を噤《つぐ》んだ。おもんが酔った権佐の顔の傷を数え出した。

「痛かったでしょうね？　こんなにずたずたじゃ」

おもんは眉根を寄せる。年に似合わず色っぽい表情だ。

「お内儀、顔はずたずたでも、こいつの心は極楽よ。美人の女房を手に入れたのだから」

数馬は性懲《しょうこ》りもなく言う。

「ええ、ええ、存じておりますよ。あさみ先生は美人の上に腕がいいのですもの。そんなあさみ先生の心を捉えた親分は、きっとあたし等の知らないいいところがあるんでしょうよ」

おもんは意味深長な物言いをした。いいところとは何んだ、言え、お内儀。数馬は悪酔いの態《てい》である。ふざけ合う二人を笑って眺めながら、権佐は手酌で酒を飲んだ。窓から堀のせせらぎが聞こえた。さらさらと流れる水音を聞きながら、いつしかそれは、おそよが流れ灌頂をする柄杓の水音のようにも思えてくる。

あの世は権佐にとって、そう遠い世界ではなかった。権佐は六年前に半死半生の傷を負ってから人が生きる意味を強く考えるようになった。今、権佐が生きているのは、もちろん、あさみが必死に介抱した結果である。しかし、それ以上に何か眼に見えない大きなものの加護を感じる。それは神仏という言葉で簡単に片づけられないもののような気がする。

幸蔵の所業を隠蔽《いんぺい》したのは、お上の御定書《おさだめがき》に反することであった。幸蔵をお上に引き渡すことはたやすい。本来、町方役人の小者とは不届き至極の下手人を捕らえる手助けをすることだ。幸蔵のしたことは決して褒《ほ》められることではない。だが、幸蔵は女房を死なせてしまった。これから先も幸蔵は女房の命日が来る度に己れのしたことを永劫《えいごう》に悔やむのだ。それ以上の罰があるだろうか。

菊井数馬はうすうす感じている様子である。

それでも、あえて追及しなかったのは権佐の気持ちを少しは理解しているのだろう。大層、ありがたいと思う。他の役人であったなら、こうはいかない。

これでよかったと思う一方、お上に背《そむ》いてしまった自分に重い疲れも感じていた。権佐はいつもより酒量を過ごし、家に戻ってからあさみに小言を喰らう羽目になった。

その夜、権佐は夢を見た。流れ灌頂をするおそよの傍に、幸蔵の女房がひっそりと立っていた。幸蔵の女房の顔を権佐は知らない。

しかし、その女が女房であると、なぜかわかった。おそよが柄杓で水を掛ける度に仏壇の鉦《かね》の音《ね》がした。見つめる権佐に気づくと、女房は寂しい笑みを洩らして頭を下げた。権佐もそれに応える。

荒布橋の辺りは白い靄《もや》に包まれ、岸辺には様々な花が咲き乱れ、むせるような線香の匂いが漂っている。そこはまさしくあの世であった。権佐は、あの世とこの世を繋ぐ狭間《はざま》で自分は生きているのだと、ふと思うのだった。

赤《せき》縄《じょう》

一

八丁堀、代官屋敷の通りに面している麦倉洞海《むぎくらどうかい》の屋敷の庭は蟬《せみ》の鳴き声がかまびすしい。洞海は外科を得意とする蘭方医《らんぽうい》で通っている。

母屋《おもや》から続いている手当場《てあてば》の方からは洞海の娘のあさみが患者とやり取りする声が切れ切れに聞こえていた。手当場では瘡《かさ》、しらくもの皮膚病から神経痛、頭痛、歯痛、食あたりまで、外科か否かに拘《かかわ》らず様々な病を治療している。

午前中、日本橋呉服町《ごふくちょう》から次郎左衛門《じろうざえもん》が訪れると、洞海はあさみと弟子に後を頼んで母屋の方に次郎左衛門を促《うなが》した。次郎左衛門は洞海の夏の羽織を届けに来たのだ。洞海は自分の着る物をすべて次郎左衛門に任せていた。

近い内に蘭方医の寄合《よりあい》があり、羽織はその寄合に間に合うように無理を言って急がせたものだった。

仕事の邪魔をしてはならじと次郎左衛門はすぐに暇乞《いとまご》いをするつもりだったが、洞海はそうさせなかった。洞海は次郎左衛門と話をすることを大層楽しみにしていたからだ。洞海の友人は仕事柄、医者が多い。次郎左衛門のような職人はいない。職業によっても、ものの考え方はおのずと違う。洞海はこれまで、次郎左衛門の話から示唆《しさ》を受けることが多かった。それに次郎左衛門は洞海にとって単なる仕立て屋ではない。娘の連れ合いの父親に当たる男でもある。

洞海の羽織は紺の透綾《すきや》である。薄物仕立てで、中の着物が透けるので大層涼し気に見える。洞海は仕事着の十徳《じっとく》の上から羽織を試して満足そうな笑みを洩《も》らした。

「お師匠《つしょ》さん、どうだね？　これを着て出かけたら、わしでも男ぶりが上がって見えないかい？」

洞海は思わせぶりな目付きで次郎左衛門に訊《き》いた。

「はい、まことに品よく映ります」

次郎左衛門も自分の仕事に満足がいったような顔で応《こた》えた。右腕がほんの心持ち長い洞海のことを考え、袖丈にも気を遣って仕立てた。着丈もぴったりであった。

「お代は晦日《みそか》でいいかね？」

洞海は羽織を脱ぎながら訊く。

「はい、結構でございます」

「よそ様より勉強してくれてるんだろうね？」

洞海は悪戯《いたずら》っぽい表情で続ける。なに、次郎左衛門をからかっているのだ。真面目な次郎左衛門は受け取った羽織を丁寧に畳みながら「それはもう」と応えた。

女中のおすずの運んで来た茶で喉《のど》を潤しながら二人は寛《くつろ》いだ表情で庭を眺めた。三十坪ほどの庭であるが、季節ごとに庭師を頼んでいるので見苦しい雑草も生えておらず整然としていた。生け垣は樫《かし》で拵《こしら》え、庭は青桐《あおぎり》という背の高い樹《き》を主体にしている。緑色の幹がすっと伸びて大振りの葉が涼し気な緑陰を作っている。青桐の下には山吹《やまぶき》、寒椿《かんつばき》、躑躅《つつじ》、雪柳《ゆきやなぎ》などが植えられていた。小さな池も設《しつら》えてあり、そこには睡蓮《すいれん》、沢瀉《おもだか》などの水草を植えて、いかにも数寄者《すきもの》の洞海らしい庭の造りであった。

麦倉の家を訪れる患者達も風流な庭を眺めることを楽しみにしていた。外には強い陽射《ひざ》しが降っているが、そうして庭を眺める二人は時々首筋の汗を拭《ぬぐ》う程度で、さして暑さを苦にしているふうもなかった。

洞海は十徳と呼ばれる鼠《ねずみ》色の筒袖の上着に対《つい》のたっつけ袴《ばかま》の恰好《かっこう》で気楽に胡座《あぐら》をかき、次郎左衛門は木綿縞《もめんじま》の単衣《ひとえ》に博多の細帯を締め、こちらはきちんと正座している。次郎左衛門にとって正座が一番寛げる姿勢でもある。

目方は洞海の方がやや重いが、背丈はほぼ同じ。ついでに年も次郎左衛門の方が一つ上なだけで、昔話をさせたら共通する話題に事欠かない。

「そろそろ、あの浴衣《ゆかた》を手放す気になったかね？」

洞海は茶をひと口啜《すす》ると、そんなことを言った。

「ご冗談を。あんな古着は先生がお召しになるものじゃありませんよ」

洞海は次郎左衛門が着ている父親譲りの絞《しぼ》りの浴衣にいたく執心していた。新品の時には生地も絞りも見事なものであったが、年月を重ねる内に絞りは伸びて、次郎左衛門の言うように、ただの古着に過ぎない。しかし、着る物に目ざとい洞海は、その着心地のよさを見抜いていた。事あるごとに譲ってくれとねだるのだ。

「そうか、駄目か……しかし、もしも、他の者に譲ろうと考えた時は、わしだぞ。わしのことを思い出してくれよ」

「敵《かな》いませんねえ、先生には。あれはそろそろ寝間着にしようと思っているんですよ」

「寝間着にしたところで悪くはない。あれを着て寝たら、さぞかし気持ちよく眠れることだろう」

「………」

「お師匠さんは辛抱な男だから、あれを着潰《きつぶ》す気でおられるのだろうの……いや、残念だ。あのような浴衣はどうしたら手に入れられるのだろうかと、夏になる度に考えてしまうよ」

「先生が男でようござんした。これがおなごに生まれついたなら、着る物で身上《しんしょう》が傾くところですよ。お医者でこれほど身を構うことにご熱心な方もおられません。その割にあさみさんは構わない人だ」

次郎左衛門は溜め息混じりに呟《つぶや》いた。息子の嫁だというのに、次郎左衛門は今でもあさみを呼び捨てにできない。本来は息子の嫁に来てくれるような娘ではなかったのだと考えているからだ。それは女房のおまさも同じ気持ちであった。

「あさみは仕事が忙しくなれば恰好などどうでもいい奴だ。男まさりというのでしょうな」

洞海も苦笑混じりに応える。

「あれが生まれる時、家内は陣痛が重くて大層苦しみました。洞順《どうじゅん》を産んでいるので産道はついていたはずなのに、まるで初産のようだった。わしも家内も、これは相当の暴れ者の息子だと信じて疑わなかったものです。ところが生まれてみるとおなご……わしは気が抜けましたよ」

洞海は愉快そうに昔話を次郎左衛門に語った。洞順はあさみの兄のことである。大名屋敷の侍医《じい》を務めているので、今は八丁堀から離れて住んでいた。

「権佐《ごんざ》の時は、うちの奴が急に産気づきまして、大いに慌てたものでございますよ。うちの奴も大層苦しみましたかねえ。ようやく生まれたと思いましたら、今度はなかなか産声を上げずに心配しました。取り上げ婆さんが尻を叩《たた》いて、ようやく泣かせたのですよ。身体がどす黒くなっておりましたよ。あれは半分死に掛けていたのでしょうかねえ」

次郎左衛門も権佐の生まれた時のことを思い出して言った。

「仮死状態で生まれたのですか。それはそれは……権佐はよほど強い運に恵まれていたのでしょうな。大抵はそのままいけなくなる場合が多いものです」

洞海は半ば感心した表情になった。

「しかし、先生。あたくしはさほど強い運だとも思っておりませんよ。いっそ、あの時死んでいたなら、後で苦労しなかったものをと考えることがありますよ。そうしたら、あさみさんも、もちっとましな亭主をお持ちになれたでしょうに。いやはや、今更詮《せん》のないことを申し上げますが……」

次郎左衛門は庭に視線を投げてしみじみした口調で言った。

「何をおっしゃる。わしは権佐があさみの亭主になったことを心から喜んでおります」

洞海は禿頭《とくとう》を振りながら力んだ声を上げた。

「ありがとう存じます。権佐はよいお舅《しゅうと》さんに恵まれたものです。他の方では、こうはゆきませんよ」

「お蘭《らん》も生まれたことだし、何よりお師匠さんと友人になれたのがわしは嬉しい」

「あたくしも先生のようなご立派な方と親戚づき合いできることを常々自慢に思っておりますです、はい」

「時にお師匠さんは、どうして権佐という名前にしたのですかな？　お師匠さんが次郎左衛門なら権佐は権佐衛門とするのが定石と思いますが」

洞海は長年の疑問を口にした。確かに権佐だけでは渾名《あだな》のように聞こえる。

「はしょったような名前で、あたくしも実は今じゃ後悔しているんでございますよ」

「ほう」

洞海は興味深い顔になった。

「なにね、あたくしは次郎左衛門なんて長ったらしい名前をつけられたお蔭《かげ》で、まともに呼んで貰《もら》ったことはないんでございますよ。次郎ちゃんなんてのはいい方で、仕立て屋の師匠の所に弟子入りした時は、じろで通っておりました。馬鹿な質《たち》とお思いでしょうが、あたくしは無駄が嫌いでございましてね、そいじゃ、あたくしの残りの名前は要《い》らなかったものなのかと考え込んでしまったのですよ。あたくしはその時、決心したんでございます。子供には無駄な名はつけまいと」

「それで権佐なのかい？」

洞海は少し呆《あき》れたように訊いた。次郎左衛門はこくりと肯《うなず》いた。権佐の弟も弥須《やす》と、ぶっきらぼうな名である。普通なら弥須吉か弥須助と名付けるところであろう。

「でも、先生。やっぱり名前はちゃんとつけないと駄目なものですよ。八卦見《はっけみ》に見て貰ったことはありませんが、きっと息子があんなひどい怪我を負ったのは名前が悪かったんだとあたくしは思っている次第で」

「それはお師匠さん、名前のせいじゃない。あさみとの巡り合わせでそうなったのだよ。申し訳ない。わが娘のために権佐はあのような傷を」

洞海は殊勝に頭を下げた。

「そんな、先生、そんなつもりで申したんじゃございませんよ。まあ、あたくしとしたことが余計なことを」

次郎左衛門は心から後悔したように首を俯《うつむ》けた。

「おべべの爺《じ》っちゃん！」

茶の間に顔を出した孫のお蘭が甲高《かんだか》い声を上げた。二人にとっては共通の孫だった。孫を可愛いと思う気持ちに、どちらも遜色《そんしょく》はない。

「おお、お蘭、今までどこにいたんだい？　おべべの爺っちゃんはお前の顔が見えないんで寂しかったよう」

次郎左衛門は甘えた声でお蘭に言った。お蘭は仕立て屋をしている次郎左衛門のことをおべべの爺っちゃんと呼び、洞海と区別していた。権佐がそう教えたのだろう。

五歳のお蘭は小鼻を膨らませて「あたい、提灯《ちょうちん》掛《が》け横丁《よこちょう》の藪《やぶ》きたにお蕎麦《そば》を注文しに行ったのさ。おべべの爺っちゃんと、うちの爺っちゃんと一緒にお昼はお蕎麦にしようって」と得意そうに応えた。金魚の柄《がら》の入った浴衣は権佐が縫ったものである。お蘭の利《き》かん気な顔にはよく似合った。

「お蘭、せっかくだが、昼飯は呉服町に帰って食べるから心配しないでおくれ」

次郎左衛門は慌ててそう言った。

「お義父《とう》さん、ご遠慮なく。すぐにお蕎麦が届きますから」

お蘭の後ろからあさみが顔を見せて言った。

「お前も気が利かないねえ。どうせなら鰻《うなぎ》でも取ればいいのに」

洞海が詰《なじ》るように言う。

「あら、そうでした？　まあ、どうしましょう」

途端にあさみは眉根を寄せて困り顔をした。

「いや、あたくしはお蕎麦が好物ですので、それじゃせっかくですから、お蕎麦をいただかして貰いますよ」

次郎左衛門はあさみを庇《かば》うように応えた。

お蘭が安心したように二人の間に座って笑った。

「お蘭、お前はこの爺っちゃんと、おべべの爺っちゃんと、どちらの方がより好きなんだ？」

洞海は試すようにお蘭に訊く。子供を困らせるような問い掛けである。お父っつぁん、あさみが低い声で窘《たしな》めた。お蘭がどちらに軍配を挙げても、もう一方は傷つく。

お蘭は二人の顔を見比べて、少し困惑したような表情をしたが、すぐにとてつもなく大きな声で「どっちも！」と応えた。わが娘ながら、あさみはその機転に感心し、思わず「お蘭、お見事」と、芝居がかった声で半畳を入れた。洞海は顎《あご》を上げて哄笑《こうしょう》し、次郎左衛門は、さも愛《いと》し気《げ》な表情でお蘭の頭を撫《な》でた。

二

権佐と弟の弥須は炎天の中、葭町《よしちょう》から日本橋に向けて歩いていた。二人は暑さのせいでもなく、いささかげんなりした気分だった。

その日の明け方に蔭間茶屋《かげまぢゃや》の一軒で相対死《あいたいじに》（心中）があったのだ。二人の男が刃物で刺し違えて果てたのである。

葭町は昔、遊里の吉原がその辺りにあったことから今でも何んとなく色街の風情《ふぜい》が残っている所である。しかし、どういう訳か、今の葭町は蔭間茶屋が多いことで有名である。近くに芝居小屋もあったので、おおかた芝居の女形《おやま》崩れが水茶屋奉公をするようになって栄えたのだろうと権佐は思っている。

その辺りは衆道《しゅどう》（男色）の趣味のある客が昼となく夜となく徘徊《はいかい》するので、ただ通るだけでも権佐には気色が悪い。加えて色がらみの事件が起きたとなれば、なおさらである。

朝になって権佐は南町奉行所与力、菊井数馬《きくいかずま》から呼び出しを受け、弥須と二人で葭町へ足を向けた。蔭間茶屋「千鳥《ちどり》」は表通りから狭い小路を入った所にひっそりとあった。いかにも人目を忍んで客が訪れそうな見世《みせ》である。

権佐と弥須が千鳥に行った時、ひと足先に来ていた定廻《じょうまわ》り同心、藤島小太夫《ふじしまこだゆう》は検屍《けんし》の最中だった。藤島は定廻りの中で古参の部類に入る男である。年は四十五歳と権佐は聞いていた。菊井数馬とは務め柄以上に親しくしている。権佐は藤島の命令で御用に出ることもあった。

相対死を図った者は蔭間と武士らしい客であった。四畳半の小部屋で事を起こしたのだ。部屋は天井も襖《ふすま》も返り血が飛んで凄《すさ》まじい状況であった。

狭い部屋には藤島と千鳥の主《あるじ》である千鳥屋宇右衛門《うえもん》、それに土地の岡っ引きが入っていたので、権佐が入り込んでは邪魔になる。

権佐は中の様子をちらりと覗《のぞ》くと見世の外に出て、興味本位に覗いてくる野次馬の整理をすることにした。見世前には藤島の若い中間《ちゅうげん》が一人立っているだけだった。野次馬は権佐を見ると、相対死が起きたよりも恐ろしそうな顔をした。傷の縫合の痕《あと》が目立つ権佐の顔は、初めて見る者を驚かせずにはいられないようだ。

千鳥の入り口近くにある部屋から一人の若衆姿の男が廊下に出ると、その場に立ち止まって突き当たりの部屋をじっと見た。

事件が起きたのは、その部屋であった。じっと見ている男も恐らく蔭間であろう。二十歳の弥須と同じ年ぐらいに思える。

「兄さん……」

権佐は土間口《どまぐち》に入って、そっと呼び掛けた。

絽《ろ》の着物は袂《たもと》を長くして、下の袴も薄物仕立てで中が透けて見える。死んだ蔭間も似たような恰好をしていたが、着物は血に染まり、元は何色なのか定かに判別できなかった。

権佐の声に振り向いた蔭間は、わ、わ、と短い悲鳴を上げた。弥須が苦笑した。

「おう、うちの兄貴の顔を見て、そんなに驚くこたァねェ。手前《てめ》ェの顔だって相当に恐ろしいぜ」

遠目には、たおやかな美少年をきどっている蔭間も近くで見ると厚化粧が鬱陶《うっとう》しい。

弥須の言葉に少し安心したのか「あら、ひどい」と、その蔭間は軽口を叩いた。朋輩《ほうばい》が死んだので泣いた後のような眼をしていた。

「ちょいと仔細《しさい》を聞かせてくんねェか。八丁堀の旦那はまだお調べの最中だから、詳しいことはわからねェのよ」

権佐は低い声で言った。蔭間はこくりと肯いた。

「お前《め》ェ、名前ェは？」

権佐の問い掛けにその蔭間は「りん弥《や》」と、ぶっきらぼうに応えた。

「そいつは源氏名か？」

「そうですけど……」

「元の名前ェは何んだ？」

「忘れましたよ。もう、名前なんてどうでもいいじゃありませんか。葭町のりん弥といえば、あたしと決まっているんだから」

りん弥は面倒臭そうに唇を歪《ゆが》めた。

「まあ、それもそうだな。で、相対死を図った理由に何か心当たりはあるかい？」

権佐が訊くと、りん弥は訳知り顔で話し始めた。

「並河《なみかわ》の旦那は秋に祝言を挙げることになっていたんですよ。吉弥《きちや》も髭《ひげ》が濃くなって、この商売にも先が見えてきた……それで、どうしようもなくなったんでしょうよ」

並河とは武士の名字で、吉弥は敵方《あいかた》の蔭間のことだろう。蔭間の売れ時は、せいぜいが十七、八まで。二十歳を超えたらお払い箱だという。ある意味で吉原の遊女達よりも厳しい世界である。それでも化粧でごまかし、年増の蔭間もいることはいた。皺《しわ》だらけの顔に若衆髷《わかしゅまげ》は、すこぶる異様に見える。

い。

「お前ェはどっちが先に死のうと持ちかけたと思う？」

権佐は続けて訊いた。りん弥は「さあ」と小首を傾《かし》げた。

「並河って客の居所《いどこ》は知っているのかい？」

「水野様のお屋敷に仕えているお人だそうです」

水野様とは竈河岸《へっついがし》に中屋敷がある水野壱岐守《いきのかみ》のことだろう。何んでも上総国《かずさのくに》の大名らし

「そのお武家に祝言が決まった。もとより手前ェは女より男の方がいいなどとは口が裂けても言われねェ。途方に暮れて事に及んだという寸法か……」

権佐は宙を睨《にら》みながら独り言のように呟いた。

「でも旦那、遺書もなかったんですよ。おおかた、昨夜はもの凄《すご》く暑かったから、二人とも頭の中が普通じゃなくなって死にたくなったんでしょうよ。どうせなら大川に飛び込んだ方が涼しかったのに」

りん弥は妙な理屈を捏《こ》ねた。死に方に涼しいも何もあったものではない。

千鳥の見世前で権佐がりん弥と話をしているところに、水野家の家臣であろうか、四人の男達が戸板を持ってやって来た。並河という武士を引き取りに来たようだ。男達は皆、苦渋の表情を隠さなかった。権佐は慌てて藤島を呼びに行った。外に出て来た藤島がふた言《こと》、三言《みこと》、男達と言葉を交わすと、男達は見世の中に入った。

ほどなく戸板にのせられ、上に筵《むしろ》を被《かぶ》せられた亡骸《なきがら》は屋敷に運ばれて行った。

まともに弔いをするのかどうかはわからない。恐らく、身内だけでひっそりと葬られることだろう。迷惑を被《こうむ》った千鳥の主は部屋の襖、畳を新調しなければならない。並河の所にその掛かりが要求されることになる。何につけても金の世の中である。

残された吉弥は手足を縛り、荒菰《あらごも》で巻かれて投げ込み寺に葬られる。そうしないと地獄で畜生道に堕《お》ちると言い伝えられていた。

「さて、わしはこのことをお奉行に報告しなければならぬ。後は鯛蔵《たいぞう》に任せて引き上げることにする。お前達は他の見世にゆき、主にくれぐれもこのような事が起こらぬよう用心致せと触《ふ》れ廻《まわ》れ。その後は帰ってよし」

藤島は権佐と弥須にそう言った。鯛蔵とは葭町近辺を縄張りにしている岡っ引きの名で、事件の起きた部屋にいた男である。下膨れの顔をしている藤島は体格もよい。権佐は藤島を見上げるようにして「へい」と応えた。横に立っていた藤島の中間に顎をしゃくり、「そいじゃ、ひと足先に引けさして貰いやす」と言った。

「ご苦労様でございやす」

若い中間は一瞬、羨《うらや》ましそうな表情になったが慇懃《いんぎん》にそう応えた。

「兄貴よう、何んだかやり切れねぇ事件だよな。男と女の相対死なら、ちょいと乙な気分にもなるが、野郎と野郎じゃ……」

藤島に言われた通りに、近くの蔭間茶屋を廻った後で弥須は権佐にそう言った。

「あの二人は死神に取り憑《つ》かれていたのよ。死にてェと思ったら最後、他のことは考えられなかったのよ」

権佐は埃《ほこり》っぽい道を歩きながら弥須に応えた。

葭町を抜け、親父橋《おやじばし》を渡り、二人は照降町《てりふりちょう》に入り、日本橋へ向かっていた。魚河岸にある「はし膳《ぜん》」で蕎麦でも喰《く》おうかと算段していた時、権佐と弥須の向かい側から町家ふうの娘が小走りに駆けて来るのが見えた。この暑いのに余計な汗をかきたがる者もいるものだと権佐は内心で独りごちた。

しかし、娘は権佐の横をすり抜けると思いきや、本松町《ほんまっちょう》の商家の陰にそっと身を忍ばせた。それから通りを窺《うかが》うようにちらりと見ると、壁に背中をもたせ掛けて荒い息を吐《つ》いた。誰かにつけられている様子でもない。娘の表情は熱に浮かされたように上気していた。

権佐は怪訝《けげん》な眼で通りの向こうを眺めた。

通りを往来する人々に混じって饅頭笠《まんじゆうがさ》を被り、手に錫杖《しやくじよう》を持った托鉢僧《たくはつそう》の姿が眼についた。首から喜捨《きしや》の品々を入れる頭陀袋《ずだぶくろ》を下げている。托鉢の白い衣裳は汗と埃で汚れ、四角い頭陀袋も同じように黒ずんでいる。夏のことで托鉢僧の足許《あしもと》は素足に草鞋履《わらじば》きであった。娘のお目当ては、どうやら、その托鉢僧であるらしい。権佐は少し妙な気持ちになった。これが芝居の役者なら大いに合点のいくことであったろうが。

果たしてその托鉢僧が娘のひそんでいる家の横を通った時、娘はぴょんとその前に躍り出た。少し驚いたような托鉢僧の足が止まった。だが、すぐに落ち着きを取り戻し、合掌して頭を下げた。

娘は托鉢僧と前々から顔見知りらしい。

饅頭笠の庇《ひさし》を上げた時、その顔が僅《わず》かに見えた。僧侶《そうりょ》にしておくには惜しいような男前であった。

「幾ら岡惚《おかぼ》れしても坊さんじゃ、無理、無理」

弥須はそんなことを言った。

蔭間と武士の組合わせの後に、今度は僧侶と町家の娘である。今日はそんな巡り合わせに出くわす特別な日だろうかと、権佐はぼんやり思った。

驚いたことに娘は托鉢僧の袖を引いて魚河岸の方へ歩いて行く。もしやと思っていたら、案の定、娘は、はし膳の暖簾《のれん》をくぐった。

「坊さんと逢引《あいびき》だ」

弥須はおもしろそうに笑った。権佐と弥須は二人の後から、はし膳に続いた。


「お嬢さん、困ります。どうぞこのようなことはなさらないで下さい」

托鉢僧は笠を外して小上がりで娘と向き合うと低い声でそう言った。先刻、歩きながら経を唱えていた声は、いわゆる験者声《げんざごえ》であったが、普段の声は、それとは別人のように落ち着いたよい声である。笠を外して現れた顔も権佐の最初の印象を裏切ることはなかった。

「あら、あたしは喜捨のつもりなのよ。托鉢をしていてもお腹は空くじゃありませんか。なまぐさ物を差し上げる訳じゃなし、お蕎麦なら構わないでしょう？」

娘は意に介するふうもない。親は商いでもしていて少し富裕なのだろう。娘の着物も帯も、髪に飾っている簪《かんざし》も上等なものだった。決して美人ではないがお俠《きゃん》な感じがする。

権佐は娘のお蘭が成長したなら、そんな娘になるような気がした。

「兄さん、小上がりにいるのは、どこの娘なんだい？」

権佐は、はし膳の主の幸蔵《こうぞう》に小声で訊いた。

「駿河町《するがちょう》の呉服屋の娘ですよ。梅田《うめた》屋という店です」

幸蔵は人なつっこい笑顔で権佐に応えた。最近は客の入りがいいので幸蔵の表情も明るい。店では十二、三の小僧を一人使っていた。こちらは葭町の蔭間と違い正真正銘の前髪頭の少年である。縞の単衣に納戸《なんど》色の油掛けをつけていた。

「おう、長吉《ちょうきち》。あの娘はちょいちょいこの店に来るのかい？」

権佐が訊くと、小僧の長吉は「梅田屋のお嬢さんはこれで三度目だと思います。清泉《せいせん》様が托鉢をなさる道筋を心得ていらっしゃるので、待ち伏せをされて、こちらにおいでになるんです」と応えた。待ち伏せという言葉を遣った時、後ろの二人をちらりと振り返り、声を低めた。気遣いする様子が権佐の微笑を誘った。長吉はなかなか利口な子供のようである。

「どこの寺の坊さんよ」

権佐も長吉に合わせるように低い声で訊いた。長吉は権佐の耳に口許を近づけ、さらに低い声になった。権佐の耳の傍《そば》にも傷がある。

長吉は人差し指で何気なく傷の痕をすっと撫でた。権佐が怪訝な顔をすると、長吉はせわしなく目をしばたたいて言葉を続けた。

「山谷《さんや》の正行寺《しょうぎょうじ》でお世話になっているそうです。あの方は江戸のお人ではないようです。何んでも北国のお寺のご養子さんだそうで、修行のために江戸へ出て来られたのです」

「長《ちょう》、上がったぜ。さっさと運びな」

幸蔵は少し苛々《いらいら》した顔でせいろの蕎麦を顎でしゃくった。長吉はすぐさま小上がりに蕎麦を運んだ。清泉は遠慮してなかなか箸《はし》を取ろうとしなかったが、娘に蕎麦がのびると言われると丁寧に合掌して箸を取った。はし膳の幸蔵は小上がりの二人を板場から時々、ちらちらと見ていた。幸蔵も気になっている様子である。

「あの娘は坊さんにぞっこんらしいな」

権佐は呟くように言った。

「わかるかい？」

幸蔵は大釜《おおがま》に権佐と弥須の分の蕎麦を放り込むと、短い吐息をついた。

「おこのちゃんは梅田屋の跡取り娘なのよ。婿《むこ》を取って店《たな》を継がなきゃならねェのに、さっぱり縁談には耳を貸さねェ。親父さんもお袋さんも弱っているのさ」

「あの坊さんのせいだな」

権佐がそう言うと幸蔵は小さく肯いた。

「何んでまた、あの坊さんと知り合いになったのよ」

「梅田屋は正行寺の檀家《だんか》だ」

「なある……」

弥須が合点のいった顔で口を挟んだ。

「坊さんのくせに、あの男前だろ？　国の寺でも娘や女房達にえらく人気があったらしい。それでこのままでは清泉様のためにならねェと寺の住職は江戸へ出して修行させる気になったらしい。まあ、江戸へ出て来たところで同じさ。清泉様を追い掛ける娘はおこのちゃんに限らねェのよ」

「男前が仇《あだ》か……どうせなら芝居小屋の役者になった方がよかったな」

権佐がそう言うと幸蔵は「違げェねェ」と皮肉な笑みを浮かべた。小上がりでは、おこのが熱心に清泉に話し掛けている。清泉は気後れしたような顔ではい、はいと応えていた。

幸蔵は茹《ゆ》でて水に晒《さら》した蕎麦をせいろにのせて権佐と弥須の前に置いた。

「あの娘の親は、娘が坊さんに岡惚れしているのを知っているのかい？」

ひと口、蕎麦を啜り込んで権佐は幸蔵に訊いた。

「知っているだろうよ。だが、どうにもならねェ。清泉様は独り身を通しなさる宿命《さだめ》だし、おこのちゃんは店を継がなきゃならない。ただね、清泉様はああ見えて、おこのちゃんがまんざら嫌《い》やでもねェらしい」

幸蔵は小上がりに視線を向けて言う。

「兄さん、どうしてわかる？」

「そりゃ、ごんちゃん、わかるさ。他の娘が同じように誘っても清泉様は決してうんとは言わねェ。おこのちゃんだから困ったような振りをしながらついて来るのよ」

「結構、小狡《こずる》い坊主じゃねェか」

弥須が愉快そうに笑った。

「この先、どうなるんだか……他人事《ひとごと》ながら気が揉《も》めるよ」

幸蔵は蕎麦湯の入った朱塗りの湯桶《ゆとう》を長吉に差し出した。長吉はそれを持って小上がりに運ぶ。清泉はかなりの早喰いで、すでにぺろりと蕎麦を食べ終えていた。おこのはかいがいしく清泉の蕎麦猪口《ちょこ》に蕎麦湯を注いだ。

おこのの顔は恋する娘のそれだった。禅僧は女犯《にょぼん》を禁じられている。妻帯することもできない。仏に仕え、生涯を独り身で通すのである。そして、おこのもまた、商家の跡取り娘として婿を迎えなければならない立場である。おこのの顔を眺めている内に権佐は不思議な気持ちになっていた。不思議な気持ちとは、なぜか目の前の二人が夫婦になり、仲睦《なかむつ》まじくしている姿が脳裏に浮かんでいたからだ。権佐にそう思わせるほど、おこのと清泉は似合いの二人だった。おこのは十六、七だろうか。清泉はそれより一つ二つ年上に見える。

二人の若さが世間の分別をつかの間忘れさせ、そうなったらどんなにいいだろうと権佐にふっと思わせたのだろう。

「兄貴、喰わねェのかい？」

権佐が食べ残した蕎麦に弥須が箸を伸ばした。

「ああ。おれァ、千鳥の騒ぎを見たせいで胸がつかえていらァ。片づけてくんな」

権佐がそう言うと弥須は嬉しそうに笑った。

「ご馳走《ちそう》様でございます。本当にありがとうございます」

清泉はおこのに頭を下げてから、幸蔵にも同じ台詞《せりふ》を言った。

「暑いから身体に気をつけてな」

幸蔵は清泉にねぎらいの言葉を掛けた。清泉は合掌して錫杖を鳴らした。その時、権佐と眼が合った。清泉は柔らかな微笑を権佐に見せた。権佐の心が洗われるような美しい笑顔であった。

「おこのちゃん、おっ母さんが心配しているから早く帰《け》ェんな」

清泉が出て行くと、勘定を払うおこのに幸蔵はぴしりと言った。

「放っといて」

おこのは口を返した。眼がつり上がった。

「相手が坊さんじゃ札《ふだ》の切りようがねェぜ」

幸蔵が怯《ひる》まず続けるとおこのは唇を噛《か》んで押し黙った。そのまま小走りに店を出て行った。

後に残された者は同時に吐息をついた。

「餓鬼《がき》のくせに、わかったような面《つら》をするんじゃねェ！」

弥須は長吉に悪態をついた。長吉も同様に切ない溜め息をついたからだ。長吉は不服そうな顔をしたが「すみません」と頭を下げた。

三

権佐はそれから清泉の姿を何度か江戸の町で見掛けることがあった。あまりの暑さに武家屋敷の閉じた門の前で棒手振《ぼてふ》りの花屋と並んでしゃがみ、陽射しを避けていたこともあった。竹筒に入れた水を飲むと、気さくに花屋の男にも勧める。煙管《きせる》を吹かしていた中年の花屋はしかめ面を緩《ゆる》め、「おおきにありがとよ」と礼を言って水を頂戴していた。

あるいは雨降りの日に濡れながら両国橋を歩いていたこともある。雨粒が清泉の饅頭笠からしきりに垂れていた。草鞋を履いた清泉の足は泥にまみれ、爪も黒かった。

僧侶の修行とわかっていても、権佐は清泉を見掛ける度に哀れを覚えた。世の中には望んで苦を求める人間もいるのだ。その苦に耐えることで本当に心が磨かれると信じているのだろうか。権佐にはわからない。南町奉行所与力、菊井数馬の小者《こもの》を務める権佐は、僧侶でありながら吉原に通ったり、先日心中騒ぎがあった葭町で蔭間を買う者がいることは知っていた。それについて権佐はさして、ふとどき者だとも思わない。僧侶も血の通った人間だと考えるからだ。

しかし、清泉には戸惑いを覚える。一片の生臭いものさえ感じられない。清泉の表情はその名の通り清らかであった。いつか、権佐も梅田屋のおこのように清泉贔屓《びいき》になっていたのかも知れない。道で出くわせば薄汚れた頭陀袋に鐚銭《びたせん》を喜捨している。清泉は澄んだ眼で権佐を見つめ「親分さん、畏《おそ》れ入ります。願わくはこの功徳《くどく》を以《もっ》て、あまねく一切《いっさい》の衆生《しゅじょう》に及ぼし、我等《われら》と衆生と皆ともに仏道に成《じょう》せんことを。南無阿弥陀仏、南無阿弥陀仏……」と唱えてくれた。

江戸は清泉の澄んだ眼とは対照的に濁り、腐り果てた事件が続いていた。事件は色と欲、恨みつらみ、手前勝手の我儘《わがまま》から発せられるものがほとんどである。

権佐の望みは仕立て物の腕が少しでも次郎左衛門に近づくこと、家族が達者で暮らせること、食べるのに困らぬ程度の金を得ることだけだった。

今、曲がりなりにもその望みが叶《かな》えられていることで権佐の気持ちは穏やかである。

自分がそれほど長生きはできないだろうとは、何んとなく感じている。傷だらけの権佐が、もしも流行《はや》りの病にでも罹《かか》ったら、たちまちにやられてしまうと女房のあさみは権佐に告げていた。季節の変わり目の頭痛、関節の痛み、原因のわからない腹痛、それ等《ら》がいつも権佐を悩ませていた。よほどの痛みでない限り、権佐はあさみに訴えはしない。

しかし、夜も眠られない時は、そっとあさみの肩を揺する。あさみは少し悲し気な顔をして南蛮《なんばん》渡来の痛み止めを与えてくれる。痛み止めは年を経るごとに量が増えていた。そのまま ゆけば、いつかは気がおかしくなり、自分のことも相手のことも訳がわからなくなるという、恐ろしい薬であった。あさみは毒と薬は両刃《もろは》の剣《つるぎ》だと言った。あまり薬を摂《と》り過ぎては命に関わる。

「おれァ、一度死んでいるからよ。今生きているのは、おまけ」

権佐はわざと明るくあさみに言うのだった。あさみが台所の冷や酒を隠れ飲みするのはそんな夜だった。

江戸の夏は権佐の身体など頓着《とんちゃく》することなく強い陽射しを降らせていた。

盂蘭盆《うらぼん》は寺のかきいれ時である。寺に墓参りに来る人々は先祖の霊を慰めるために僧侶に読経を求める。清泉も世話になっている寺のためにお勤めをしているようだ。

橋の欄干にもたれて、ぼんやり川面を見つめているおこのを目にした時、権佐は、そういえばこの二、三日、清泉の姿を見掛けていないと気づき、ついで、盂蘭盆だからだと合点がいった。権佐はおこのに声を掛けようかどうしようかと、ずい分悩んだが、やはり声は掛けなかった。

よしんば声を掛けても、おざなりなことしか言えないだろう。まさか坊さんと蕎麦が喰えないから寂しいのかい、とも言えなかった。

権佐はもの思いに耽《ふけ》ったようなおこのの横顔をちらりと眺めただけで、その場を通り過ぎた。おこのは、はし膳で見た時より瘦《や》せて感じられた。

清泉を諦《あきら》めることはできないし、かといって添うこともできない。おこのは及ばぬ恋路の行方に小さな胸を痛めているのだった。それを思うと権佐の胸も何やら切なかった。

権佐が再び清泉と会ったのは盂蘭盆も過ぎた晦日近くのことだった。

ちょうど、吉原の引手茶屋《ひきてぢゃや》の主に次郎左衛門が仕立てた秋物の着物を届けた帰り、日本《にほん》堤《づつみ》を今戸橋に向けて歩いていた時だった。清泉が田圃《たんぼ》の畦道《あぜみち》にしゃがんで草摘《くさつ》みのようなことをしていたのだ。田圃はもうすぐ稲刈りの時季を迎える。実った稲穂が重そうに頭《こうべ》を垂れ風に揺れていた。その中にいる清泉はまるで案山子《かかし》のように見えた。

「坊さんよう」

権佐は土手から清泉を見下ろして声を掛けた。権佐のしゃがれた声は、すぐには清泉の耳に届かなかった。権佐はその場から土手下に滑るように降りた。

「親分さん……」

ようやく権佐に気づいた清泉は少し驚いた表情だった。相変わらず薄汚れた托鉢の恰好であった。

「草摘みですかい」

そう訊くと清泉は照れたように笑い、「お八《や》つをいただいておりました」と応えた。

「お八つ？」

権佐は訳がわからず、薄青い空に視線を向けた。清泉の目からは権佐が白眼を剝《む》いたようにしか見えなかっただろう。お八つという時刻ではない。陽はそろそろ西に傾き始めていた。

「これですよ」

清泉は掌《てのひら》の中の包みを拡《ひろ》げて見せた。渋紙の中に経木《きょうぎ》を細かく裂いたものが入っていた。経木の先には黒っぽい何かがなすりつけられている。権佐が怪訝な顔をしたままだったので、清泉は経木を権佐の鼻先に近づけた。

ぷんと香ばしい匂いがした。

「味噌ですかい？」

「はい、そうです。味噌を火で炙《あぶ》ったものです」

「それがお八つになるんですかい？」

「これをですね、こうして……」

清泉は田圃の畦道に生えている草の芽を摘み取ると、その味噌につけて口に入れた。

「托鉢をする時は、いつもこれを持ち歩いております」

「なるほどね」

権佐はようやく納得した顔をした。

清泉の携帯食というところであろう。

「これからはきのこが出ますので、それもこうしていただきます。本当は春が一番いいのです。蕗《ふき》の薹《とう》や土筆《つくし》がおいしいですよ。親分さん、少し試してみますか？」

清泉はそう言って草の芽を摘み、味噌につけたものを権佐に勧めた。食べられる草を清泉は心得ているようだ。恐る恐る口に入れたそれは、思っていたよりまずくはなかった。味噌の味に助けられて何やら乙でもあった。

「結構、うまいもんですね」

権佐はお世辞でもなく言った。清泉が嬉しそうに笑った。白い歯が眩《まぶ》しい。

「お行儀が悪いので親分さん、このことは他言無用に」

清泉は悪戯っぽい表情で言った。その顔は僧侶ではなく普通の若者であった。

それから二人はどちらからともなく、土手下に腰を下ろした。

「盆が過ぎて、托鉢も少しは凌《しの》ぎ易《やす》くなりやすね？」

権佐はすっかり陽灼《ひや》けした清泉の黒い首を眺めてそう言った。

「修行が楽になるのは困りものです。その後に辛《つら》い季節を迎えると、なおさら辛さが身に滲《し》みます」

「…………」

「江戸の寺は朝もそれほど早くないので国に戻ってから辛抱できるかどうか心配です」

「朝は何刻《なんどき》に起きなさるんで？」

「そうですね。七つ前（午前四時頃）です」

「そいじゃ、お国にいた時はその前ですかい？」

「はい。八つ半（午前三時頃）には起きなければなりません。顔を洗い、口を漱《すす》ぐと境内と本堂の掃除があり、それが済むと勤行《ごんぎょう》です。勤行の後に朝食です。それから座禅を致します。座禅を終えると畑仕事や薪割《まきわ》りの作務《さむ》があり、その後で托鉢に出ます」

清泉は淡々と僧侶の生活を権佐に説明した。

「大変なもんですね」

「いや、普段はそれほど大変でもありません。本当に大変なのは師走《しわす》の頭から八日間行なわれる修行です。毎日一刻《いっとき》（約二時間）ほどしか眠らずに座禅を続けるのです。足と尻の間に座蒲団《ざぶとん》を使いますが、もうもう足が痛くて……」

清泉は思い出して顔をしかめた。

「やはり、そういう辛い修行をしねェと徳のある坊さんにはなれねェという理屈なんですね？」

そう訊くと「どうなのでしょう」と清泉は小首を傾げ、「座禅は何かを期待してするものではありませんので」と続けた。

「え？　そいじゃ、何んにもならなくても、とにかく何日も辛い思いをするという訳ですかい？」

「はい」

「………」

浮いた浮いたの世の中に身を置く権佐に理解できることではなかった。権佐の胸中を察したように清泉は言葉を続けた。

「江戸の正行寺に来る前に飛騨《ひだ》の山寺で半年ほどお世話になりました。そこの住職は上州《じょうしゅう》の貧しい農民の出でありましたが、わたしが今まで会った高僧の中で文句なく一番であると感じました」

「ほう」

権佐は少し興味深い顔になった。宗賢《そうけん》という名の僧侶は江湖会《ごうこえ》（僧侶が一箇所に集まってする禅修行）で首座《しゅそ》（修行僧の最上座）に就《つ》いた時、捨てられていた襤褸《ぼろ》で拵《こしら》えた袈裟《けさ》で現れたという。僧侶として出世した自分を戒める行為だった。生涯乞食僧《こつじきそう》を自称し、名刹《めいさつ》の住職に就くことを拒否して飛騨の山寺に身を置いていたのだ。

「偉い坊さんもいるもんですね」

権佐は心底感心した声で言った。

「でも親分さん、わたしが本当に尊敬の念を抱いたのは、それぱかりではないのですよ」

「もっと何かあるんですかい？」

「はい。宗賢様は、飢饉《ききん》で非業《ひごう》の最期を遂げ、無縁仏となった仏様のために諸国を回り、その俗名を訊《たず》ねておられるのです。御酒《ごしゅ》のお好きな方でしてね、そのために身体を壊されたのですが、毎年、春になると旅に出ておられます。いずれ法要をなさるお考えのようです」

「そいつは骨の折れる仕事でござんすね」

「はい。わたしもどうしてそのようなことをなさるのか、最初は疑問を持っておりました。しかし、宗賢様はこうおっしゃいました。無縁仏の仏様は皆、ご自分の父母であると……」

そう言った清泉の顔から一服の清涼な風が吹いた気がした。権佐は少なからず感動していた。なるほど父母が無縁仏となっていたなら、子はそのままにしておくことはできず、手厚く法要をする気にもなるだろう。宗賢という僧侶は子の気持ちで、そうした苦労を買って出ているのだと思った。

「いいお話を聞かせていただいてありがとうございやす」

権佐は律儀に頭を下げた。清泉はいやいやと右手を振った。しかし、真顔になって「わたしは親分さんのことも聞いております」と言った。

「おれの？」

そう訊いた権佐の視線を清泉はさり気なく避け、「親分さんは今の奥様を助けるために深手を負われたのだと……」と低い声で言った。「身を以て愛しい者を庇う、これ慈悲の心の最たるものです」

力んだ声になった清泉に権佐は苦笑して鼻を鳴らした。

「坊さん、そんな大層らしい理屈ではねェんですよ。なりゆきですよ……あん時は頭に血が昇って、何が何んでも嬶《かか》ァを助けなければと思っていただけです」

「すばらしい……そういう奥様に巡り合えたことも仏様の加護に思えます。わたしもできることなら、そういう女人と巡り合い、自分の心を試してみたいと思います」

清泉は無邪気に言った。

「坊さん、あんたがおなごと巡り合うというのはできねェ相談じゃねェですか？」

権佐の言葉に清泉は返答に窮して俯いた。それを潮《しお》に権佐は言い難《にく》い話を始めた。

「余計なことを申し上げやすが、梅田屋の娘は坊さんを慕っておりやす。家つき娘ですから婿を取らなければなりやせん。ところが娘は他の縁談にも耳を貸さないそうです。それは坊さん、あんたのせいですぜ」

「申し訳ありません」

「別におれに謝って貰ってもしょうがねェ。おれが言いてェのは、できない相談なら、坊さんがあの娘にようく得心《とくしん》するように言い聞かせてほしいということなんです」

「そうですね……」

「やっていただけやすかい？」

「はい。おっしゃる通りに致します。ただ……」

清泉は逡巡《しゅんじゅん》するような表情で空を見上げ、吐息をついた。

「女人に対する欲望は修行で幾らでも抑える自信がございます。しかし、宿命までも曲げることができるのかどうかはわかりません」

「というと？」

「初めておこのさんにお会いしたのは正行寺でございました。おこのさんは観音様の御開帳の時に訪れて熱心に拝んでおりました。その姿をお見掛けした時、うまく説明できませんが心《しん》ノ臓《ぞう》がどきりと致しました。それは色香に誘われたというのではなく、ずっと遠い昔からおこのさんを知っていたような……懐かしい気持ちがしたのです。それから托鉢の時に市中を歩き廻っている時に、ふと、おこのさんのことを考えると、果たしておこのさんと出くわすということが続いたのです」

そいつは偶然だ、という言葉を権佐は呑《の》み込んだ。清泉が大真面目に言ったせいである。

「おこのさんに話したところ、あの方も同じだとおっしゃいました。これはどういうことなのかと二人で真剣に考えたのです。すると、おこのさんは正行寺の先代の住職から子供の頃に聞かされたことをわたしに話して下さいました」

「どんな？」

権佐はさり気なく清泉に話を急《せ》かした。

「夫婦となるべき者の足は目に見えない赤い糸で繫《つな》がっているのだと……それだけでは端唄《はうた》の文句のようですが、しかし、これに繫がれた者は、たとい敵討《かたきう》ちの相手であっても離れられないという凄まじいものなのです」

「………」

「おこのさんの話が恐ろしくて、わたしは日夜、怖《お》じ気《け》をふるっております。本当にそんな結果が待っているとしたら、わたしはいったいどうしたらよいのかと……」

「おこのさんが親の薦める相手と一緒になったとしても、坊さんとの縁は切れねェということですかい？」

「そういう気が致します」

清泉は低い声で応えた。

「呉服屋の亭主になることは考えたことがありやすかい？」

「滅相もない」

清泉は慌てて否定した。

「坊さんがお国に戻ったら、おこのちゃんも諦めるんじゃねェですかい？」

「おこのさんはわたしが国に戻ったら死ぬとおっしゃいました。もしも、おこのさんが自害したなら、わたしも後を追うような気がします。そう思い詰めるに違いない自分の気持ちを考えると、つくづく恐ろしいのです」

「赤い糸ねえ……」

権佐は自分の顎を撫でて思案顔をした。自分とあさみも、そんな糸で繋がれていたのだろうかと、ふと思った。それがあらかじめ決められていたとしたら清泉の言葉ではないが確かに恐ろしい。

「漢籍では『赤縄《せきじょう》』という言葉で表されております」

清泉がそう言うと権佐は低く唸《うな》った。二人のために、その時の権佐は何かをしようと思った訳ではない。ただ本当に二人が赤縄で繋がれているとしたら、いったい、この先、どのような事態になってゆくのかと思った。

話に夢中になっている内に辺りは次第にたそがれていた。それに気づいて、権佐と清泉はようやく腰を上げた。土手に清泉が身軽に上がり、後から続く権佐に手を貸した。清泉の手は荒れていたけれど乾いて温かかった。

月が変わり、秋はいよいよ深まりを感じさせる。もうすぐ江戸は仲秋の名月を迎える頃となっていた。

四

権佐と弥須が仕事を終え、八丁堀の麦倉の家に戻った時、あさみは往診に出ていた。女中のおすずの給仕で権佐は舅、娘、弟の四人で晩飯を済ませた。その後で弥須は友達の所に出かけ、洞海は床《とこ》に就いた。洞海は早寝早起きの男である。そういうところは次郎左衛門と変わらない。

権佐は茶の間でお蘭のお手玉に、しばらくつき合った。しかし、お蘭が寝る時刻になってもあさみは戻って来なかった。洞海の弟子の一人が一緒に行ったということだったが、戻りが遅いあさみには、やはり気が揉めた。

「さ、お蘭、寝る時刻だぜ。寝間着に着替えな」

権佐はお手玉を小さな笊《ざる》に入れて小簞笥《こだんす》の上に置いた。お手玉は権佐の母親のおまさが拵えてくれたものである。

「おっ母さん、遅い」

お蘭は不服そうに口を尖《とが》らせた。

「おっ母さんは病人の手当に行ったんだ。お前ェのおっ母さんは医者なんだから、そこんところは辛抱しな。痛《いて》ェ、痛ェと苦しんでいる人を放っとけねェだろ？」

「やな商売だね。あたいは夜になったら、ちゃんと家にいるおっ母さんになるよ」

「そうけェ。そいつは殊勝な心がけだ」

「お父っつぁんもそう思うだろ？」

「さてな、おれァ、病人の手当をするおっ母さんも好きだがな」

「けッ、のろけてる」

お蘭はこまっしゃくれた口を利いた。お蘭の口は達者になる一方である。

「いいから、お喋りは仕舞いにしてさっさと寝てくれよ。お前ェが起きていると気が休まらねェわ」

「あたいが邪魔？」

「そうじゃねェが……」

「あたいが女だから嫌や？」

お蘭は思い詰めたような顔で訊く。権佐は舌打ちしてお蘭のおでこを指でつっ突いた。

「眠るまでおとぎ話をしてほしいんだろ？　お前ェは誰に似たんだか回りくどい物言いをする餓鬼だ」

権佐の言葉にお蘭はへへへと首を竦《すく》めた。

お蘭を蒲団に入れ、権佐はその傍で腕枕をして、もう何回も話して聞かせたおとぎ話をした。話している内に権佐も眠気が差して、そのまま、お蘭と一緒に眠りに引き込まれていた。

「お前さん、お前さん」

肩を揺すられて権佐は眼を開けた。いつの間にかあさみが戻って来ている。

「風邪を引きますよ。寝るんなら、ちゃんとお床に入って下さいな」

「遅かったな。今、何刻よ」

権佐は欠伸《あくび》をしながら訊いた。

「そろそろ四つ（午後十時頃）ですよ」

「病人の手当に往生したらしいな」

「それが……」

「おっと、話なら茶の間で聞くぜ。お蘭が眼を覚ます」

権佐は起き上がると上掛けからはみ出ているお蘭の腕を引っ込めた。あさみは行灯《あんどん》の火を吹き消した。

茶の間に行くと、あさみは茶道具を引き寄せて「あたしが行ってもどうにもならない病でしたよ」と、情けない顔で言った。

「そんなに重い病だったのか？」

「そうじゃないの。医者でも治せない病だったってこと」

「…………」

怪訝な顔をした権佐にあさみは薄く笑った。

「恋わずらい」

「へ？　まさか」

「本当なの。でも馬鹿にできないのよ。すっかり娘さんは身体の元気をなくして……親御さんは初め、別の心配をしていたようなの」

「と言うと？」

「そのう、子を孕《はら》んだんじゃないかと……」

「違ったんだな？」

「ええ、大店《おおだな》のお嬢さんだから世間に知れたら大変だと心配していたの。近所にかかりつけの医者もいたんだけど、噂《うわさ》を恐れてわざわざ駿河町からあたしの所まで迎えを寄こしたのよ。そのお蔭でお高い薬料をいただいちゃったけど」

あさみはほうじ茶を淹《い》れた湯呑《ゆのみ》を権佐の前に差し出した。

「駿河町？　もしかして梅田屋か？」

権佐はぎらりとあさみを見て訊いた。

「あら、お察しのよいこと」

あさみは感心して応えた。

「おこのという娘だな？」

「ええ、そうですよ。お前さん、お嬢さんを知っていたの？」

「それどころか、恋わずらいの相手も先刻承知之助《せんこくしょうちのすけ》よ」

「まあ、そこまで……お相手はお寺の雲水《うんすい》（行脚僧《あんぎゃそう》のこと）というじゃありませんか。親御さんは、さっそくお寺にそのことを知らせに行ったんですって。二、三日前のことだそうよ。そうしたら、今度は、その雲水が座禅堂に籠《こも》って出て来ないそうなの。ご飯も食べなくて、このままだと即身成仏《そくしんじようぶつ》だなんて、お寺の住職さんは冗談にもならないことをおっしゃっていたそうよ」

「………」

「あの二人、このままだといけなくなっちまう。これは新手《あらて》の相対死よね？」

あさみはそう言って眉間《みけん》に皺を寄せた。

「なあ、あさみ、何んとかしてくれ。今度ばかりはどうにもならねェ。お手上げだ」

権佐は縋《すが》るような声であさみに言った。

「そんなことを言われても……」

あさみも心底弱った顔で権佐を見つめた。

だが、ふと気づいたように「数馬様にお縋りしたらどう？」と言った。

「菊井の旦那に？」

「ええ、そうよ。お寺は結局、ご公儀に支配されているものでしょう？　檀家の上に末寺があって、それから小本寺、中本寺、大本山。その一番上にあるのがご公儀じゃないの。ご公儀のお許しがあれば雲水と梅田屋のお嬢さんは晴れて一緒になれるというものよ。数馬様は、お顔の広い方だから、寺社奉行所にも顔見知りがいらっしゃると思うのよ。何か知恵が授かるかも知れないわ」

あさみの提案に権佐はぽんと掌を打つ気持ちになったが、さて、清泉とおこのが一緒になるとは、具体的にどうなるのか理解できなかった。

「だけどよ、坊さんは女房を貰っちゃならねェんだろ？」

権佐は上目遣いであさみに訊いた。

「だから、その雲水は還俗《げんぞく》することになると思うわ」

「げんぞく？」

「お坊さんを辞めて町人になるのよ」

「梅田屋の婿になるってか？」

「さあ、そこまでは、あたしもわからないけれど」

「坊さんに呉服屋なんざ……できねェよな」

権佐は独り言のように呟いた。

「でも、修行を積んできた人なら、何んだってできると思うわ。それに梅田屋は大店だから、もしもその雲水がお婿さんに入っても、手代さんや番頭さんが助けてくれるじゃないの。何年も経ったら、その内にいやでも商売を覚えると思うけど」

「そうか？」

「そうよ」

あさみは権佐を安心させるように強く言った。

「おれァ、少し考え過ぎるんだな」

権佐は独り言のように呟いて茶を飲んだ。

「他人のことばかり心配するのね？　本当は自分のことだけで精一杯なのに……」

あさみは清泉とおこののことを心配する権佐にふっと笑った。苦笑とも微笑ともつかない複雑な笑みであった。

「明日の朝、菊井の旦那の所に行っつくらァ。あさみはやっぱり頭がいいやな。世の中のことは何んでも知っていらァ。おれはいい女房を持って倖《しあわ》せだよう」

権佐はぬけぬけとのろけを口にした。

「誰がいい女房だって？」

いつの間にか戻って来た弥須が茶の間の障子にもたれて、こちらを見ていた。

「あら、やっちゃん、お帰りなさい」

あさみは涼しい顔ではぐらかす。

「弥須、梅田屋の娘は恋わずらいで床に就き、坊さんは即身成仏の途中だとよ」

権佐も冗談に紛《まぎ》らわせて弥須に言った。「へ？」と問い返した弥須の顔が間抜けて見えた。

五

権佐は翌日、菊井数馬におこのと清泉の話をして、このままだと二人の命が危ないので、お奉行に知恵を授けては貰えないかと頼んだ。

最初は煩《わずら》わしいような顔をした数馬だったが、そう考えたのがあさみだと言うと、数馬はすぐに態度を変え、うまく行くかどうかわからぬが、正行寺の住職に申し上げてみると言ってくれた。お務めを離れ、住職と、ざっくばらんに話をするようだ。寺社奉行所には話を通さない考えだった。

住職と数馬の間にどのような話が交わされたのかは、権佐は知らない。

しかし、しばらくしてから金棒引《かなぼうひ》きの弥須が駿河町で仕入れた話によると、おこのと清泉はもうすぐ祝言を挙げることが決まったらしい。清泉は、あさみが言っていたように還俗して町人になるという。つまり、これからは梅田屋の養子になって第二の人生を歩むことになる。やれ、めでたいと、権佐はほっと胸を撫で下ろし、弥須に居酒屋で酒を奢《おご》った。

菊井数馬の屋敷にもあさみをやって、新川《しんかわ》の酒問屋から取り寄せた極上の酒を届けさせた。

数馬はまだ、あさみへの思いを捨て切れずにいると権佐は思う。清泉とおこのの一件は、あさみの口添えがなければ数馬はとりあげなかっただろう。

数馬は宿命だの、赤縄だの、世の中の不思議を全く信じない男である。ただ己れの気持ちに正直に従うだけだ。また、そういう男であるから、あさみに対しても諦めがつかないのだろう。

今更どうにもならないことに固執するのは、ある意味で数馬の宿命のようにも権佐は感じていた。

秋の柔らかな陽射しが呉服町、樽新道《たるしんみち》に降っていた。権佐は八丁堀の麦倉の家を出ると次郎左衛門の家に来て、朝から仕事に精を出していた。そろそろ季節の変わり目を迎えるので袷《あわせ》や綿入れの仕立て直しの仕事が立て込んでいる。

針を進めている権佐の耳に聞き慣れた験者声と錫杖の音が聞こえた。ふっと顔を上げると饅頭笠の清泉が狭い庭を隔てた通りに立っていた。

「おっ母さん、これ、お坊さんにお布施を差し上げなさいよ」

次郎左衛門が台所にいるおまさに声を掛けた。

「お父っつぁん、あの坊さんはおれの知り合いだ。そいつはおれに任せてくんな」

権佐は次郎左衛門にそう言って腰を上げた。

「そうだよな。兄貴はあの坊さんの仲人みてェなものだからよ。放っとけねェよな」

後ろで弥須が訳知り顔で言う。

「どういうことですか、弥須さん」

次郎左衛門の弟子の捨吉《すてきち》が手を止めて訊いた。

「それはな……」

弥須の長口上が始まりそうだった。

「捨吉、手がお留守だぜ。一服するにゃ、まだ間があるというものだ。後で、おれがとっくり聞かせてやらァ」

権佐はそう言って土間口に出た。おまさが小皿に入れた米を用意していた。権佐はその小皿を受け取ると勢いよく外に飛び出した。

「ご苦労様でございやす。ささ、米と、それから……」

権佐は懐の紙入れから鐚銭《びたせん》を取り出して清泉に差し出した。清泉は高らかに錫杖を鳴らした。

「親分さん、お世話になりました。何んとお礼を申し上げてよいのかわかりません」

「礼なんざ言って貰うつもりはねェよ。だが、あんたは寺を出るそうじゃねェか」

「はい。本日が最後の托鉢になります」

顔を上げた清泉の眼は相変わらず澄んでいた。

「大丈夫かい？　これからは商家の若旦那だ。色々、まごつくこともあると思うが……」

「はい。旦那様やご奉公している方達のご教示を受け、これからは梅田屋清兵衛《せいべえ》として生きる覚悟でございます」

清泉はきっぱりと言った。

「梅田屋清兵衛さんか……名前《め》ェだけはそれらしいな。本当にこれでいいんだな？」

権佐は念を押すように訊いた。

「これも仏様のお導きだと思いますので」

「もう、迷うんじゃねェぜ。迷ったって始まらねェことなんだからな」

「はい」

「おれの家はこの通り、仕立て屋だ。お前さんの所は呉服屋だ。もしも気持ちがあるんだったら少しは仕事を回してくれよな」

権佐は真面目とも冗談とも取れるような言い方をした。

「おこのさんも親分さんに大層感謝しております。悪いようには致しませんでしょう」

もはや商家の者のように清泉は愛想を言った。権佐はふっと笑った。

「ありがとよ。恩に着るぜ」

「それでは親分さん、これで失礼致します。願わくはこの功徳《くどく》を以《もっ》て、あまねく一切《いっさい》に及ぼし、我等と衆生《しゅじょう》と皆ともに仏道に成《じょう》ぜんことを」

清泉は深く頭を下げると樽新道から通町《とおりちょう》へ向けて歩いて行った。権佐にひと言、礼が言いたかったのだろう。権佐の胸はその日一日、爽《さわ》やかな思いで満たされていた。

清泉とおこのが祝言を挙げたのは玄猪《げんちょ》の日（陰暦十月の亥《い》の日）であった。同じ日に菊井数馬の妻の梢《こずえ》は三人目の男子、三郎助《さぶろうのすけ》を出産した。

清泉は梅田屋の主人として、おこのの父親が亡き後も商売に励み梅田屋の発展に尽くした。清泉は還俗してからも剃髪《ていはつ》したままだった。華美な反物を扱うことが多かった梅田屋は清泉が婿に入ってから、なぜか実用的な木綿反物の販売に力を入れるようになったという。奢侈《しゃし》を競う客は梅田屋から離れたが、その代わり、地道に商いをする客が増えた。お上の奢侈禁止令が出た時も梅田屋はお咎《とが》めを受けずに済んだのである。

下弦の月

一

夕方近くになって、あさみは菊井数馬《きくいかずま》の組屋敷を訪れた。数馬は南町奉行所で与力を務めている男である。あさみの亭主の権佐《ごんざ》は数馬の小者《こもの》をしている。いわゆる岡っ引きと呼ばれる町方役人の手先であるが、普通の岡っ引きと権佐が違っている点は、決まった縄張《なわばり》を持っておらず、同心ではなく、与力の数馬に直接使われていることだった。

数馬の妻である梢《こずえ》は三男の三郎助《さぶろうのすけ》を出産した。あさみは数馬の組屋敷に祝いの品を届けたのだった。祝いの品は太物屋《ふともの》から取り寄せた藍木綿《あいもめん》の反物を三反。これから三郎助が成長した折に普段着にでも仕立てて貰《もら》うつもりだった。

ようやく床上げの済んだ梢は幸福そうな表情で三郎助に乳を含ませていた。産婦特有の瑞々《みずみず》しい肌が輝くばかりに美しかった。

梢は、あさみ先生も、もう一人お子さんをお作りになればよろしいのに、と言った。あさみにはお蘭《らん》という五歳になる娘がいるだけである。一人っ子では寂しいので、あさみもお蘭に妹か弟を与えてやりたいとは思っていたが、何しろ仕事が忙しいので、なかなかその機会は巡って来なかった。

乳飲み子を腕に抱える感触は久しく忘れている。梢の満ち足りたような顔を心底、あさみは羨《うらや》ましく思った。

あまり長居しては梢が疲れると思い、そろそろ暇乞《いとまご》いをしようかと考えていた時、数馬が奉行所から戻って来た。梢は三郎助を抱えたまま玄関に出迎えに行った。あさみの訪問を告げる梢の声がすぐに続く。

「そうか。着替えをして、すぐにそちらに参る。なに？　そなたの部屋に？　なぜ客間にお通ししない。無礼であるぞ」

数馬が盛んに梢に指図していた。あさみは少し煩《わずら》わしいような気持ちになった。面と向って数馬と話をするのは苦手である。

権佐と所帯を持つ前、あさみは仲人を通して数馬から縁談を持ち込まれたことがあった。

その時のあさみは数馬に限らず、誰の所にも嫁ぐつもりはなかった。医者の仕事を全《まっと》うするために独り身を通す覚悟でいたからだ。

しかし、縁談を断ってから、数馬に会う度に何やら居心地の悪いような気持ちになった。その気持ちは今でも続いている。

「あさみ先生、客間の方へどうぞ」

梢は戻って来ると慌てて言った。

「いえ、あたしはもう、失礼しようと考えておりましたので、どうぞお構いなく」

「でも、それではわたくしが旦那様に叱《しか》られてしまいます。どうぞ、もう少しいらっしゃって下さいまし」

言う通りにしないと後で梢に大層当たり散らすのだと聞いたことがある。あさみは渋々、客間へ移動した。梢がいた部屋と違って客間は整然と片づいてはいたが、さきほどまで感じていたぬくもりがなく、何んとなく肌寒いような気がした。三郎助は玄猪《げんちょ》の日に生まれた。江戸ではこの日を境に火燵《こたつ》を出す家も多くなった。風が一層冷たく感じられるこの頃である。

女中が茶を淹《い》れ換えて客間に運んで来ると、ほどなく普段着の着流しの恰好《かっこう》で数馬が入って来た。

「わざわざ出産祝いをお持ちいただいたそうで恐縮でございまする」

数馬はあさみの前に腰を下ろすと丁寧に礼を述べた。

「いいえ、ほんの気持ちばかりでございます。もう少し早くお届けしようと思っていたのですが、どうにも手が離せないことばかり続きまして……」

あさみは言い訳するように応《こた》えた。

「三番目の息子でありますれば、さほどにお気遣いいただかなくともよろしいのですよ。いずれ、どこぞの役人の家に養子に行く身でありますゆえ」

「そのように邪険な物言いは三郎助さんに失礼ですよ。三番目であろうと、何番目であろうと、数馬様の息子さんであることには変わりがございません。おめでたいことですよ」

「はあ。まあ、おっしゃる通りでございますな。いずれあれも、熱を出したの、風邪を引いたのと、あさみ殿にはお世話になることでありましょう。その時はよろしくお願い致します」

数馬はその時だけ父親らしい顔になって頭を下げた。

「ご成長をあたしも楽しみにしておりますよ。数馬様も三人の息子さんのお父様。本当に頼もしいことですね」

「いやいや」

数馬は照れたように小鬢《こびん》を掻《か》いた。

「さあ、あたしもそろそろ家に戻らなければなりません。それではこれで失礼させていただきます」

あさみは薄暗くなった庭にちらりと視線を走らせると、数馬に頭を下げ、腰を浮かした。

「お宅までお送り致しましょう」

数馬はすかさず言い添えた。

「いえ、それは結構でございます。まだ陽《ひ》の目もありますし……権佐もそろそろ戻って来る頃なので、煮売《にう》り屋に寄って、お菜《さい》の一つ二つも買うつもりですので」

あさみは慌てて言った。女中のおすずに台所を任せているが、外に出た時は出来合いのお菜を買って食卓を賑《にぎ》やかにするよう心掛けていた。

「権佐は御用の向きで少し遅くなります。いかがですかな、たまにそこら辺でちょっと一杯など」

数馬は口許《くちもと》に盃を持つ仕種《しぐさ》をして見せた。

いえ、そのような、と応えようとしたが、数馬はあさみに構わず、「ちょいとあさみ殿をお送りするかたがた、外へ出て来る。先に晩飯を済ませるように」と、客間を出て梢に向かって怒鳴るように言った。

「いってらっしゃいまし」

梢の細い声がそれに応えた。梢は数馬が自分に対して特別な気持ちを持っていることに気づいているのだろうかと、あさみは思う。

普通の妻なら夫の心の内がそれとなくわかるものである。ところが梢からは、そのようなふしが感じられない。ただ、数馬の機嫌を損《そこ》ねないことだけに腐心している気がする。

あさみが訪れると数馬の機嫌がよいので助かるなどという。

手の掛かる子供がいるので余計なことは考えられないのかも知れないが、あさみはそんな梢が歯がゆかった。旦那様、あさみ先生は権佐さんの奥様なのですから、いい加減になされませ、ご迷惑ですよ、そんな一言でも掛けてくれるのなら、あさみも気が楽であったのだが。

二

あさみが数馬の誘いをぴしゃりと断らなかったのは、やはり権佐の手前である。亭主の上司には、たとえ嫌《い》やな相手であろうとも愛想はしなければならない。

数馬は海賊橋《かいぞくばし》近くにある「みさご」という料理茶屋にあさみを促《うなが》した。数馬の行きつけの見世《みせ》である。黒板塀《くろいたべい》を回し、少し奥まった所に柿色の暖簾《のれん》が下がっている。見世前の置き行灯《あんどん》が夕暮れの通りに滲《にじ》んだような光を放っていた。

数馬が見世の中に足を踏み入れると内所からお内儀《かみ》のおもんが満面に笑みを貼りつかせて出て来た。後ろにいたあさみに気づくと「これはこれは。本日はあさみ先生もご一緒ですか。お久しぶりでございます」と、丁寧に頭を下げた。

「お内儀、小部屋は空いているか？」

数馬は早口で訊《たず》ねた。

「はいはい、空いておりますですよ」

「うむ。酒と、何かあさみ殿のお気に召すようなうまい肴《さかな》を頼むぞ」

「畏《かしこ》まりました」

太縞《ふとじま》の着物の裾を引き摺《ず》り、緞子《どんす》の帯を斜《はす》に締めたおもんは如才なく中へ促した。

六畳ほどの座敷は床の間と違い棚が設《しつら》えてあった。腰高障子の外は楓川《かえでがわ》になる。時々、舟の行き過ぎる水音がした。お蘭が待っているかと思えばあさみは落ち着かなかった。行灯に火が入った座敷で数馬は寛《くつろ》いだ表情を見せている。すぐには帰れそうもないと、あさみは思った。

「さあ、お一つ。こうしてあなたと酒を酌み交わすことができるなど、思ってもおりませんでした」

数馬は運ばれて来た銚子《ちょうし》を手に取るとあさみに勧めた。あさみは頭を下げて盃に酒を注《つ》いで貰った。数馬は手酌で自分の盃に酒を注ぐと「あれから何年になりますかなあ」と、しみじみした口調で言った。

「あれからとは？」

「あなたが長崎からお戻りになってからです」

「こうと……六年、いえ、足掛け七年になるのでしょうか」

あさみは指を折って過ぎた年月を数えた。

「早いものです。その間に拙者は三人の子持ちとなり、あなたも母親となられた」

「そうですわねえ……」

「しかし、あなたが権佐の女房になられたことは青天の霹靂《へきれき》でありました……まあ、それはわしに限らず、どなたも感じたことでしょうが」

「あたしも権佐と一緒になるなどとは夢にも思っておりませんでしたよ」

あさみはわざと悪戯《いたずら》っぽい表情で応えた。

深刻になる話をできるだけ避けたいという気持ちがあった。数馬が自分を見つめる眼は昔から変わっていないと思う。数馬の眼は酒のせいでもなく少し潤んでいた。

「あなたは慈悲深い人だ」

数馬は突き出しの小鉢に箸《はし》を伸ばし、それを口に運んでから言葉を続けた。小鉢の中にはあんこうの身と肝《きも》を味噌で絡《から》めたものが入っている。「とも和《あ》え」というのだそうだ。

普段の食卓には上《のぼ》らない上等な肴である。

「数馬様はあたしが権佐に同情して一緒になったと思っていらっしゃるのですね？」

あさみは試しに訊《き》いてみた。

「当然です。あのような死に損《ぞこ》ないに好んで嫁に来るような馬鹿はおりますまい」

数馬はにべもなく言う。あさみは一瞬、言葉を失った。その馬鹿とは、さしずめ自分のことになる。

もしも、あさみが数馬の妻になったとしたら、当然、医者の仕事はできない。数馬の顔色を窺《うかが》いながら毎日を送るのだ。そんなことは、自分には決してできないことだった。

権佐と一緒にならなくても、あさみは数馬との縁談は断ったと思う。数馬の心の内をあさみは知っていたのだろう。自分の行く道を一緒に歩んでくれる男ではないことを。

「あたしは後悔はしておりませんよ。同情でもありません。権佐が自分の身に代えてもあたしを助けようとしたことに打たれたのですから」

「それは、わしも同じこと」

数馬はそう言いながら頬《ほお》の傷にさり気なく手をやった。数馬の頬にできた傷もあさみを助けるために無頼の輩《やから》と闘ってできたものだった。

「申し訳ありません。あたしのために数馬様にまで傷を負わせてしまい……」

「いや、それは済んだことですので、今では何んとも思っておりませぬ。しかし、わしの腑《ふ》に落ちないのは、あなたの選んだ相手が、よりによって権佐であるということです」

「それは以前にもお話し致しました」

あさみは、少しうんざりした表情で言った。

「得心《とくしん》できませんな。おっこちきれた、などと蓮《はす》っ葉《ぱ》女のような台詞《せりふ》を言われただけでは」

「でも、そうとしか言いようがなかったのですもの」

おっこちきれたのおっこちは遠近《おちこち》の訛《なま》ったもので、きれたがつくと、男女の間では、その垣根が取り払われたことになり、親しい関係を意味する。下世話に言えば、ぞっこん惚《ほ》れたということである。

「たかが仕立て屋風情《ふぜい》に……」

「数馬様、お言葉ですが、仕立て屋風情のどこがいけませんの？　あたしは権佐の仕事を誇りに思っておりますよ。ほら、この着物、あたしの母親の物を権佐が仕立て直してくれたんですよ。普段締める帯も弱っている所を外して、二本を一本にして使っているんですよ。お蔭《かげ》であたし、着る物のことをあれこれ考えなくてもいいので大助かりなんです。その分、仕事に集中できますもの。あたしが仕事をするために権佐の力が是非とも必要なんですよ。同情なんかで夫婦がやってゆけるものですか！」

あさみの声は自然に甲高《かんだか》くなった。

「ごめん下さいまし」

おもんが障子を開け、次の料理を運んで来た。蝶足膳《ちょうあしぜん》に差し出されたのは鯉《こい》の洗いであった。父親とお蘭は何を食べているのだろうかと思った。煮物でもついていればよいが、目刺しにお浸し、味噌汁だけでは可哀想という気がした。たまに滋養のある物をと、おすずに注文するのだが、吝嗇《りんしょく》なおすずはどうしても質素なお菜ばかりを並べてしまう。

「旦那、あさみ先生を怒らせてはいけませんよ」

おもんは数馬に酌をしながら、やんわりと釘を刺した。

「お内儀、わしは別に……」

「他人様《ひとさま》のご新造《しんぞう》さんに岡惚れしたところで始まりませんよ。それに旦那も三人の息子さんのてて親になったのですから、いい加減に了簡《りょうけん》なさいましな」

おもんはあさみに悪戯っぽいような目線を寄こしてから言った。

「自分の立場はよっく存じております。しかし、時たま、わしの心の奥底が謀叛《むほん》を起こします。いやじゃ、いやじゃ、いやじゃと……」

数馬は溜め息の混じった声で言うと盃の酒をくっと飲み干した。みさごでは上等の伊丹《いたみ》の酒を客に出している。いける口のあさみにも大層うまく感じられた。だが、時間が気になって上等の酒も肴も、ゆっくりと味わう余裕がなかった。帰る機会をそれとなく窺っていた。

「困ったお人でござんすね。旦那のお心が謀叛を起こすからといって、あさみ先生にお情けをいただく訳には参りませんよ。あさみ先生はれきとした権佐親分の奥様なんですから」

おもんは宥《なだ》めるように数馬の盃に銚子の酒を注いだ。

「わしの気持ちをわかってほしいだけです」

数馬はじっとあさみを見つめて低い声で呟《つぶや》いた。

「数馬様のお気持ちは十分にわかっているつもりですよ」

あさみは取り繕《つくろ》うように応えた。

「いいや、わかってはおらぬ。今も早く帰ろうと尻が落ち着きませぬ」

「…………」

そういうところだけは敏感に数馬は察しているようだ。

「お食事時にお誘いしたのですもの、おなごなら家の方が気になりますよ。でも、あさみ先生、せっかくですからほんの少し旦那のお相手をして下さいまし。まだ、お料理も出揃《でそろ》っておりませんので……」

おもんはそう言って板場に下がった。

「権佐を小者に使うお気持ちになられたのは、あたしのせいなのですか？　あたしと疎遠にならないために？」

おもんがいなくなると、あさみは上目遣いで数馬に訊いてみた。

「まあ、それもあります」

「だったら、権佐がお勤めを返上しても構いませんのよ。数馬様は町方役人、そのような不純な理由で小者を抱えるなど、お奉行様が知ったら快くはお思いになりませんよ」

「わしがたれを小者に抱えようとお奉行の知ったことではござらん。そこまで指図は受けませぬ」

「横紙破り……」

きつい一言があさみの口から出た。

数馬は顎《あご》を上げてからからと哄笑《こうしょう》した。

「うちの家内からは間違っても出ない言葉であります。いや、あさみ殿らしい。おなごは男の言いなりになるばかりがいいとも限りませぬ。時にはじゃじゃ馬のように言うことをきかぬおなごが好みの男も多いもの。わしはその手合いであります」

「あたしがじゃじゃ馬ですか？　あたしは権佐の貞淑な妻のつもりですよ」

「これはしたり」

数馬は自分の頬をぴしゃりと叩《たた》いた。

「あたしは権佐以外、どなたの所にも嫁ぐつもりはありませんでしたよ。あの時は若かったのですねえ、女だてらに医者を志したものですから、女であることを理由に腕がないの、及ばぬなどと言われるのが死ぬほど嫌やだったんですよ。それで独り身を通して仕事を全《まっと》うすれば人はあたしのことを認めてくれるものと信じていたんです。でも、権佐と一緒になってお蘭も生まれると、それが肩肘《かたひじ》を張っていただけだと気がついたのです。当たり前の女としての人生を歩み、その上で自分の仕事をしてこそ本当の生き方だとわかったのです」

「ご立派ですなあ」

「からかわないで下さいまし」

「からかってなどおりませぬ。あさみ殿はしっかりした人生を歩まれておる。ますますお美しくなられたのはそのせいだと思います。それに比べてうちの奴ときたら……」

「ご自分が望んで迎えられた奥様をそのように貶《おとし》めてはいけません」

「たれが望みましたか？　わしは一つも望んでなどおりませぬ」

数馬は憮然《ぶぜん》として吐き捨てた。あさみは吐息をついた。早くおもんが来ないかと気を揉《も》んだ。こんな話をしたところで仕方がない。

「お子さんを三人もお作りになっているくせに」

あさみは辛辣《しんらつ》に言って数馬の盃に銚子を傾けた。その拍子に手首が少し強い力で握られた。あさみはぎょっとして数馬を見据えた。酒が少しこぼれて数馬の膝《ひざ》を濡らした。

「何をなさるんですか、放して下さいまし」

「むりは申さぬ。せめて一夜だけでもわしの願いを叶《かな》えては下さらぬか……」

数馬は苦しそうな声であさみに縋《すが》った。

あさみは醒《さ》めた眼を数馬に向け、「これ以上、嫌いにさせないで下さいな。それとも、はっきり申し上げなければ数馬様は得心なさらないのでしょうか」と言った。数馬は悔しそうに奥歯を嚙《か》み締めた。あさみはそんな数馬に構わず早口で続けた。

「あたしは権佐と一緒にならなくても、数馬様の縁談はお断りしましたよ。なぜなら、あたしは町方役人の妻になるつもりは、これっぽっちもなかったからです。あたしのなりたかったものは今も昔も医者以外ありませんでしたよ」

「あなたは医者であると同時にしがない仕立て屋の女房ですぞ」

数馬はきめの台詞を吐くとともに、あさみの手首をこれ以上ないほどきつく握り締めた。そのまま、あさみは数馬の頰を張り、摑《つか》まれた手を振り払った。銚子が部屋の隅に飛んだ。

あさみはものも言わずに座敷を出た。

「まあ、あさみ先生、お手水《ちょうず》ですか？」

料理をのせた盆を抱えたおもんが階段を上がって来ると、あさみに訊いた。

「お邪魔致しました」

あさみは硬い声を出しておもんの横を擦《す》り抜けた。玄関の自分の草履《ぞうり》に足を通し、横に並べられていた数馬の雪駄《せった》を思い切り蹴った。

見世前にいた半纏《はんてん》姿の若い者が驚いたようにあさみを見ていた。

三

権佐は弟の弥須《やす》と一緒に小網町《こあみちょう》の武家屋敷の一つを物陰から見張っていた。先刻から裏口へ通じる小路へ一人、二人と人が入って行く。紋付羽織の町人に混じって袷《あわせ》にへこ帯を締めただけの遊び人という様子の若い者もいた。

「兄貴よう、こいつはやっぱ、賭場《とば》を開いている様子じゃねェか」

弥須はひそめた声で権佐に言った。

「らしいな」

権佐は視線を小路へ向けたまま応える。

「菊井の旦那に知らせて踏み込むか」

「いいや、それはできねェ」

「何んでだよ」

「お武家の屋敷は町方役人が入っちゃならねェことになっている」

「それじゃ、旦那はどうして見張れと言ったのよ」

「怪しい様子があった時は奉行所からご公儀の役人に知らせるためだ」

「だけど踏み込まなきゃ確かな証拠は上がらねェだろうが」

「まあな。後で悠長に仔細《しさい》を訊ねたところで、屋敷の者は皆、口裏合わせて知らぬ存ぜぬだろう」

「そいじゃ見張っても無駄じゃねェか。こんなさぶい時によう。早く帰《け》ェって一杯やりてェよ」

弥須はぶつぶつと文句を言った。

「賭場の客は町人も混じっている。白状しそうな奴に目をつけて、後でしょっ引《び》くという手がある」

「なある……万が一、そんな奴に運がついてよ、懐に大金を持って出て来た時は、しょっ引いて、金の出所《でどこ》を訊けばいいんだな」

「珍しく血の巡りがいいじゃねェか」

権佐は弥須に薄く笑った。

江戸の博徒は江戸府内で賭場を開く時、寺や武家屋敷を借りることが多い。そこに町方役人は入ることができない。寺社は寺社奉行所の管轄であり、武家屋敷は幕府の役人が取り締まる。ふとどきな所業がばれたら武家屋敷もただでは済まないのだが、武家はどこも勝手元は火の車である。場所を提供して受け取る謝礼が目当てであった。寺社も同様である。

「小銭で遊ぶ内ならおれにも覚えがあるが、こんなお武家の屋敷で開くんじゃ、賭ける銭も半端じゃねェよな」

弥須は訳知り顔で続けた。

「ひと晩で動く金は何百両か知れたもんじゃねェ」

それに比べて自分が仕立て物で得る手間賃はまるで話にならない。数馬から貰う小者の給金も年に四両ほどである。半分は弥須に与えるので実入《みい》りは実質二両。吉原の小見世に三回か四回揚《あ》がれる額に過ぎない。もっとも権佐はあさみと所帯を持ってから、そういう所から足が遠のいている。

夜が更けるとともに風が出て来た。賭場は四つ（午後十時頃）過ぎにならなければ仕舞いにはならないだろう。弥須がくしゃみをして水洟《みずばな》を啜《すす》り上げた。ほとんど闇になった武家屋敷の小路に権佐は身じろぎもせずに眼を凝《こ》らしていた。

権佐と弥須が八丁堀の麦倉《むぎくら》の家に戻ったのは深夜に近かった。裏口から入り、台所の座敷に用意されていた晩飯を二人でもそもそ食べると、弥須はすぐに自分の部屋に引き上げた。弥須は以前、住み込みの弟子がいた部屋で寝泊まりしていた。権佐は箱膳を片づけると行灯の火を消して寝間に向かった。

あさみはお蘭に添い寝する恰好で寝ていた。

枕許の行灯は点《つ》いたままだった。いつもはお蘭を間に川の字になって眠るのだ。今夜は権佐がいなかったのでお蘭はあさみに甘えたようだ。権佐は二人の寝顔をしみじみと眺めた。あさみの白い腕が上掛けからはみ出ている。権佐はその腕を中に引っ込めた。その拍子にあさみは眼を開けた。

「お前さん……」

「すっかり遅くなっちまった。ああ、晩飯は喰《く》ったからな」

権佐は先回りするように言った。あさみはぼんやりした顔で権佐を見つめていたが、いきなり首に齧《かじ》りついてきた。

「おい、どうしたのよ」

権佐は驚いて宥《なだ》めるようにあさみの背中を二、三度叩いた。

「お前さん、後生だ。数馬様の小者はやめておくれ」

「…………」

「別にお前さんでなくても、小者は掃いて捨てるほどいるだろ？　もう、あたしはつくづく嫌やなのさ」

あさみは後れ毛を掻き上げながら、くさくさした表情で権佐から身を離した。

「何があったんだ」

「何もないよ。だけど、あたしはあの人がお前さんの親方だというのが我慢できなくなったんだよ」

「旦那は我儘《わがまま》なお人だからな。言い寄られて手でも握られたか？」

「………………」

あさみは図星を指されて一瞬、黙った。権佐は乾いた声で笑った。

「何がおかしいのさ。ちっともおかしいことなんてありゃしない。お前さん、平気なのかえ」

あさみはぷりぷりして権佐を睨《にら》んだ。

「小娘みてェなことは言いっこなしだ。旦那がそのつもりでも、お前《め》ェにそのつもりがねェなら案ずることはねェ。まさか旦那はお前ェを手ごめにもするめェ」

「………………」

「言うことをきかねェ病人に、お前ェは噛んで含めるように諭《さと》すじゃねェか。その要領でやりゃあいいのよ」

権佐はあさみの話を取り合わない。業を煮やして、あさみは自棄《やけ》のように言った。

「お前さん、数馬様が好きなんでしょう？　あの人の傍《そば》にずっといたいのだね」

「おきゃあがれ。おれだって、あんな我儘者は嫌《き》れェだ」

「うそばかり」

「おれはよう、お勤めが好きなのよ。江戸の町をあちこち歩いてよ、悪さを働きそうな奴に、そうしちゃならねェと教えてェのよ。真面目にやってりゃいいこともあるってよ」

「…………」

「人間だから、たまにゃ横道に逸《そ》れることもあらァな。だが、そうじゃねェと諭して、たまに素直に話を聞いてくれる者がいた時は、舞い上がりてェほどに嬉しくなるのよ。その時は、神さんも仏さんもいるんだなって心底思うぜ。こいつは、ちくちく縫い物をしているだけじゃ決してわかることじゃねェ。お前ェもよ、ただ病人の病を治すだけじゃなくて、その後ろにあるものに気づいてやんな」

「後ろにあるもの？」

「病は気からと言うじゃねェか」

「そりゃそうだけど」

「菊井の旦那も言うなりゃ心の病よ。あさみに取り憑《つ》かれてにっちもさっちもいかねェのよ」

「馬鹿馬鹿しい。あたしはお化けじゃありませんよ」

「逃げりゃ追い掛けるのが人情だ。邪険にするから旦那は意地にもなる。しょっ中、顔を合わせて世間話をしている内に旦那も妙な心持ちをしなくなるってものよ」

そうだろうか、とあさみは訝《いぶか》る。みさごで自分を見つめた数馬の眼の色がふっと思い出された。この先も、あんな眼で眺められるのかと思えば鬱陶《うっとう》しい。男は権佐だけでたくさんだった。

「お前さんは数馬様があたしに妙な気持ちになっていても平気なのだね」

着物を脱いで下帯一つになった権佐は自分の蒲団《ふとん》に横になった。無数の傷が赤黒く残っている。まるで皮膚の柄《がら》のようだ。

だが、権佐の体調は油断がならない。よくもここまで回復したと改めて思うことが何度もある。汗もあまりかかない。小水に血が混じることもある。突然、高い熱が出たり、原因不明の頭痛や腹痛が起きる。平静を装ってはいるが、権佐の内臓は表の傷と同様にぼろぼろなのだろう。それを治す術《すべ》は、今のあさみにはなかった。

「平気じゃねェさ。だが、お前ェに岡惚れしたのは旦那の方が先だ」

権佐は眠そうな声で応えた。

「だから？」

「旦那がお前ェのことを持ち上げるもんだから、その内、おれまで心持ちが普通でなくなったのよ。おれはお前ェの顔を初めて見る前からそそられていたんだな。どれほどきれえな女かと……」

「で、どうだったの？」

あさみは自分も権佐の蒲団の中に滑り込んで続きを急《せ》かした。

「きれえだった」

「……………」

権佐は堪《こら》え切れないように欠伸《あくび》を洩《も》らし、「行灯消してくれ」と言った。あさみが腹這《はらば》いの恰好で行灯の火を吹き消すと、権佐の手はおずおずとあさみの胸に伸びてきた。

権佐に身を委ねている内、数馬の顔がふっと浮かんだ。今夜、数馬は何事もない顔で梢を抱くのだろうかと思った。それとも数馬は不機嫌な顔で、ろくにものも言わず、ふて寝しているのだろうか。そのどちらも数馬らしいとあさみは思う。

「何考えてる」

こもったような権佐の声が聞こえた。

「いいえ、何も」

「明日、旦那に会ったら眠そうな顔を拵《こしら》えて、あさみが昨夜、なかなか放してくれなくて往生しやしたと言ってやらァ」

「悪い人。わざと焦《じ》らして……」

「旦那は切ねェだろうなあ。可哀想だなあ」

権佐はそう言いながら低く笑った。闇の中で聞く声は嘲《あざけ》りとも同情ともつかない、何んとも不思議なものだった。権佐が自分の亭主ではなく、どこか見知らぬ人のように感じる瞬間が、あさみにはままある。どうしてそんな気持ちになるのか、わからない。

その時もそうだった。木枯らしが庭の樹々《きぎ》に吹きつけ、笛のような音を立てていた。

四

小網町の武家屋敷から出て来た若い町人を近くの自身番にしょっ引いて仔細を訊ねたが、案の定、知らぬ存ぜぬと白《しら》を切った。自分はたまたま、あそこを通り掛かっただけだと突っ張る。さほど金も持っていなかったので、それ以上追及しても無駄だと思って権佐は男を解き放した。

その内、問題の武家屋敷に人が集まる様子もなくなり、十日に及ぶ権佐と弥須の張り込みも成果が出ない内に終息を迎えたのだった。

張り込みが一段落すると、権佐はいつものように仕立て屋に戻り、呉服町《ごふくちょう》の次郎左衛門《じろうざえもん》の所へ弥須と通う日々となった。

ある夜半、数馬の家の下男が慌ただしくあさみを呼びに来た。三郎助が熱を出したということであった。あさみは身仕度をして、その下男に薬籠《やくろう》を持たせると数馬の組屋敷に向かった。

赤ん坊は生まれてひと月ぐらいまでは母親からの免疫があるので風邪も引かないものだが、ひと月を過ぎた辺りから簡単に病に罹《かか》るようになる。江戸では五歳以下の子供の死亡率が極めて高かった。それゆえ、育児に慣れているはずの梢も神経質になる。

幸い、三郎助の場合は風邪気味だった上の二人の兄からうつったもので、熱があるといっても身体がぽっと熱いだけで大事はなかった。

あさみが数馬の屋敷を訪れた時、次男の雄蔵《ゆうぞう》はまだ起きていた。三歳の雄蔵は白い水洟を垂らしていた。赤ちゃんが死んでしまうと大声でわめいたので、数馬に拳骨《げんこつ》を張られ、さらに泣きわめいた。

「風邪でございますね。お熱がありますので額を冷やしてやって下さいまし。それからお部屋を暖め、喉が渇きますので白湯《さゆ》など差し上げて下さいまし」

あさみは三郎助の診察を終えると梢に言った。梢は心得たという顔で肯《うなず》いた。

「それから、上の坊っちゃん達の風邪を治すことも肝腎ですよ。これ、坊っちゃん、いい子だからお薬など飲んで下さいな」

雄蔵はようやく落ち着いて、数馬の肩に手を置いて心配そうに三郎助を覗《のぞ》いていたが、あさみがそう言った途端、脱兎《だっと》のごとく逃げ出した。すぐに数馬に捕らえられ、また泣きわめく。つられて三郎助まで泣く。菊井家は深夜にも拘《かかわ》らず賑やかなこと、この上もなかった。

雄蔵は薬が効いてくると数馬に抱かれたまま、とろとろと眠り出した。梢は白湯に少し砂糖を混ぜたので、三郎助は綿《わた》に含ませたそれを喜んで吸った。その様子では明日には熱も引くことだろう。あさみはほっとする思いで翌日に雄蔵と長男の武馬《たけま》に与える薬を梢に渡した。

雄蔵を蒲団に運ぶと数馬は自分で茶の用意を始めた。女中はすでに部屋に戻り、床に就《つ》いた様子だった。

「旦那様、わたくしが致します」

梢は慌てて言った。

「よいよい。そなたは大層疲れておる。このような時は、わしも助太刀致す」

数馬は鷹揚《おうよう》に応えた。

「奥様、たまに旦那様の淹れたお茶をいただくのも一興ですよ」

あさみが茶化すように言うと梢は疲れた顔に薄い笑みを浮かべた。

数馬の淹れた茶は、茶の葉が少なかったのか、湯がぬる過ぎたのか、色も味もないものだった。

「や、これはどうも……」

数馬はいかにもまずいという顔をしたが、あさみと梢はおいしいとお世辞を言った。

後で梢は、あのようなお茶をわたくしが差し上げたら途端に雷が落ちます、とあさみに囁《ささや》いたものだ。

あさみは茶を飲み終えると「お大事に。明日、また伺います」と、腰を上げた。

数馬は玄関であさみを見送る時「先日は、いかいご無礼致しました」と、慇懃《いんぎん》に頭を下げた。

「二番目の坊っちゃんは数馬様にそっくりでございますね？　お元気がよろしくて、うちの娘といい勝負ですよ」

あさみは数馬をいなすように明るい声で言った。

「雄蔵はお蘭ちゃんが好みのようです。親子は同じことを考えるものですな」

数馬はようやく冗談を洩らした。

「お蘭がお気に召したのでしたら、どうぞ嫁に迎えてと、坊っちゃんにおっしゃって下さいな」

あさみはそんなことを言って数馬の屋敷を後にした。行きと同様に数馬の家の下男があさみを送ろうとしていたが、組屋敷の塀の傍に権佐が待っていた。

「これはこれは。先生がご心配で親分のお出迎えですか」

下男は軽口をきいた。

「送る手間が省けたろ？　早く休んでくんな」

権佐は下男に言った。下男は何度も頭を下げて屋敷の中へ戻って行った。

「心配になったの？」

薬籠を持ってくれた権佐にあさみは嬉しそうに訊いた。

「なあに、ちょいと寝つかれなかっただけよ」

「どこか痛むのかえ？」

「ちょいと腹がな」

「どんなふうに？」

「なに、心配はいらねェ。いつものことだ」

代官屋敷の麦倉の家に戻る道々、頭上には見事な月が昇っていた。季節のせいで月は白っぽく寒そうに見える。あさみは思わず両手を合わせた。

「何んのまじないよ」

権佐が不思議そうに訊く。

「どういう訳か、あたしはお天道様《てんと》よりお月様の加護を感じるのよ。こうしてお祈りすればお月様が守ってくれそうで……」

「大してあてにならねェな」

「いいの。あたしはそう信じているのだから」

「鰯《いわし》の頭も信心からってか？」

「憎らしい」

あさみはきゅっと権佐を睨んだ。辻《つじ》のところで二人は夜鳴き蕎麦屋《そば》が止まっているのに気づいた。

「お前さん、小腹が空いただろ？　お蕎麦食べようか」

あさみは権佐の気を引くように言った。晩飯の時、権佐の食はあまり進まなかった。

「そうだな」

権佐もその気を見せた。

あさみは張り切った声で「お蕎麦屋さん、二人前、拵えておくれ」と言った。頬被《ほおかぶ》りした蕎麦屋は「冷えますね」と愛想を言いながら、蕎麦を湯に通す。

だしのきいた蕎麦は大層うまかった。権佐とあさみは夜中の八丁堀の路上で色気もなくかけ蕎麦を啜り込む。月がそんな二人に青白い光を投げていた。

あさみは、むっつりと蕎麦を口に運ぶ権佐の横顔を時々眺めながら、胸に温かいものが拡《ひろ》がっていた。あたしはこの人の女房、この人はあたしの亭主だと。しかしそれは、つかの間の倖《しあわ》せに過ぎなかった。

翌日、権佐は激しい目まいと吐き気に襲われ、床に就く羽目となってしまった。

五

……………
山王《さんのう》のお猿さんは
赤いおべべが大好きよ
ゆうべ恵比寿講によばれていったら
大鯛《おおだい》の塩焼き、小鯛のすいもの
一ぱいのおすすら、二はいのおすすら
三ばいめに家主の権兵衛さんが
魚がないとお腹立ち……
まずまず一貫貸し申した
たつた、おめでたや……

お蘭のお手玉唄が微《かす》かに聞こえる。寝ている権佐の傍で一人でお手玉をしているのだ。父親を退屈させまいという健気《けなげ》な気持ちであろう。その声をあさみは聞くでもなく聞いていた。

しかし、麦倉洞海《むぎくらどうかい》は目の前に座っている松波玄庵《まつなみげんあん》に重苦しい声で権佐の症状を訊ねた。

お蘭の声は洞海の声に掻き消された。

「忌憚《きたん》のない意見を言うてくれ」

「そう言われてものう……」

玄庵の顔にも苦渋の色が濃い。松波玄庵は芝《しば》で医者をしている男である。若い頃から洞海と一緒に修業した仲間であった。洞海は玄庵を芝から呼び寄せて、権佐を診て貰ったのだ。

「権佐が身内でなく、患者の一人であるというのなら、わしも冷静な判断ができるのだ。しかし、権佐はわしの女婿《むすめむこ》。どうにも迷いが出ていけない」

洞海は正直に言った。

「気持ちはよっくわかる。あさみさん、あんたはどうです？」

玄庵は即答を避け、洞海の横に座っているあさみに訊いた。頭を剃《そ》り上げている玄庵は洞海と一緒にいると、まるで双子のようだった。

「権佐はいつ死んでもおかしくありません」

あさみは硬い声で応えた。玄庵は大きく肯いた。

「あさみさんの方がよほどしっかりしている。これ、洞海、お前も落ち着け」

「覚悟しなければならぬと言うのか？」

洞海はぎらりと玄庵を睨んだ。

「今まで生きていたことが、むしろ奇跡だ」

玄庵は深い溜め息をついた。

「いつまで保《も》つ？」

洞海は試すように訊いた。

「いつまでと言われても……明日かも知れないし、ひと月後かも知れないし、あるいは一年後かも知れぬ」

玄庵はわざと曖昧《あいまい》に応え、「腹水《ふくすい》が溜まっておる。腹痛はそのせいだろう。水を抜いてやれば少し楽になるだろう」と続けた。

「覆水盆に返らずか……」

洞海はつまらない語呂《ごろ》合わせを呟いた。お父っつぁん、あさみが低い声で窘《たしな》めた。だが、洞海はあさみの方は見向きもせず「やってくれるか？」と畳み掛けた。

「うむ」

「また、傷が増えますね」

あさみは皮肉な笑みを浮かべて言った。玄庵に手術を任せるのは、あさみも賛成であった。今のあさみには六年前のように権佐の手当はできない。六年前は赤の他人であった権佐も今は亭主である。怖《お》じ気《け》をふるって手許の狂う恐れがあった。

「なに、傷痕《きずあと》の五十が六十になったところで権佐にとっては同じこと」

玄庵はあさみを安心させるように言う。

「小父様、権佐の傷は八十八箇所ですよ」

「ほう、そんなにありましたか。これは大したものだ。なに、あいつは気丈な男だ。案ずることはない」

「お願い致します」

あさみは深々と頭を下げた。その拍子に涙がこぼれた。玄庵はあさみからそっと眼を背《そむ》けた。

権佐の手術は、まず気付薬を飲ませ、脇腹を小刀で開き、そこから腹水を出すというものである。手術が外科医の主たる仕事であるというものの、未《いま》だ揣摩《しま》臆測《おくそく》の域を脱してはいない。どのような結果が待っているのか、あさみでさえも予測がつかなかった。

洞海も玄庵も先祖は金瘡医《きんそうい》であったという。

いわゆる戦場外科医である。槍傷《やりきず》、刀傷、鉄砲傷を専門に手当した。戦国時代、軍勢の動く所、金瘡医も従軍した。ただし、甲冑《かっちゅう》はつけず、野羽織、たっつけ袴《ばかま》で小刀を差すだけであった。敵から医者であることがわかるように頭を剃り上げたのだ。その習慣が今日の医者に連綿と続いているようだ。その頃の医者は戦《いくさ》もできない情けない奴という扱いだったらしい。

今でも外科の医者は古医方《こいほう》の医者より低く見られる傾向があった。洞海と玄庵は向《むこう》柳原《やなぎわら》にある躋寿館《せいじゅかん》（医学館）で医術を学んだ。時代とともに洞海と玄庵は長崎出島のオランダ商館付属医師によって拡められた蘭医学に興味を示すようになる。杉田玄白《すぎたげんぱく》、前野良沢《まえのりょうたく》、中川淳庵《なかがわじゅんあん》、桂川甫周《かつらがわほしゅう》によって翻訳された解剖学入門書『解体新書《かいたいしんしょ》』が刊行されると、二人はいよいよ蘭医学の必要性を感じた。しかし、一から蘭医学を学ぶには悲しいかな、二人は年を取り過ぎていた。それで自分達の意志を継ぐ者として息子達を長崎に医術修業に出したのである。

もっとも、洞海はあさみが兄とともに長崎へ行きたいと言った時は大層驚いたものである。お前には無理だとさんざん諭したのだが、あさみは頑固に意地を通した。とうとう洞海は根負けした。まだ子供子供したあさみを長崎行きの船に乗せた時、洞海は妻と手を取り合って涙にくれたものである。

あさみが一人前の医者となって手助けをしていることは洞海にとって何より心強いはずである。洞順《どうじゅん》は江戸に戻って来ると、すぐに大名家の侍医《じい》として迎えられた。糟糠《そうこう》の妻は二人の子供が長崎にいる間に病を得て亡くなっている。あさみが傍にいなかったら、洞海は独り身を余儀なくされたことだろう。今では、あさみの他に義理の息子とその弟、孫娘に囲まれ、洞海に独り身の寂しさをかこつ隙《すき》もない。

たった一つの気掛かりは権佐の身体だけだった。

あさみは権佐の手術が決まると数馬の組屋敷を訪れた。この機会に小者の仕事を辞めさせてほしいと頼むためだった。

奉行所から退出して来たばかりの数馬はあさみを客間に招《しょう》じ入れた。あさみは数馬にさっそく用件を伝えた。数馬は腕組みをして眼を閉じ、しばらく返事をしなかった。

客間の外では子供達の話し声が聞こえる。三郎助の風邪は癒《い》え、ようやく夜も機嫌よく眠るようになったという。

「手術は難しいものでござるのか」

やがて数馬は眼を開けると静かな声で訊いた。

「それはやってみなければ何んとも申し上げられません」

「ならば、わしもあさみ殿の申し出を保留に致します」

「でも……」

「権佐が小者を退《の》きたいと言ったのですか」

「いいえ。でも、あたしから見て、もう無理ではないかと」

「それは権佐の気持ちを無視したやり方で納得できませんな」

「数馬様、後生です。権佐は満身創痍《まんしんそうい》。これ以上……」

「権佐を小者に抱える時もあなたは反対なさいました」

数馬はあさみの言葉を遮《さえぎ》るように言った。

「はい」

「だが、権佐は期待以上の働きをしてきました。それはわしも驚くばかりでありました。時に身体に無理が掛かることもあったでしょうが、権佐は愚痴もこぼさず仕事を全う致しました。小者の仕事が、一つには権佐の生きる張りになったとはお考えになりませぬか」

「確かに」

「では、この問題は権佐に任せましょう。わしは権佐の口から断りを聞かぬ限り不承知であります」

数馬はきっぱりと言った。あさみはその時、ふと気づいた。数馬が権佐を小者にしているのは自分との繋《つな》がりを切らせないためではなく、実は権佐の可能性を試していたのではなかったかと。

「数馬様は権佐に何を求めていらっしゃいますの？」

「何も求めてはおりませぬ。わしの手足となって働いてくれたらそれで満足です。そのために一日でも、ひと月でも長く生きてほしいと思っております」

「権佐が小者をしておれば長生きできると数馬様は本気で考えていらっしゃいますの？」

「そう信じております」

「命を縮めているとはお考えになりませんの？」

「いたわるばかりが能ではありませぬ。時には権佐の身体を酷使してやることも必要なことです。よろしいか、あさみ殿、よくお聞きなされ。あれは小者に就いた当初、一町も走れなかった。よろよろと年寄りのような覚《おぼ》つかない足取りでの。わしはいらつき、もっと走れと怒鳴りました。お前はわしからあさみ殿を奪った男だ。恩返しをしたいと思うなら走れと……」

「ひどい」

あさみは眼を剝《む》いた。だが数馬は意に介するふうもなく言葉を続けた。

「ものの月も経った頃、権佐は並の男と遜色《そんしょく》のないほどに走れるようになったのでござる。注目すべきは、権佐があのような傷を負いながら死に至らなかったことではなく、実にその後の回復のあり方ですぞ。これは本人の強い意志によるものです。あさみ殿、権佐のためを思うのならば、どうぞ最後まで人並の男として扱うて下され」

数馬はそう言って頭を下げた。あさみは何も言えなかった。喉に塊《かたまり》ができたように苦しかった。最後までとは、いつまでのことを言うのだろうか。それを訊ねたいとあさみは思った。口を開いた時、涙が溢《あふ》れた。あさみの言葉は言葉にはならなかった。

そんなあさみの肩を数馬は何度か叩き「しっかりなされ」と励ました。

あさみを見つめた数馬の眼に好色なものは感じられなかった。だからなおさら、権佐の緊迫した状況があさみの胸にこたえたのだった。

六

松波玄庵による手術は滞《とどこお》りなく終了した。

権佐はそれからしばらくの間、床に就く生活となった。とはいえ、不快な腹痛は幾らか癒えた。むしろ縫合した傷の痛みに往生していた。

弥須は日に何度か権佐の様子を見に来た。

その日は朝から次郎左衛門の所で仕立て物をこなし、その後は堺町《さかいちょう》辺りの見廻りをして来たらしい。近頃、その付近で不審火が二件ほど起きていた。弥須は数馬の指図で、それとなく辺りを見張っているのだ。

弥須は晩飯の後で権佐の枕許にやって来ると「兄貴よう、ちょいと気になることがあるんだが」と口を開いた。

「何んだ？」

横になったまま、権佐は弥須の大人びた顔を見た。細縞の着物に対《つい》の羽織は近頃、弥須の気に入りの恰好であった。自分で縫ったもので、まずまずの仕上がりである。

「小網町の賭場を見張った時、ちょいとしょっ引いて話を訊いた若い者がいただろ？」

「ああ、覚えているぜ」

賭場に顔を出していたのではなく、たまたま通り掛かっただけだと言って、とうとう白状しなかった男である。

「あの男はよう、芝居小屋の役者だったのよ」

「へえ」

どうりで何んとなく様子がいいようなところがあった。

「まあ、役者といってもその他大勢の下っ端だが」

「それで？」

権佐は弥須の話を急かした。肝腎なことをすぐに言わないのは弥須の癖である。

「奴は何かドジを踏んで師匠からどやされたらしい。それで小屋にも顔を出さず、ぶらぶら遊び廻っていたそうだ」

そういう男なら賭場に顔を出していたとしても不思議ではない。平然を装うのは役者で鳴らした男ならお手の物だろう。

「ドジを踏んだのは、ダチにいい役がついて肝《きも》が焼けたせいらしい」

「なるほどな」

「なまじ男振りがいいもんだから、あの男は何んで手前《てめ》ェじゃなくてダチなんだと内心では思っていたようだ。しょってるよな」

「役者は顔じゃなくて芸だろうが」

「そうだよな。この間からのぼや騒ぎはよう、あの男のダチが出ている小屋で起きているのよ。おれはちょいと引っ掛かってな。兄貴、どう思う？」

「臭せェな」

「だろう？　どうする」

「見張れ」

「おれ一人で見張るのやだよ」

弥須は子供のように駄々をこねた。

「何言ってる。手前ェも小者の端くれだろうが」

「おれは兄貴あってのおれよ。おれ一人じゃ心細くてよう……」

「弥須」

権佐は顎をのけぞらせて弥須の顔をまじまじと下から見上げた。

「おれはいつまでもお前《め》ェの傍にはいられねェんだぜ」

「………」

「お前ェもそろそろ一本立ちしてもいい頃だ。仕立て屋にしろ、小者にしろ」

「付け火は捕まりゃ火炙《ひあぶ》りになるだろうが。それを承知でやる奴なんざ、心持ちがおっかねェ。や、やっぱ、おれ一人じゃ無理だって」

弥須はどうしても承知しなかった。権佐は妙な胸騒ぎを覚えた。風がいつもより激しい。こんな夜に付け火をされたら、江戸は大火の憂き目を見る。八丁堀から鎧《よろい》の渡しで小網町に入り、少し行けば堺町になる。しかし、権佐は縫合の糸がまだ抜けていない状態である。あさみに言ったところで許してくれるはずもない。何より、そこまで歩けるかどうか、はなはだ心許ない。だが、権佐はゆっくりと床の上に半身を起こした。厠《かわや》には一人で行っている。慎重に歩いている内は大丈夫だと思った。

「兄貴！」

弥須はさすがに心配そうな顔になった。

「こっそり抜け出す。いいな？　ただし、おれはこの身体だから下手人をしょっ引くことはできねェ。もしもの時にはお前ェが頑張るんだぜ」

「わ、わかった」

「十手はお前ェが持つんだぜ」

「うん……おれ、おぶって行くよ」

「大丈夫か？　あっちの縄張は鯛蔵《たいぞう》だったな。ちょいと自身番に顔を出して声を掛けるか」

「そ、それがいい」

「そいじゃ、おれの着物……」

権佐は衣桁《いこう》の下に置いてある乱れ籠《かご》に顎をしゃくった。弥須はかいがいしく権佐に唐桟《とうざん》の着物と羽織を着せ、帯を結んでくれた。腹に引きつれるような痛みが走ったが、権佐は弥須に自分の雪駄を持って来させ、雨戸を外して庭に出た。

風がぴょうと権佐の顔に吹きつけた。

「行くぜ」

権佐は弥須に言った。弥須は権佐の前に回ってしゃがんだ。目方の減った権佐を軽々と背負い、弥須は鎧の渡し場へ向けて走った。

七

堺町は演目が終わり、通りは閑散としていた。それでも近くに軒を連ねる芝居茶屋からは賑やかな唄声が流れていた。懐に余裕のある客は芝居がはねた後、茶屋に寄って今日の芝居のあれこれを、さも通《つう》ぶって語っているのだろう。あるいは舞台に出た役者もよばれているのかも知れない。

堺町の中村座は表間口十三間二尺。櫓《やぐら》も役者の名が書かれた幟《のぼり》も夜の闇に溶けていた。

中村座は猿若勘五郎《さるわかかんごろう》の長男勘三郎《かんざぶろう》が寛永元年（一六二四）に中橋《なかばし》に太鼓櫓を掲げたのが始まりである。一時禰宜町《ねぎちょう》に移転していたが、慶安四年（一六五一）から堺町で小屋を張っていた。

弥須は中村座の鼠木戸《ねずみきど》の前で権佐を下ろすと「裏を覗いて来らァ」と、小屋の脇についている小路に入って行った。

「痛《いて》ェ……」

権佐は脇腹を摩《さす》って思わず悲鳴を洩らした。

土地の岡っ引きの詰めている自身番に顔を出した時、岡っ引きの鯛蔵は「権《ごん》の字、そんな身体でここまで来たのかい」と呆《あき》れた。

「弥須が心細いと言うもんだから」

権佐は情けない顔で応えた。鯛蔵の話ではぼや騒ぎの二件は付け火かどうか、定かではないらしい。その内の一件は煮物の鍋を仕掛けた七厘《しちりん》を誰かが誤って蹴飛ばし、火が小屋を覆っている薦《こも》に移った。すぐに水を掛けて消したので、ぼやとも言えないものだという。

だが、そのすぐ後に据《す》え風呂の近くで出た火は原因がわからない。こちらもすぐに人に気づかれて大事には至っていない。

権佐は、下手人が火事にするつもりではなく、ちょいと嫌やがらせをするような感じに思えた。試しに目星をつけている佐五七《さごしち》という役者のことを訊ねると、鯛蔵は顔をしかめて舌打ちした。あんな嫌やな野郎はいないという。

「だが、女には滅法《めっぽう》評判がよくてな、そこそこ贔屓《ひいき》もついていたのよ。芝居も悪くはなかったから、あれで精進すりゃいい役者になれるというのに」

芝居小屋を縄張の内にしている鯛蔵はさすがに役者の顔ぶれに通じていた。

「ダチにいい役がついて、奴は少し自棄《やけ》になっていたんじゃねェのかい」

権佐は佐五七の気持ちの変化に探りを入れた。

「おうよ。師匠は岩井半四郎《いわいはんしろう》だ。今は七変化で評判を取っていらァ。佐五七のダチは虎助《とらすけ》といって面《つら》も佐五七ほど男前じゃねェ。大して芝居もうまくねェんだが、何しろ真面目だ。半四郎は虎助の真面目を買っているんだろう。この度は、ちょいと長い台詞をやらせているのよ。それがあの佐五七にゃおもしろくねェんだろう」

「小網町の賭場にも顔を出していたぜ」

そう言うと鯛蔵はさして驚きもせずに「ぶらぶらしていたからな」と応えた。

「それで近頃、その佐五七の姿を見ているかい」

「虎助の評判が気になるんだろう。日に一度は小屋に顔を出している。半四郎に見つからねェようにな。今に奴は首だ」

鯛蔵は容赦もなく言った。

「佐五七の様子が気になる。鯛の字、気をつけて見張ってくれ。おれもせっかくここまで来たんだから、ちょいと小屋の様子を見て行くぜ」

「無理すんな」

鯛蔵は権佐の顔につかの間、気の毒そうな眼を向けて言った。無理に笑顔を拵えると横腹がつっと痛んだ。

小屋の様子を見に行った弥須は、ほどなく権佐の所へ戻って来た。

「小屋の奴等《やつら》は皆、引き上げたみてェだ。残っているのは寝ずの番の爺さんだけだ」

「そうか……」

「後でもう一回裏を見廻ってから帰るとするか」

弥須は独り言のように言った。

「佐五七のドヤ（塒《ねぐら》）はこの近くか」

「稲荷町《いなりまち》だろう。大部屋の役者は大抵、そっちに固まっているから」

稲荷町は浅草の寺町の中にある。ぶらぶらしているのならドヤに戻るかどうかはわからない。しかし、戻るとするなら町木戸の閉じる前になる。もしも佐五七が何かしでかすとしたら、そろそろの時刻であった。

「兄貴、寒くねェかい」

弥須はそう言って権佐の襟許《えりもと》をきゅっと詰めた。風は相変わらず強いが鼠木戸の傍に昼間は呼び込みが客に口上を述べる台が設《しつら》えてあった。

その陰にいるので、風はどうにか避けられた。

「義姉《ねえ》さん、今頃は躍起《やっき》になって兄貴を捜しているだろうな」

弥須は思い出したようにぽつりと言った。

「だろうな」

「おれも帰《け》ェったら、えらい剣幕で怒鳴られる。麦倉の親父が怒鳴ってもさほどこたえねェが、義姉さんが本気で怒った時にはおっかねェよ」

弥須が真顔で言ったので権佐は喉の奥からこもった笑い声を洩らした。その拍子にまた横腹に痛みが走った。

「立っていると辛《つれ》ェだろ？　座ったらどうだ」

弥須は心配そうな顔で言う。

「地べたは冷てェから嫌やだ」

「そいじゃ、裏を覗いて来らァ。兄貴、もうちっとの辛抱だ」

「ああ」

弥須の姿が小路に消えると、権佐は腹を摩りながら辺りを見回した。芝居茶屋の騒ぎも一段落した様子で、今度は三味《しゃみ》の音《ね》に合わせて端唄《はうた》がしっとりと流れてきた。唄い手の男が声を張り上げた時、唄の文句が権佐の耳に明瞭《めいりょう》に届いた。

〽及ばぬ恋と捨ててはみたが
岩に立つ矢もあるならい……

「岩に立つ矢もあるならい」

権佐は低く呟いた。自分は岩に立つ矢なのかも知れないと思った。万に一つの不思議。

と、ぺたぺたと雪駄を引き摺る足音が通りから聞こえた。足音は目の前を通り過ぎるかと思いきや、権佐の立っている少し手前で止まった。闇が権佐の姿を隠していた。しかし、相手は芝居茶屋の掛け行灯に照らされた横顔を権佐に見せた。若い男である。つんと権佐の胸が堅くなった。

弥須を呼びたかったがそれはできない。権佐は息を殺した。男は権佐の目の前を通りすぎて小路に入って行く。権佐はゆっくりと後をつけた。衣《きぬ》ずれの音は男の身体が小屋を覆っている薦《こも》に触れているからだ。もっと先へ進むのかと思ったが、男の足音は唐突に止まった。

闇の中では男が何をしようとしているのかわからない。権佐は耳を澄まして男の行動に探りを入れた。かさこそと乾いた音がした。

男は身を低く構えている様子である。

かちっと石の音。火花が見えた。次の瞬間、足許に小さな炎が立った。

「弥須！」

権佐は渾身《こんしん》の力を振り絞って叫んだ。ひゅうと息を飲む男の声が聞こえ、こちらを見る。

「弥須！」

権佐はもう一度叫んだ。その時、ぶちッと何か穏やかではない音がした。

「あ、手前ェ、やったな」

弥須が男の向こう側から、ようやくやって来た。男はこちらに逃れる。権佐は力が入らない。男の身体を薦に押しつけるのが関の山だった。火がめらめらと薦を燃やした。半間ほどの狭い所で三人は窮屈に揉み合った。弥須が男の頭に十手をくれた時、権佐は通りに逃れ「火事だ、火事だ」とわめいた。

芝居茶屋の若い者が気づいてくれた。権佐はほっと安心すると、鼠木戸の前に崩れるように倒れた。弥須が佐五七を通りに引き出すと同時に茶屋の若い者が天水桶《てんすいおけ》の水を薦に掛けた。堺町にこれほど人がいたのだろうかと思うほど、大勢の人が通りを埋め尽くした。取り囲まれた佐五七は茶屋の若い者に水を掛けられ、ぶるぶると震えていた。

鯛蔵がやって来たのは、それから間もなくだった。

「権の字はどうした？」

鯛蔵に訊ねられて、弥須はようやく辺りを見渡した。地べたに倒れている権佐に気づき「兄貴、兄貴」と身体を揺すった。

「馬鹿野郎、揺するな。痛ェじゃねェか」

権佐は顔をしかめて弥須に言った。

「死んだかと思った」

弥須はそう言って深い吐息をついた。仰向けになっている権佐の眼に、ぽかりと浮かんでいる月が見えた。権佐はあさみの真似《まね》をして柏手《かしわで》を打った。

「頭、頭がおかしくなったのか？」

「うるっせッ。誰かに戸板を運ばせろ。おれァもう、一歩も歩けねェ」

権佐はそう言って、また月を眺めた。月の加護はあったのだろうかと、ぼんやり思っていた。

八

数馬が代官屋敷の麦倉の家を訪れた時、次男の雄蔵も一緒だった。雄蔵はお蘭に遊んで貰いたい様子であった。

お蘭はあさみに促されて渋々、雄蔵を縁側へ連れて行った。そこでお手玉をしようというのだ。女の遊びはできないなどとは、雄蔵は言わない。お蘭のすることは何んでもしてみたいのだ。

お蘭は山王のお猿さんは、と得意そうに始めた。雄蔵は最初の内、黙ってそれを聞いていたが、いざ自分でやるとなったらうまくできなかった。

「そうじゃないでしょ？　一ぱいのおすすら、二はいのおすすら、三ばいめに……ああ、もう駄目ね」

お蘭は大袈裟《おおげさ》に嘆息した。

数馬は権佐のこの度の働きに対し、奉行所からの褒美《ほうび》を届けに来たのだ。権佐は縫合の糸が切れ、傷口が少し開いてしまった。また当分、床に横になっていなければならない。

弥須はあさみと洞海どころか、自分の両親にも大層叱られてしゅんとしていた。数馬は権佐の枕許に座って、無邪気に遊ぶお蘭と雄蔵の様子を眺めていた。

「あの二人を一緒にするか」

権佐に真顔で言う。権佐はしゃがれた声でふっふと笑った。

「数馬様、お蘭を嫁にして下さいと申しましたのは冗談でございますよ」

あさみは慌てて言った。

「不承知ですかな」

「坊っちゃんはお武家。うちは町家ですよ」

「なに、町家の娘を嫁にする話は幾らでもござる」

「坊っちゃんが望んで下さるなら、喜んで嫁に出しますよ」

権佐は冗談とも本気ともつかない口調で言った。

「馬鹿馬鹿しい。数馬様も数馬様なら、お前さんもお前さんですよ。十年も十五年も先の話ですよ」

あさみは呆れ顔をした。

「十五年もおれは生きていられるかなあ」

権佐は溜め息混じりに呟いた。数馬とあさみはそっと顔を見合わせた。先のことなどわからない。今日一日、権佐が無事に過ごせたらそれでよい。あさみはこの頃、つくづく思う。それは数馬も同じ気持ちであったろう。

「いつ、仕事に戻れる」

数馬は権佐の顔を覗き込んだ。

「冬は寒さがこたえやす。あいすみません、春まで待って下せェ」

権佐は済まなそうに応えた。

「うむ」

数馬は聞き分けのよい声を上げた。

「斬られ権佐は傷だらけ。顔に五つ、胸に七つ、腹に九つ……」

雄蔵はでたらめを唄い出した。

「何よ、それ。ひどいじゃないの。それならあたいもやってやる。菊井の旦那は臍曲《へそま》がり。上と言えば下と言い、右と言えば左向く。鯛の塩焼き真っ黒け」

たまらず数馬は噴き出した。

「これ、お蘭、何を言うの？　数馬様に失礼ですよ」

あさみはお蘭を窘《たしな》めた。

お蘭は不服そうにこちらを向き「だって雄蔵ちゃんが先に無茶苦茶唄ったのよ」と言った。

「そうだ、お蘭は悪くない。雄蔵に仕返しをしただけだ」

数馬はお蘭の肩を持った。

「斬られ権佐は傷だらけ。腕に七つ、足に八つ、とうとう十で死んじまった」

雄蔵が自棄のように声を張り上げた時、数馬はさすがに顔色を変え、雄蔵の傍に近づいて加減もなく拳骨をくれた。雄蔵は派手な泣き声を上げた。お蘭は知らぬ顔でお手玉を続けた。いい気味だという表情である。あさみはそれを見て、かっと腹が立ったようだ。

「坊っちゃんが叱られているのに、傍で涼しい顔をしているのかえ？　恐ろしい子だ。そんな情《じょう》なしはうちの子じゃありません！」

お蘭の下唇がまくれ、細い声で泣き出した。

「いいんだ、いいんだ。坊っちゃん、人はいずれ死ぬもんだ。その通りですぜ。お蘭、いい子だから、おれが死んでも泣いたりなんざしねェでくれよ」

権佐は二人の子供を宥めるように言った。

泣き続ける二人には、権佐のしゃがれた声は聞こえていないようだった。

その時の権佐は自分の身体が油断のならない状況にも拘らず、不思議に死ぬことなど考えられなかった。死が訪れるのは、こんな時ではないと思った。その前にお蘭の花嫁衣裳を縫わなければならない。あさみには留袖《とめそで》を。

権佐が死ぬのは今日でも明日でもなく、その先のいつかである。

夜明け頃、権佐はあさみの手を借りて小用に立った。薄明るくなった空に下弦の月が出ていた。権佐には薄切りの大根が空に貼りついているように見えた。頼りないような月は自分のように思えたけれど、権佐はそれをあさみに言わなかった。

下弦の月はそのまま空にいて、昼頃にひっそりと消えた。それに気づいていたのは恐らく、権佐だけだったろう。

温《おん》

傾けば　冬の夜に　温

海童

一

年の暮も、明けた正月も、権佐《ごんざ》は床《とこ》の中で過ごした。呉服町《ごふくちょう》の権佐の両親は正月の三日に年始の挨拶かたがた、権佐の見舞いに八丁堀の麦倉《むぎくら》の家を訪ねてきた。

権佐は溜《た》まっていた腹水《ふくすい》を抜く手術をしたのである。ようやく厠《かわや》にも一人で行けるようになり、順調に回復の兆《きざ》しが見えていたところであった。父親の次郎左衛門《じろうざえもん》はいつもと変わりない表情をしていたが、母親のおまさは臥《ふ》せっている権佐を哀れがり、時々、眼を拭《ぬぐ》った。自分ではさほど弱っているとも思っていなかったので、おまさの涙は権佐の胸にこたえた。もちろん、本業の仕立て屋や裏の稼業である小者《こもの》の仕事はすぐに始められはしないが、おまさを泣かせるほど悪い状態ではない。おまさが涙を見せたのは母親だからだろう。

そう権佐は思うことにした。

床に寝ていても、襖《ふすま》越しに物音が聞こえてくる。それは麦倉家の手当場《てあてば》で洞海《どうかい》と患者が話し合う声である。

「ほう、だいぶよくなりましたな。これなら春には仕事ができるようになるでしょう。なに？　腕が動かない？　そりゃ当たり前だ。骨が固まるまで、ずっと動かさないようにしていたのですからな。少しずつ伸ばしたり縮めたりして慣らすことです。どれ……痛い？　痛いのは生きておる証拠だ。いい若い者が泣き言を洩《も》らすな。大丈夫だ。だが、無理をしてはならぬぞ。うむ、そうだな。よし、ご苦労様」

患者は足場から落ちて腕を折った大工だろう。腕を一本折ったぐらいで前途を悲観している。普段は威勢《いせい》のよい男なので、その豹変《ひょうへん》ぶりが権佐にはおかしかった。

「お大事に」

あさみの声も聞こえる。心がこもっていない。あさみは患者に対して冷淡にも思える時がある。情を感じるのは洞海の方だ。

大工の男は洞海に全幅の信頼を寄せていたから骨接《ほねつ》ぎに行くよりも麦倉に来たのだろう。

その点、あさみは、洞海とは違った。

喘息《ぜんそく》で悩む子供を抱えて来た母親が「あさみ先生、この子の病は治るでしょうか」と恐る恐る訊《たず》ねると「大人になれば治る人もおりますけれど、大抵は持病になります。この子は一生、喘息とつき合うことになるかも知れません。あまり苦にせず、お薬を飲ませて気をつけて差し上げて下さい」と、はっきり言う。母親の落胆を少しでも軽くするために嘘でも治ると言ってやればいいのにと権佐は思う。あさみの言葉が信じられず、その母親は、よその医者に鞍替《くらが》えしたらしい。しばらく子供を連れて現れる様子がなかった。しかし、結局、あさみの見解は当たっていたようで、子供の病をこじらせてから、再び麦倉の門をくぐることになった。

あさみはそれ見たことかと、こちらが耳を塞《ふさ》ぎたくなるほど辛辣《しんらつ》な言葉をその母親に浴びせる。

「医者、医者と申しましてもね、このお江戸には、相当に怪しげな医者がごまんといるのですよ。口当たりのよい言葉で治りますよ、ご心配なくと囁《ささや》かれて、その気になっているからこんなことになるのですよ。あたしはどうせ治らない病なら上手につき合えと言っているのです。あたしは喘息を完全には治せませんけれど、これ以上、悪くさせない自信はあるのですよ。お母さんは、あたしの気持ちをわかって下さらなかったのですね。あたしのやり方がお気に召さないのでしたら、どうぞよそに当たって構いませんのよ」

洞海は傍《そば》で何も言わない。子供の母親は平身低頭して、あさみに治療を託《たく》すようだ。聞いていた権佐も、ほっと胸を撫《な》で下ろしたものである。

午前中の手当場からは、そんなやり取りが聞こえる。午後からは勝手口に現れる魚屋の威勢のよい声だ。

魚屋の初五郎《はつごろう》はいい喉《のど》をしている。毎日、市中を触《ふ》れ廻《まわ》っているから喉も鍛《きた》えられるのだろう。女中のおすずとの会話は楽しい。

「おすずさん、鰤《ぶり》よ。脂がのってうまいよう。親分に喰《く》わしてやんなよ。なに、高いって？

馬鹿言っちゃいけやせん。この魚初《うおはつ》の魚がよそより高いためしがありやしたかい？　なに、ある？　そいつは物が違うの、物が」

初五郎は怯《ひる》まず、おすずに鰤を押しつけて帰ってゆく。

「えー、鰤、脂がのった鰤。鰯《いわし》っ来《こ》い！　蛸《たこ》に浅蜊《あさり》ィ、干し鰈《がれい》」

初五郎の威勢のよい触れ声に対し、青物売りは迫力に欠ける。

「かぶらな召せ、蓮《はす》も候《そうろう》、芋《いも》や芋や〜」

年寄りの青物売りは天秤棒《てんびんぼう》に下げた籠《かご》に青物を山にして現れるのだ。もう十年以上も麦倉の家を訪れているという。

雪駄直《せったなお》しは「でいでい、でいでい」と触れ廻る。手入れ手入れが訛《なま》ったものであるらしい。肩から籠を掛けて、笠《かさ》を被《かぶ》っている。その笠の下にご丁寧に手拭いで頰被《ほおかぶ》りまでしていた。呼び留めると、どこでも商売道具を拡《ひろ》げて仕事をする。権佐が革の鼻緒《はなお》をすげ替えて貰《もら》った時は五十文取られた。

家々を触れ廻る物売りの声は様々だが、その中でも権佐は、鋏研《はさみと》ぎの勇次《ゆうじ》の声はすぐにわかる。

「鋏ィ、包丁、剃刀《かみそり》研ぎ、鋸《のこ》の目立てはございませんかァ〜」

ございませんか、のところに独特の訛りがある。勇次は江戸者ではなく、房総辺りの出身らしい。三十五、六のおとなしい男である。

次郎左衛門は勇次を贔屓《ひいき》にしていて、鋏の研ぎを任せている。勇次の触れ声は次郎左衛門にもすぐにわかるようだ。

床に寝ていても権佐はさほど退屈することもなく毎日を暮らしていた。


「お父っつぁん……」

可愛い声が聞こえて、娘のお蘭《らん》が襖を開けた。後ろに弟の弥須《やす》が立っていた。

「おう、どこに行って来た？」

「おべべの爺《じ》っちゃんのとこ」

次郎左衛門のことである。

「それから、がてい、がてい、はらがていのお婆ちゃんのとこにも」

お蘭が続けると弥須は、にやっと照れ笑いした。

「おしげさんの所へ行って来たのか」

権佐は訳知り顔で訊《き》いた。

「ああ。この頃は滅多《めった》に顔を出したこともなかったんでよ、くたばっていないかと思って、ちょいと様子を見に」

「元気だったか」

「ああ。すっかり年を取っちまったが、相変わらずお経《きょう》の話をしてくれたよ」

「あたい、飴玉《あめだま》貰った」

お蘭は嬉しそうに言う。

「あの婆っちゃんはなあ、手前《てめ》ェの話をおとなしく聞いてくれた餓鬼《がき》にゃあ、決まって飴玉をくれるのよ」

権佐は昔を思い出してお蘭に教えた。

「あたい、また行きたい」

「お経の話は退屈だろうが」

「そんなことないよ。結構、おもしろかった。がてい、がてい、はらがてい。はらそうがてい、ぼじそわか」

「お蘭は頭がいいよ。すっかり覚えちまったようだ」

弥須は感心した顔で言う。お蘭は般若心経《はんにゃしんぎょう》を唱えていたのだ。

おしげは呉服町に住んでいる独り暮らしの女だった。住まいは菓子屋「水月《すいげつ》」と棟《むね》続きで建てられていた。

何んでも水月の主《あるじ》の伯母にあたる女だという。夫も子供もおらず、水月の主だけが身寄りであるらしい。おしげは水月に迷惑にならないように食事も別にしてひっそりと暮らしていた。

なぜか、このおしげの所に近所の悪餓鬼が集まるようになった。悪さを働いて親から叱《しか》られた子供は決まっておしげを頼った。

おしげは優しく子供達を家の中に入れ、般若心経を聞かせ、飴玉を与える。飴玉をねぶり、おしげの話を聞いている内に、ささくれ立った気持ちは不思議に安らぐような気がした。権佐も子供の頃は何度かおしげの所を訪れているが、弥須には敵《かな》わない。弥須はおしげの家の常連だった。毎日のように通っていたと思う。おしげのお蔭《かげ》で道を踏み外さなかった者は多い。おしげの家があることは近所の子供達にとって、心底ありがたいことだと権佐は思う。

「がてい、がてい、はらがてい……」

お蘭は得意そうに唱えながら部屋を出て行った。あさみに教えるつもりだろう。

「どうだ、何んか変わったことはねェか」

権佐は町の様子が気になって弥須に訊いた。

「暮は珍しく押し込みのような事件は起こらなくていい按配《あんばい》だったと菊井《きくい》の旦那もおっしゃっていたよ。こいつは不景気も、ひと息ついたのかってね」

「さあ、どうだか」

「だが、正月早々は町の奴等《やつら》も浮き足立っているから、引き続き取り締まりには気を入れろと言われているぜ」

「そうだな。頼むぜ、弥須」

「兄貴、早くよくなってくれよな。おれ、心細くてよう」

「ふん、手前ェは幾つになっても餓鬼だな。お父っつぁんの所の仕事は溜《た》まっていねェのか」

「山のように溜まっていらァ。松が取れたらやるって」

「手前ェは何んでも後回しにするのがいけねェ。さっさとやりな」

「あい」

弥須は、返事だけはいい。

「さてと、腹が減ったな。何んか喰ってくる」

弥須はそう言って腰を上げた。一人になった権佐の脳裏におしげの優しい顔が浮かんでいた。身体が言うことを利《き》いてくれるのなら、久しぶりにおしげを訪ねて行きたい気持ちがしていた。笑みを浮かべたおしげが飴玉を差し出し「おあがりよ」という声も思い出す。

子供を見ると、やたら怒鳴り散らしたり、小言を言う大人が近所には多かっただけに、おしげに優しくされるのは心地よかった。自分の母親もおしげのように優しくしてくれないものかと思っていたほどだ。だが、曲がりなりにも父親になった権佐は子供に優しいことばかりも言っていられないとわかった。いいよ、いいよと甘い顔を見せていては、子供はどこまでも我儘《わがまま》になる。きちんと駄目なことは駄目と躾《しつけ》をしなければならないのだ。そう考えると、近所で怒鳴っていた馬喰《ばくろう》のおっさんも、あれあれこの子は、そんなことをしていたらおっ母さんに言いつけるよ、と小言を言っていた指物師《さしものし》のおかみさんも、あながち権佐を憎くてそうしていたとも思えない。

あれはおまさや次郎左衛門が目の届かない時に代わりになってくれたのだ。今ならそう思う。大人になった権佐も、按摩《あんま》に笊《ざる》を被せたり、馬の尻尾の毛を抜いている子供を見掛けたら「こらッ」と一喝する。子供達は昔の自分である。蜘蛛《くも》の子を散らすように逃げて行く子供達を見ながら権佐はそう思った。

おしげの優しさは、だから独特のものだったのだ。とてもあのように何も彼《か》も子供を受け入れることなどできるものではない。あの優しさはどうして生まれたものであろうかと、権佐は今更ながら不思議に思うのだった。

二

梅田屋清兵衛《うめたやせいべえ》が権佐の見舞いに訪れたのは七草《ななくさ》の日であった。

清兵衛は駿河町《するがちょう》にある呉服屋梅田屋の女婿《むすめむこ》となった男である。以前は僧侶《そうりょ》であったが還俗《げんぞく》して町人になったのである。

権佐の部屋に入って来た清兵衛は御納戸《おなんど》色の着物の上に黒の羽織を重ねた恰好《かっこう》をしていたが、頭は剃髪《ていはつ》したままだった。見ようによっては医者か、按摩のようでもある。

「お加減はいかがでしょうか」

清兵衛は穏やかな微笑を浮かべて訊いた。小脇に風呂敷包みを携《たずさ》えている。

「お蔭さんで。少し具合がよくなりました」

権佐は蒲団《ふとん》から半身を起こして応《こた》えた。

「どうぞ、お休みになったままで。すぐに失礼致しますので」

清兵衛は気を遣う。

「なに、今日は滅法《めっぽう》具合がいい。ちょうど退屈していたところでしたんで、話をしていって下せェ」

権佐は笑顔で引き留める。

「近くまで用事がございましたので、新年のご挨拶と、ついでに親分さんに頼まれていた物をお届けしようと思って伺いました。本年も何卒《なにとぞ》よろしくお願い致します」

「なになに、こちらこそよろしくお願《ね》げェ致しますですよ」

丁寧に頭を下げた清兵衛に権佐も恐縮して頭を下げた。

「親分さんは何んでもお腹を切ったそうで。大変でございましたねえ」

「なあに。腹の一つや二つ、切ったところでどうってこともありやせん。こちとら、身体中が傷だらけときているもんで」

「空威張《からいば》りはいけません。どうぞお大事になすって下さい」

清兵衛は眉間《みけん》に皺《しわ》を寄せて権佐を窘《たしな》めた。

相変わらず、男前の清兵衛であった。濃い眉の下に憂いを含んだような二重瞼《ふたえまぶた》がある。高い鼻梁《びりょう》、少し厚めの唇は黙っている時、きっちりと結ばれている。

「お嬢さんとの初めてのお正月はいかがでした?」

あさみは茶を運んで来ると、少し茶化すように清兵衛に訊いた。清兵衛はぽっと頬を染め、

「はあ……」と言葉を濁《にご》した。

「野暮なことは言いっこなしだ。倖《しあわ》せに決まっているじゃねェか」

権佐はあさみに言う。

「親分さん、ちょうど奥様もいらっしゃいますので、一緒に見ていただきましょうか」

清兵衛は話を逸《そ》らすように鬱金《うこん》色の風呂敷を解いた。

「あら、反物。どういうことなのでしょう。あたしは別に注文した覚えはありませんけれど」

風呂敷の中から現れた五反ばかりの反物を見ると、あさみは怪訝《けげん》そうに言った。

「親分さんは身体の調子のよい時を見つけてお嬢さんの花嫁衣裳と奥様の留袖《とめそで》を縫うつもりでおられるのですよ。お気に召さなければお取り替え致します」

清兵衛の言葉にあさみは絶句して、まじまじと権佐を見る。その表情は嬉しさよりも悲しみの色があった。

「あたしは……要《い》りませんよ。そんな今から……用意がいいのにもほどがある」

あさみの口調に怒気が含まれた。清兵衛は権佐とあさみの顔を交互に見てから静かに口を開いた。

「奥様、わたしは商売だからお勧めしているのではありません。親分さんは仕立て屋をしていらっしゃいます。その親分さんがお嬢さんの花嫁衣裳をご自分の手で縫って差し上げたいと考えるのは無理もないことです。もちろん、今の親分さんには、できない相談でありますが、枕許《まくらもと》に反物を置き、それを縫わなければならないのだと思うことは生きる力になりましょう。そうではありませんか？」

あさみは何も言わず袖で眼を拭った。

「あさみ、怒るなって。だからっておれが今すぐ死ぬ訳じゃねェ。坊さんの言うように心の張りなのよ。ああ、反物の代金は前払いしてあるから心配するこたァねェぜ。なあに、今から買っておいても、ご時世で値上がりするから、結局、得になるってものだ」

権佐もあさみを諭《さと》すように言い添えた。

「あたし達がそれを着る時、お前さんがいないのなら切ないじゃないの、辛《つら》いじゃないの」

あさみの言葉に権佐と清兵衛は顔を見合わせた。

「親分さんがその時、いらっしゃらないとは限りません。どうぞ、奥様……」

「嫌や！」

あさみは悲鳴のような声を上げた。

「坊さん、どうやら、うちの奴はおれの寿命を知っているらしいぜ」

権佐は冗談めかして言ったが、清兵衛は笑わなかった。

「人の寿命など誰にもわかりません。人はいずれ死んで行くものです。それが早いか遅いかの差で、そのために徒《いたずら》に恐れたり悲しむ必要はありません」

「清泉《せいせん》様は還俗されても相変わらずお坊様でいらっしゃる」

あさみは皮肉な言い方をした。清泉は清兵衛の僧侶の時の名である。

「はい。わたしは町人として暮らしておりますが、信仰まで捨てるつもりはございません。在家《ざいけ》のまま修行を続ける覚悟でおります」

「そいつァ、大したものだ。それでこそ坊さんだ。おう、あさみ。お前《め》ェも坊さんの話を聞かせて貰って心を広く持った方がいいぜ」

権佐は大袈裟《おおげさ》に清兵衛を持ち上げる。権佐の言葉にあさみは返事をしなかった。

庭で友達と遊んでいるお蘭から「がてい、がてい、はらがてい」と唱える声が聞こえた。

おしげの家へ行って以来、お蘭の口癖のようになっていた。

「あの声はお嬢さんですか」

清兵衛はふと気づいて権佐に訊いた。

「ああ、そうですよ。娘の方がよほど信心深いというものだ」

「般若心経ですね。あれは優れた経文《きょうもん》です」

「坊さんも寺でやっておりやしたかい」

「はい、毎日唱えておりました」

権佐と清兵衛が話を続けている内にあさみは落ち着いてきた様子で、そろそろと反物に手を伸ばした。

「奥様、ごらんなさいませ。奥様のお顔立ちを考えて、おこのが見立てたのですよ」

清兵衛は張り切った声になった。おこのは清兵衛の妻の名である。清兵衛が慣れた手つきで反物を拡げると、松竹梅の上品な柄《がら》が現れた。

今のあさみには地味であるが、お蘭が年頃になった時は、ちょうどよさそうだ。

権佐は気に入った様子で「ちょいと肩に当ててみな」と勧めた。あさみは気後れした顔で、それでも仕事着の十徳《じっとく》の上から反物を肩に当てた。

「よくお似合いですよ。流行《はや》りのない柄なので、これはいつまでも飽きがこないと思います」

「清泉様は、すっかり呉服屋のご商売が板に付きましたね」

あさみはようやく機嫌を直して言った。清兵衛は照れたように笑った。

あさみは反物を試した後に女中のおすずに呼ばれて部屋を出て行った。

清兵衛は拡げた反物をくるくると丸めながら「お嬢さんはどこで般若心経を覚えられたのですか」と訊いた。清兵衛の仕種《しぐさ》は、あさみが言ったように、すっかり呉服屋の若旦那だった。

権佐は呉服町のおしげの名を出した。清兵衛は合点がいったように肯《うなず》いた。

「あの方にはお世話になりました。托鉢《たくはつ》で何度も伺い、たくさんお布施をいただきました。いつも近所の子供さんが何人か集まっておりましたよ」

「さいです。あすこは餓鬼どもの会所みてェな家ですよ」

「慈愛深い方です。わたしのように迷いがない」

「ほう、坊さんには迷いがあったんですか」

権佐がそう訊くと、清兵衛は言葉に窮した様子で、しばらく黙った。還俗したことを後悔しているのかと権佐は心配になった。

「おこのちゃんと一緒になるより、坊さんのままでいたかったんですかい」

権佐は恐る恐る訊いた。清兵衛はふっと笑顔を見せた。

「後悔というほどのものではありません。町人の暮らしは何も彼もが興味深く退屈する暇もありません。ただ、旦那様は寄合《よりあい》に出席する際、わたしを伴《ともな》うようになりまして、そこでは御酒《ごしゅ》も飲めば、今まで口にしたこともない贅沢《ぜいたく》なお料理もいただきます。おいしいと思いながら、ふと、お寺で日常口にしていた粥《かゆ》と梅干しと香の物だけの質素な食事を恋しいと思うことがあるのですよ。これはどうしたことでしょうね」

「まあ、長年の慣れで容易に贅沢になじむことができねェんでしょう。気にすることはありやせんぜ。贅沢を戒《いまし》める気持ちがある内は坊さんは坊さんのままですよ」

「ありがとうございます。親分さんにそう言っていただけると何やら気持ちが楽になります」

「まあ、話は変わりやすが、おれもこうして寝ておりやすとね、色んなことをしみじみ考えるようになったんですよ」

そう言うと清兵衛は「ほう」と眉を持ち上げた。

「さっきのおしげさんのことなんですがね、どうしてあの人はあんなに他人の餓鬼どもに優しくなれるんだろうってね」

「…………」

「般若心経を聞かせて飴玉をくれたことが、つくづく謎なんですよ。飴玉だって数になりゃ結構な物入りですぜ。こう考えるのは岡っ引き根性から出たもんでしょうかね」

「般若心経とは、この世にあるものは、すべて実体のないものだから、生じたということも滅したということもなく、汚れたものも清浄なものもなく、迷いもなく、老いも死もなく、苦しみもなく、心を覆《おお》うものは何一つなく、それゆえ、恐れるものもないので永遠の平安を極《きわ》めているのです」

「そいじゃ、坊さん。おれが生まれて来たことも、おれが傷だらけでうんうん唸《うな》っていても、いずれくたばっちまっても、もともとないも同然のもんだから、どうってことはねェということですかい」

権佐がそう訊くと、清兵衛はつかの間、短い吐息をつき「簡単に言えばそういうことにもなるのでしょうか」と応えた。

「坊さんの修行も難しいもんですね。おれはとてもそんな気持ちにはなれねェ。まあね、時々、こうやって辛い目を見ているより、いっそ、ひと思いにくたばっちまった方が楽だなと思うことはありやすが、おれがくたばれば親父もお袋も、嬶《かか》ァも娘も泣きの涙になるから頑張って生きているんですぜ」

「ご立派です」

清兵衛が大真面目に言ったものだから権佐は思わず苦笑した。

「以前におしげさんから身の上話を伺ったことがございました」

清兵衛は権佐の興味を引くように話を続けた。

「へえ、おしげさんの身の上話なんざ、おれは聞いたこともねェ」

「あの方はお若い頃には所帯を持ち、息子さんが一人いらしたそうです。しかし、嫁ぎ先のご家族とうまくゆかず離縁されて水月のお世話になったとのことでした」

「それで少しわかったような気がしやす。餓鬼どもを可愛がるのは嫁ぎ先に残してきた息子のことを思って、そうしていたんですね」

「恐らく……」

「そいで般若心経を念じて心を静めていたという訳か……」

優しいおしげの笑顔の裏に、そんな辛い過去が隠されていたのかと、権佐はようやく納得することができた。

「そいじゃ、坊さん、おれにも一つ、般若心経をやってくれねェか。布施は弾むぜ」

権佐は思いついたように言った。清兵衛に般若心経を唱えて貰ったら、身体の不調も少しは紛《まぎ》れるかと思ったのだ。

「お布施など要りません。では親分さんのために……」

清兵衛は般若心経を唱え始めた。清兵衛の唱える般若心経は一種、異様な迫力があった。


観自在菩薩《かんじざいぼさつ》。行深般若波羅蜜多時《ぎょうじんはんにゃはらみったじ》。

照見五蘊皆空《しょうけんごうんかいくう》。度一切苦厄《どいっさいくやく》。

舎利子《しゃりし》。色不異空《しきふいくう》。空不異色《くうふいしき》。

色即是空《しきそくぜくう》。空即是色《くうそくぜしき》。受想行識亦復如是《じゅそうぎょうしきやくぶにょぜ》。

…………

お蘭が友達を連れて庭から、そっと障子を開け、中に入って来た。清兵衛の近くに座り、じっとその口許を見ている。

真実不虚故《しんじつふここ》。説般若波羅蜜多咒《せっはんにゃはらみったしゅ》。
即説咒曰《そくせつしゅわっ》。羯諦《ぎゃてい》。羯諦《ぎゃてい》。波羅羯諦《はらぎゃてい》。
波羅僧羯諦《はらそうぎゃてい》。菩提僧婆訶《ぼじそわか》。
般若波羅蜜多心経《はんにゃはらみったしんぎょう》。

最後のところでお蘭が得意そうに声を上げたのは言うまでもない。読経が終わると清兵衛は笑顔でお蘭の頭を撫でた。

「願わくはこの功徳《くどく》を以《もっ》て、あまねく一切《いっさい》に及ぼし、我等《われら》と衆生《しゅじょう》と皆ともに仏道に成《じょう》ぜんことを。南無阿弥陀仏、南無阿弥陀仏……」

清兵衛が聞き慣れた回向文《えこうもん》を唱え終わるのを待っていたかのように、外から勇次の「ございませんかァ」の間抜けた触れ声が聞こえた。権佐と清兵衛は声を上げて笑った。

「本日は七草です。鋏研ぎ屋さんはお忙しいことでしょう」

清兵衛はそんなことを言った。七草はどういう訳か爪を切る日でもあった。

権佐とお蘭もその日、あさみに爪を切って貰ったのだった。

三

弥須は三日ほど麦倉の家に戻って来なかった。仕立ての仕事が溜まっていると言っていたので、そのせいもあろうかと権佐は思っていたが、三日も過ぎると、これは裏の仕事で厄介《やっかい》なことが持ち上がったのだと察するようになった。弥須は身動きのできない権佐を心配させないために、わざと顔を合わせないようにしているのだ。しかし、そう考えると権佐は、ますますそのことが気になった。

権佐は、おすずに弥須の様子を見に行かせた。おすずは買い物のついでに次郎左衛門の家に寄ったが、弥須の姿はなかったという。

「そいじゃ、弥須は仕事もおっぽらかして遊び歩いているのかい」

権佐は苦々しい顔でおすずに訊いた。

「いえ、そんなことはありませんよ。向こうのお母さんの話じゃ、ご近所に人殺しがあったそうですよ。何んでも、昔、やっちゃんが大層お世話になった人だそうで」

「え？」

権佐の胸がその瞬間、どきりと音を立てた。

「おしげさん……」

「名前まで聞きませんでしたけど、お菓子屋さんのご親戚の方だそうです」

「………」

「やっちゃんは若旦那様の分までお上の御用をなすっているんですよ。ご立派じゃないですか。遊び歩いているだなんて思っては、やっちゃんが可哀想ですよ。やっちゃんが帰って来たら、せいぜいご馳走《ちそう》をこさえてやらなくちゃ」

おすずは弥須の肩を持った。

おすずが部屋から出て行くと、権佐は深い吐息をついた。どうしてそんなことになったのだろう。考えても考えても、その時の権佐には見当がつかなかった。早く弥須に仔細《しさい》を聞きたいと思ったが、肝腎の弥須はなかなか戻って来ない。権佐はじりじりするような気持ちで弥須を待っていた。

だから、翌日に弥須の「ただ今ァ」と、呑気《のんき》な声が聞こえた時、思わず起き上がり「弥須！」と、権佐は怒鳴った。

「おう、兄貴。やけにでかい声を出す。その様子じゃ、だいぶ具合がよさそうだな」

やって来た弥須はおしげが殺されたというのに、何事もないような顔で笑った。

「おきゃあがれ。おれはお前ェを待って待って、心ノ臓《しんのぞう》がいい加減どうにかなりそうだったぜ。おしげさんが殺されたそうじゃねェか。そいつは確かか」

「ああ……」

弥須はようやく表情を曇らせて権佐の傍に胡座《あぐら》をかいた。

「鋏でよ、ばっさり殺《や》られちまった。土間口《どまぐち》は血の海でよ、飴玉がその中で泳いでいたのよ」

「押し込みか」

権佐が訊くと弥須は首を傾《かし》げた。

「下手人の目星はついていねェんだな」

「いや、捕まったぜ」

弥須はあっさりと応えた。

「誰よ」

「鋏研ぎだ。ほれ、うちの親父も仕事をさせているしょぼくれた男だよ」

勇次のことだった。まさかという気がした。

「あの鋏研ぎは事件の起きる前の日におしげさんに研ぎの仕事を頼まれているんだ。そのぴかぴかになったやつで事に及んだんだから、とんでもねェ男よ。普段はおとなしい面《つら》をしているくせによ。まあ、おとなしい猫ほど鼠《ねずみ》を獲《と》るというたとえもあるから、それだろう」

「奴は吐いたのか」

「いいや、まだだ。おしげさんの金をくすねたことは認めたが、殺しはしていねェと突っ張っている。だが、藤島《ふじしま》の旦那が仕置きを掛けりゃ、おっつけ吐くだろう」

藤島小太夫《こだゆう》は定廻《じょうまわ》りの同心であった。下手人の疑いが濃い者は自身番から大番屋に移される。どうやら勇次は大番屋にいるらしい。

「勇次はおしげさんから幾ら金をくすねたんだ」

「それがおかしいんだぜ。水月の主は年が明けてから、毎月の手当の他に正月だからってんで、年玉のつもりで祝儀をつけているんだ。合わせて一両と二分ほどあったはずだ。ところがあの野郎は八文しかやっていねェとほざくのよ。八文ってことがあるかよ。駄菓子屋で銭をごまかした餓鬼でもあるまいし……」

「………」

弥須の言うことはもっともだった。八文では奉行所の役人も大番屋までしょっ引《ぴ》くことはしないだろう。

「勇次はおしげさんに金があることを知っていたのか。研ぎの仕事は外でするから家の中のことまでわからねェんじゃねェか」

権佐は勇次の仕事ぶりを思い出して言う。

「その気になったらわかると思うぜ。何しろおしげさんの家は普段、開けっ放しだから」

「………」

「兄貴、何考えているのよ。そんな難しいことじゃねェだろうが」

思案顔した権佐に弥須は上目遣いで訊いた。

「どうも腑《ふ》に落ちねェな。事件があったのはいつのことよ」

「七草の日だ」

「何んだって？　七草の夜ってか」

権佐は思わず声を荒らげた。

「いいや。昼の時分になるらしい。藤島の旦那がそうおっしゃっていたから」

「七草は勇次の仕事もかきいれ時だ。どうせなら暇な時にやるんじゃねェのか」

「んなこと、おれにはわからねェよ。おれは勇次じゃねェもの」

弥須は不服そうに口を返した。

「七草の昼にゃ、あいつが八丁堀を触れ廻っていたのを聞いているぜ。ちょうど梅田屋の坊さんも来ていたから、それは間違いねェ」

「八丁堀で仕事してから呉服町に行ったんじゃねェか」

弥須は簡単に言ったが、梅田屋清兵衛と一緒に勇次の触れ声を聞いたのは八つ（午後二時頃）を過ぎていたと思う。

「もう一度、その日の勇次の足取りを洗え」

権佐は厳しい声で弥須に言った。

「わかった。そいじゃ、兄貴はあの男が下手人じゃねェと思う訳だ」

「ああ。あいつに人殺しはできねェ。八文をくすねるぐらいが関の山だ」

「だけど八文って何んなんだ」

弥須は呆《あき》れたように言った。

「勇次のドヤ（塒《ねぐら》）はどこよ」

権佐は続けて訊いた。

「米沢町《よねざわちょう》だそうだ」

「おしげさんは餓鬼に配る飴玉をどこから買っていたかわかるか？　水月じゃ飴玉は拵《こしら》えていねェから、よそから買うはずだ」

「川口屋じゃねェのか」

川口屋は飴玉で評判の店である。両国広小路《りょうごくひろこうじ》にも確か川口屋の出店《でだな》があったはずだ。

広小路は米沢町のすぐ近所である。

「勇次はおしげさんから飴玉を買う用事を引き受けたんだ。その時、預かった銭の中から八文をくすねたんだろう。だが、もともと気の小《ち》いせェ奴だから、いつばれるかと、びくびくしていたんだ。その後のおしげさんの殺しだ。奴は手前ェが疑われることを恐れたはずだ。果たして土地の親分にしょっ引かれた時はおどおどしちまって、ろくにものも言えなくなったんだろう」

「………………」

弥須がだんまりになったのは権佐の言うことを納得したからだろう。

「早く行って来い。ぐずぐずしていると勇次は八文でこの世とおさらばになるぜ」

権佐は弥須を追い立てた。弥須が出て行くと、権佐は蒲団の黒びろうどの襟《えり》を見つめて思案した。

勇次が下手人でないとしたら本当の下手人は。名前も顔も知れない。そいつの素性を探るにはどうしたらいいのだろう。深い吐息をついた時、菊井数馬《かずま》の分別臭い顔が思い出された。

権佐はにやりと笑った。

「肝腎な人を忘れていたぜ」

権佐は独り言を呟《つぶや》いて身体を横たえた。

外は雪になったのだろうか。部屋の中は冷え込んできた。


案の定、勇次は事件の起きる前日に川口屋でおしげから頼まれた飴玉を買っていた。翌日にそれをおしげに届けてから八丁堀にやって来たのだ。権佐の考えを弥須の口から聞いた菊井数馬が、勇次を問い詰めると、勇次はまだ、おどおどした様子だったが、そうだと応えたという。


嫌疑の晴れた勇次は権佐の所へ来て泣きながら礼を言った。権佐は「これからは真面目にやんな」と短く応えただけである。たとえ八文でも人は只《ただ》でくれないものだ。

しかし、弥須は「このしみったれが。どうせやるならでかくやれ」と悪態《あくたい》をついた。

奉行所はおしげ殺しの下手人を新たに捜し始めた。弥須は水月の主からおしげが離縁されて水月で世話になるまでの経緯《いきさつ》を聞いて来た。

それによると、おしげは昔、品川の網元《あみもと》をしている家に嫁いだという。奉公人が何人もいて手広く漁をしていた家だった。おしげは菓子屋の娘として何不自由なく育ったので、父親も、そういう大きな家ならば、さほどおしげが苦労することもあるまいと考えて嫁に出したようだ。ところがおしげが嫁入りしてから亭主の姉が二人も嫁ぎ先から出戻って来てしまった。

家にはまだ嫁入りしていない亭主の妹もいた。おしげにとって小姑《こじゅうと》が一挙に三人になった訳である。二人の姉が出戻っても、亭主の両親はさして邪魔にする様子はなかった。漁がある時、人の手は幾つあっても足りないからだ。

しかし、そういう家族の中にいたおしげの気苦労は相当のものだったろう。おしげと亭主の間には息子が一人いた。その後に孕《はら》んだ子は流れたという。身体が不調でも網元の嫁はおちおち寝てもいられない。おしげは無理が祟《たた》って、とうとう床に就く羽目となった。

おしげの父親は見舞いに訪れると、しばらくの間、娘を実家で養生させると言っておしげを連れ帰った。亭主の両親はその時、安堵《あんど》するような顔をしていたという。

おしげは水月で養生したお蔭で、ほどなく元気を回復した。しかし、おしげの父親は品川の家に戻ることに反対した。父親にすれば、娘をないがしろにするような家に戻すのが忍びなかったのだろう。おしげは置いて来た息子のことが気になっていたが、父親の言葉に逆らうことはできない。そのまま離縁という形になったようだ。それから水月の菓子職人と一緒になったが、その男も間もなく亡くなった。以後、おしげは水月の世話になりながら独り暮らしを続けていたのだ。

「おしげさんが近所の餓鬼どもの世話をするようになったのは、二番目の亭主が亡くなった辺りなんだろうな」

権佐は弥須の話を聞き終えると言った。

「あん時はまだ五十前だったんだな。おれには、やけに年寄りに見えていたが」

弥須はしみじみとした口調で言う。

「餓鬼の目からはそう見えても不思議じゃねェ。お前ェだって、お蘭から見たらおっさんだ」

「ヘッ」

弥須は苦笑した。弥須はまだ二十一歳である。

「品川の家は今も商売をやっているのか」

そう訊ねると、弥須はぐっと首を伸ばして「品川の家はそれから時化《しけ》に遭《あ》ってよ、持っていた船を引っ繰り返して傾いたんだと」と応えた。

「そいじゃ、家族は、てんでばらばらか」

権佐の眼がその瞬間鋭くなったが、弥須は気にするふうもなかった。

「爺《じじ》ィと婆《ばば》ァが死ぬと、おしげさんの元の亭主は残った家族を連れて江戸へ出て来たそうだ。喰い潰《つぶ》して品川にはいられなくなったらしい」

「それで？」

権佐は弥須の話を急《せ》かした。おしげの息子のその後が、ひどく気になった。

「亭主は江戸へ出て来てから人足のようなことをして稼いでいたらしい。妹は京橋の一膳めし屋に嫁に行ったが、出戻りの二人の姉はそのまま一緒にいたらしい」

「そいじゃ、息子も一緒だったんだな」

「ああ。だがよ、上の姉が具合を悪くして倒れると、途端に金に詰まり、水月にも無心に来たことがあったそうだ」

「……………」

「その頃にゃ水月の先代も亡くなっていたから、店は今の主が取り仕切っていたのよ。今の主はおしげさんと離縁した亭主の面倒を見る義理はねェし、あっちでおしげさんが邪険にされていた話も聞いていたんで、すげなく追い返したそうだ。それからそいつ等がどうなったかは知らねェと言っていたぜ」

「おしげさんの息子は幾つになるんだ」

「さあ、はっきりした年はわからねェが、兄貴と同じぐれェじゃねェのか」

「そうか」

弥須は、いい加減に息子の年を言ったが、おしげの年齢から考えると、三十はとうに過ぎているような気がした。

おしげの息子は母親の顔を覚えているのだろうかと思った。二人の伯母が面倒を見てくれたから、さほど寂しい思いはしなかっただろうが、それでも実の母親には敵《かな》わない。おしげも死ぬまで息子のことを案じていたはずだ。親子の対面は叶《かな》わなかったとすれば、息子は母親の死を知らずにこの江戸にいることになる。

「ところでよ、事件のあった日に近所の女房がおしげさんの家の辺りで遊び人ふうの男がうろちょろしているのを見ているのよ。藤島の旦那は、そいつが下手人じゃねェかと考えているようだ」

「そいつァ、確かか」

権佐は念を押した。

「うん。どうも見掛けねェ顔だったから近所の女房も覚えていたらしい。おしげさんの家に行く餓鬼にしちゃ薹《とう》も立っていたしよ」

「よし、弥須。お前ェもぐずぐずしてねェで、すぐにその男をしょっ引け」

権佐は意気込んで弥須に命じた。

「だから、今まであちこち捜し回っていたんじゃねェか。腹拵えして、また行って来らァ」

呑気にも見える顔で弥須は応えた。


弥須と藤島小太夫が空《あ》き屋敷で開かれていた賭場《とば》で音松《おとまつ》という無宿者《むしゅくもの》をしょっ引いたのは、その夜のことだった。

音松は近所の女房がおしげの家の近くで見掛けた男であった。音松はまだ事件のことを白状していなかったが、身柄は茅場町《かやばちょう》の大番屋に送られることとなった。そこできつい取り調べを受けることになる。

大番屋には水月の主も呼ばれて事情を訊ねられたらしい。そこで色々、おしげのことを話している内、驚いたことに、音松はおしげの産んだ息子だということがわかった。水月の主も品川の家の家族と二十年以上も音信不通であったので、最初、その名を聞かされてもピンと来ないところがあった。ようやく思い出して、しかも音松が伯母を殺した下手人のようだと聞かされると、途端に具合を悪くしてしまった。無理もない。音松は本来なら水月の主の従兄弟《いとこ》に当たる人間である。音松は主より二つ年上の四十二だった。

権佐は音松が大番屋にいると聞いて、矢も盾もたまらず、弥須に連れて行けと言った。

茅場町の大番屋は八丁堀から目と鼻の先である。

「兄貴。その身体じゃ無理だって。また腹の糸が切れちまわァ」

弥須は呆れたような口調で応えた。

「馬鹿野郎、糸なんざ、とっくにねェわ。いいから、四《し》の五《ご》の言わねェで連れて行けって」

権佐は執拗《しつよう》に喰い下がった。

「何んでそんなに音松に拘《こだわ》るんだよ。藤島の旦那に任せておけばいいじゃねェか。菊井の旦那もついていることだし……」

「おれにゃ、どうしても腑に落ちねェことがあるのよ」

「腑に落ちねェことって？」

「お前ェ、お袋を殺せるか」

「何言うんだよ。んなことできる訳がねェ」

「だろう？　ところが音松はそれをしたかも知れねェんだぜ」

「兄貴は確かめてェのか」

「ああ」

確かめてどうするとは、弥須も言わなかった。それは小者として、どうしても見過ごせない疑問であった。弥須は唐桟縞《とうざんじま》の着物に手を伸ばした権佐に黙って手を貸した。

だが、後であさみに叱られることを恐れているような表情でもあった。

四

音松は縄で縛《しば》られて大番屋の土間の筵《むしろ》に座らされていた。顔が青膨《あおぶく》れしていたのは仕置きを受けたせいだろう。細縞《ほそじま》の着物と博多の帯は上物だったが、少し垢《あか》じみていた。

権佐は弥須に背負われて大番屋に着くと、音松の横に下ろして貰った。音松は権佐の顔を見て、いささかぎょっとした表情になった。

傷だらけの顔で、しかも歩くのもままならない男が何用あって大番屋に来たのかという顔だった。

「驚かしてすまねェな。これでもお上の御用をしているもんだ。お前ェのことがちょいと心配になったもんだから、蒲団の中から這《は》い出して来たという訳よ」

権佐は冗談混じりに音松に言った。土間より一段高くなっている座敷に菊井数馬と藤島小太夫が座っていた。

「権佐、出て来て大丈夫か」

数馬は手炙《てあぶ》りの火鉢に掌《てのひら》をかざしながら心配そうな顔で訊いた。

「へい。まあ半刻《はんとき》（一時間ほど）ぐらいなら辛抱できるってもんです」

年配の男である。

藤島も言い添える。音松の後ろには通町《とおりちょう》の岡っ引きの亀吉《かめきち》が控えていた。五十がらみの年配の男である。


「無理するな」


「お前ェのおっ母さんには昔、世話になったよ。家に上がって飴玉貰って、般若心経というお経を聞かせて貰った。お前ェのおっ母さんは近所の子供達の面倒を、そりゃあ親身になってみていたもんだ」

権佐がそう言っても音松には反応がなかった。幼い頃に別れた母親が他人の子供の面倒をみたと言ったところで、さして興味の持てることではない。権佐は音松の胸の内を察して
「お前ェのおっ母さんは品川にいた時も般若心経を唱えていたかい」と続けた。

音松は返事をしなかったが首をわずかに傾げた。よく見ると、眼許《めもと》がおしげによく似ていると思った。

「まあ、覚えていなくても無理はねェ。そん時、お前ェはまだほんの餓鬼だったからな。だが、おっ母さんが出て行っても、おばさんが三人もいたから、さほど寂しいことはなかったんだろ？」

そう訊いたが音松は苦笑したように鼻を鳴らしただけだった。

「お前ェがこんな所にいると知ったら、おばさんも親父も、さぞかし驚くことだろうな。使いを出して様子を知らせるか、ん？」

「親父も上のおばちゃん達も死んじまったい」

音松は面倒臭そうに、ようやく応えた。音松が「おばちゃん達」と言った時、甘えたような響きに聞こえた。

「そうけェ。そいつは気の毒にな。するてェと、残っているのは下のおばさんだけか。確か、京橋で一膳めし屋をやっているんだったな。そいじゃ、せめて、そのおばさんに知らせた方がいいんじゃねェか」

音松は権佐の言葉に、とんでもないという表情でかぶりを振った。

「こんな様《ざま》ァ、見せたくねェ……」

たった一人残った叔母に迷惑を掛けたくないという気持ちだろうか、音松の声音《こわね》は弱かった。

「そうだな。お前ェが親殺しの科《とが》で捕まったと知らされた日にゃ、おばさんの心ノ臓がどうにかなっちまわァ。お前ェの気持ちはわかるぜ」

「おれはおっ母さんなんざ、殺《や》っちゃいねェ！」

音松は悲鳴に近い声で叫んだ。

「落ち着け。実のおっ母さんを殺したのはお前ェじゃねェ。それはわかっているつもりだ」

権佐がそう言うと音松は、まじまじと権佐を見つめた。音松の眼は権佐の顔の傷を数えているようにも思えた。

「権《ごん》の字、今のお前ェにこんなことを言うのはむごいことだが、蒲団に長いこと寝ている間に、ちょいと勘が狂っちまったんじゃねェのかい。こいつが下手人じゃねェのなら、おれァ、誰を下手人にしたらいいのかわからねェなァ。賭場でこいつが持っていた金は一両と二分。おしげの家からなくなった金とぴったりだ」

亀吉が口を挟んだ。

「亀の親分。そいつはお前ェさんの理屈で、おれの理屈はちょいと違うぜ」

権佐は昂《たかぶ》った亀吉をいなすように柔らかい口調で言った。

「ほう、どういう理屈よ。とくと聞かせて貰いてェもんだ」

亀吉は皮肉な表情だった。

「まともに考えたってわかりそうなもんだ。手前ェの母親を手に掛けることなんざできねェ」

きっぱりと言った権佐に亀吉はつかの間、言葉を失った。それもそうだと思ったのだろう。

「おれ達小者《こもの》はよ、下手人を挙げることもそうだが、下手人じゃねェ者の罪を晴らしてやるのも御用の内なんですぜ」

権佐は亀吉を諭すような口調で続けた。

「そんなこと、今更お前ェに言われなくても百も承知よ」

亀吉はいまいましそうに口を返した。

「親分は、最初は鋏研ぎの勇次を下手人にしたはずだ。おれが横から口を挟まなかったら、勇次はそのままお裁きを受けたんじゃねェですかい」

権佐は怯まず言葉を続けた。

「だから、今度のことも、そこんところをようく調べて貰いてェと思いましてね」

「権佐、思っていることを音松に訊いてみろ」

座敷の数馬がさり気なく言葉を掛けた。

「さあ、どこから訊いたらいいものか……音松よ、お前ェ、縛り首になりたくなかったら、おれに正直に答えてくんな。お前ェ、事件の起きた日におっ母さんの家に行っているのかい」

権佐が訊いても音松は返事をしなかった。

「簡単なことじゃねェか。行ったか行かねェか、それだけのことだぜ」

「おっ母さんって誰のことなんで？」

突然、音松はあらぬことを口走った。権佐は一瞬、自分の頭がどうにかなったのだろうかと思った。

「だから、おしげのことだってんだ！」

亀吉は苛々《いらいら》した様子で声を荒らげた。

「待ってくれ」

権佐は慌てて亀吉を制した。

「どうやら亀の親分の言うように、おれァ、勘が狂っちまっていたようだ。親分、ついでに訊くが、暮から正月に掛けて、京橋から日本橋の間でこそ泥に入られたって届けはありやせんでしたかい」

「まあな、三件ほど届けがあったわな。だが、下手人は挙がっちゃいねェ」

亀吉は渋々、応えた。その後で亀吉は藤島の方を向き、何やら居心地悪そうな表情になった。藤島は軽く舌打ちをした。そのことを藤島には報告していなかった様子である。

「お前ェ、銭に詰まってこそ泥を働いたんだな」

権佐は音松に向き直って訊いた。殺しの疑いが掛けられている音松にとって、こそ泥の罪を白状した方がまだしもましと考えたのだろうか、音松は短く肯いた。

「手前ェ、このう、それを先に言えってんだ!」

亀吉は激昂した声で音松の頭を張った。

「すんません」

音松は身体を縮めて謝った。先ほどからの反抗的な様子はなくなっていた。

「よし、よく白状した。だが、肝腎の話はこれからだぜ。お前ェは親父やおばさん達から水月という店のことは聞いたことがあるかい」

核心に触れた話を始めた権佐に藤島が固唾《かたず》を飲んだのがわかった。

「いや……」

「実のおっ母さんの名前ェも、それじゃ知らねェんだな」

権佐が訊くと音松は素直に肯いた。

「お前ェ、親父と二人のおばさんが死んだ後は何をして喰っていたのよ」

権佐の問い掛けに音松はおずおずと話し始めた。父親の後にくっついて人足の手間仕事をしたり、芝居小屋の下働きのようなこともしたが長続きはしなかったという。品川にいた頃は坊っちゃん、坊っちゃんとおだてられて育った音松にとって、辛抱を強いられる割に実入りの少ない仕事は続けることができなかったらしい。京橋の叔母の所に顔を出して時々、飯を喰わせて貰っていたが、小遣いを恵んでくれるほど叔母も裕福ではない。

友達の塒《ねぐら》を転々とする根なし草のような暮らしをしていたようだ。音松は暮に京橋を訪れ、叔母に小遣いを無心したが、すげなく断られた。音松は切羽詰まってこそ泥に入り、そこからせしめた物を質屋に曲げて僅《わず》かな銭を手にした。一つうまく行くと味をしめ、それから二軒の家にこそ泥に入った。

「だが、そうして金を手にしても賭場に顔を出すには不足があろうというものだ。お前ェはさらにこそ泥を企んだ、そうだな？」

「へい……」

「お前ェはダチのドヤで厄介になっていたようだが、ダチのドヤはどこよ」

「一石橋《いちこくばし》です」

「するてェと、京橋のおばさんの家に顔を出した帰りは呉服町を通るな？」

「…………」

「どうなんだ、そうなんだろう？」

「へい」

「お前ェは前々から、次にこそ泥に入る家を胸の中で算段していたはずだ。水月の隣りに独り暮らしの年寄りの女がいた。そこにゃ餓鬼どもが出入りしている。ちょいと顔を出したところで怪しまれることはねェだろう。お前ェはそう考えたはずだ。ちょうど餓鬼どもが帰って、家ん中には年寄りの他、誰もいなかった。よう、お前ェはその人に何んと言葉を掛けたのよ」

「何んも……」

「おかしいじゃねェか。人んちに入るのに黙っている奴があるものか」

「誰もいなかったんだ」

音松はようやく応えた。多分、おしげは近所に買い物にでも出ていたのだろう。首尾は上々と音松は金目の物がないか捜した。

簞笥《たんす》の小引き出し、長火鉢の引き出し、金のありかは、だいたいそんな所だ。案の定、長火鉢の引き出しに小粒を見つけた。一両と二分あった。その金で賭場に行き、いい目が出たら御《おん》の字だ。音松は密かにそう思った。しかし、折悪《おりあ》しく、そこへおしげが帰って来た。おしげはさほど驚きもせず「お前さんは誰だえ」と訊いた。

音松は言葉に窮して言い訳にならないことを、もごもごと喋った。

「そこへお座り」

おしげは音松に命じた。悪さを働いた子供はさんざん見ている。音松の様子から、よからぬことを企んでいるのはわかったらしい。

おしげは子供達にそうしたように音松に長火鉢の猫板《ねこいた》に置いてあった瓶から飴玉を取り上

げて「おあがりよ」と言った。音松はそれを一つ貰って口に入れた。甘い飴玉は久しく口にしたことがなかったので、ひどくうまく感じたという。それからおしげは般若心経のことを音松に語った。音松にはあまり興味の持てる話ではなかったが、おしげの声は耳に快かった。だが、内心では早く、そこから出て行きたいと考えていた。

そこへ鋏研ぎの勇次がやって来て「お内儀《かみ》さん、例の物、買って参じました」と、声を掛けた。

おしげは土間口に出て行き、勇次から何かを受け取った。

「おや、お釣りはこれだけかえ。駄賃を引いても足らないよ。お前さん、数を間違えて買って来たんじゃないのかえ」

おしげがそこで包みを開くと、勇次は慌て出し「あっしがほまちしたと言うんですかい」と斜《しゃ》に構えた物言いになった。音松は二人の話を茶の間で聞きながら、どこかこの隙《すき》に逃げ出せないかと家の中をきょろきょろ捜し回っていた。しかし、勇次とおしげの様子は穏やかでなくなっていた。勇次は仕舞いに「おきゃあがれ、婆ァ」と悪態をついた。音松はその声に何んとなく腹が立ち、目についた鋏を取り上げた。

「おう、何んだ手前ェは。言いてェことを言ってくれるじゃねェか」と、鋏をちらつかせて脅《おど》した。前日に研いだばかりの鋏は、きらきらと輝いていた。鋏は茶の間の針箱の傍にあった。人を脅すのは浮き草暮らしの音松にとって慣れたものである。

勇次は音松がそこにいることに気がつかなかったらしい。

「ちゃんと釣りを払いな」

音松にそう言われて、勇次は突然、殴り掛かった。自分の研いだ鋏が脅しの小道具にされたことで頭に血が昇ったのだろう。

「おやめ、もういいから、いいんだから」

おしげが二人の間に割って入った。だが、頭に血を昇らせた男二人は止まらなかった。

次の瞬間、何が起きたのかわからなかった。

土間口に飴玉がばらばらと散った。気がつくとおしげが胸を押さえて倒れていた。

「お前ェだ、お前ェのせいだぜ」

勇次は捨《す》て台詞《ぜりふ》を吐くと、後ろも見ずに去って行った。音松はどうしていいかわからなかった。おしげは苦しそうに呻《うめ》いていたが、このままでは自分がやったことになると思い、そのままおしげの家を出てしまったのだ。

音松が話し終えると、大番屋にいた者は同時に深い吐息をついた。

「あの、鋏研ぎ、全く……」

亀吉は肝腎なことを一つも喋らなかった勇次に腹を立て、吐き捨てた。

「旦那、こいつはどういうことになるんでしょうか」

権佐は座敷にいる数馬に訊いた。

「何んともはや……」

数馬もどうしていいかわからない表情である。勇次はその後で何事もない顔で商売を続けたのだ。善人面した勇次に権佐もすっかり騙《だま》され、命乞いまでしている。やはり現場を離れていたために岡っ引きの勘も狂っていたのかと内心で独りごちた。

「あの鋏研ぎをしょっ引いて、もう一度詳しいことを訊ねやしょう。するてェと、おしげ殺しは、こいつと鋏研ぎが二人でやったということでようがすね」

亀吉は藤島と数馬に了解を求めた。

「殺しにはならぬだろう。こいつはまあ、物の弾みだ」

数馬はあっさりと否定した。

「旦那、ちょいと待っておくんなせェ。奉行所のお調べじゃそういうことになりやしょうが、世間様にはそう簡単には行きやせんぜ」

権佐は数馬にそう言った。

「ほう、世間様だと？　どういうことだ」

数馬は呑《の》み込めない顔で権佐に訊いた。

「おしげさんは、こいつの実の母親だったんですぜ。こいつは知らぬこととはいえ、おしげさんを置き去りにしたんだ。その罪は勇次と同等にはなりやせんぜ。いいか、音松、よく聞け。おしげさんは、お前ェのおっ母さんだったんだ。そこんところ、ようく肝《きも》に銘じた方がいいぜ」

権佐が言うと、音松はしばらく黙り込んだ。

音松の父親も伯母達も、音松を捨てたようなおしげを恨んでいたことだろう。その恨みは水月の主が無心を断ったことで、さらに募《つの》ったものと思われる。金輪際《こんりんざい》、おしげという名を口にしたくない、音松にもそれを明かすつもりはなかった。それがこのようなむごい事件へと発展してしまったのだ。

「もしも、おしげさんがおっ母さんとわかっていたなら、お前ェは苦しんでいるおしげさんを置き去りにしなかったはずだ。そこで手当していれば、あるいは命が助かったかも知れねェんだぜ。お前ェはおっ母さんを見殺しにしちまったんだ。え？　そうだろうが」

「親分、おれはどうしたらいいんだ」

音松は縋《すが》る眼になって権佐に訊いた。

「お裁きのことはおれにはわからねェが、こそ泥を働いた挙句にこのざまじゃ、ちょいと難儀なことになりそうだぜ」

権佐は低い声で応えた。

「縛り首は覚悟しな」

亀吉は容赦もなく言って退《の》けた。その拍子に音松はぶるぶると震え出した。

「権佐、もういいぜ」

数馬の低い声がした。

「よくやってくれた。もう帰って横になりな。具合が悪くなっては、わしがあさみ殿に叱られるからな」

「へい……」

だが権佐は、しばらく音松を見つめたままだった。音松は権佐の視線を避けるように横を向いたが、身体の震えは止まらなかった。

権佐は音松の身体に摑《つか》まり、立ち上がるような様子をしながら、すばやく音松の耳に言葉を囁いた。音松の眼がその瞬間に大きく見開かれた。

権佐はそれから音松に背を向け、大番屋の戸口の傍にいた弥須の名を呼んだ。弥須は心得たという顔で権佐の前に背中を向けてしゃがんだ。弥須に背負われた権佐に亀吉はようやく穏やかな声になって「権の字、ゆっくり養生しな」と言った。それから音松の身体を引き立てた。音松は大番屋に備えられている牢に入れられるのだ。

藤島小太夫が口書《くちが》き（白状書）を奉行所に提出すれば音松の身柄は小伝馬町《こでんまちよう》の牢に送られることになる。その後はお白洲《しらす》で裁きがあり、場合によっては市中引き廻しの上、獄門《ごくもん》である。

だが、そうはならないだろう。権佐は弥須の背中で眼を閉じると胸の中で呟いた。

重い疲れが権佐を襲っていた。その夜、権佐はまた少し熱を出した。

五

菊井数馬が久しぶりに権佐の見舞いに訪れたのは、一月も早や晦日《みそか》を迎える頃であった。

奉行所が非番の日だったのだろうか、普段着の恰好だった。

数馬は権佐の枕許に鶏卵が入った手付きの籠を置くと、襟巻《えりま》きを外した。権佐は蒲団の上に半身を起こすと、久しぶりの数馬に笑顔を向けた。しばらく見ていなかったせいか、数馬がやけに男前に見えた。数馬もそんな権佐に笑顔を返したが、傍《かたわ》らの火鉢で手を暖めながら、しばらく何も言わなかった。

あさみは往診に出ているようだ。洞海が患者と話をする声が低く聞こえるだけだった。おすずは数馬に茶を出すと夕食の仕度のために、すぐに台所に戻って行った。

数馬は湯呑《ゆのみ》に手を伸ばし、音を立ててひと口啜《すす》ると「お前ェ、音松に何んと言った」と、低い声で訊いた。

「へい？」

権佐は怪訝な顔で数馬を見た。

「とぼけるな。番屋で最後にお前ェが音松に言ったことだ」

「あいすみません、覚えておりやせん」

「………」

数馬の視線が痛いほど権佐に突き刺さる。

「音松は今わの際に、先に行っているから、お前ェが来た時は、とっくり話を聞いてほしい、と言ったそうだ。亀は何んのことかよくわからなくて、頭がいかれちまったのかと思ったそうだ。だが、こうなってみるとな」

「おれがもうすぐ、くたばっちまうことを、あいつは察していたんでしょう」

「そうか？」

試すような言い方だった。権佐は肝が冷えた。権佐は音松に、死罪の沙汰《さた》があった時は、小塚《こづか》っ原《ぱら》に送られる前に自害しろと囁いたのだ。そうすれば、おしげが誤って息子に殺されてしまったことは奉行所内でしかわからない。おしげが子供達に示した優しさは汚《けが》されないまま永遠に保たれる。近所の者は、ただ、おしげの不幸を哀れんでくれるだけだろう。それがせめてもの親孝行ではないかと権佐は考えたのだ。

音松も権佐の言うことを納得したからこそ、小伝馬町の牢で舌を嚙《か》み切って果てたのである。

「下手人が死んじまったんじゃ、どうしようもねェ。だが、権佐、これからは余計なことをするな。お前ェは小者なんだから本分を守れ」

数馬は静かな声で言った。勇次も小伝馬町の牢に送られた。八文をくすねたことが、とんでもないことになったものだ。たかが八文ではなかった。恐らく、この先、江戸で勇次の触れ声を聞くことはないだろう。次郎左衛門は新たに鋏研ぎの職人を見つけなければならないことになる。

「弥須に背負われて、よろよろのくたくたになりながらやって来て、音松に白状させたのは大したものだった。藤島も涙をこぼして褒《ほ》めていたぜ」

数馬の言葉がこそばゆい。権佐は、にやけた顔になりそうなのを堪《こら》えた。

「長生きしろよ。生きておる内は、お前ェにはいつまでもおれの小者を務めて貰うからよ」

数馬は権佐の肩をぽんと叩くと腰を上げた。

権佐が頭を下げた時、数馬がさり気なく眼を拭ったのがわかった。自分の何が数馬を泣かせたのだろう。権佐は不思議な気がした。

「あら、もうお帰りですの？　もう少しごゆっくりなされればよろしいのに」

戻って来たあさみが玄関先で数馬に言葉を掛けていた。それから小声で話を続けたが、それは権佐の耳に届かなかった。

「おお、寒い。今夜は雪になるのかしら」

数馬を送り出したあさみがようやく戻って来ると、そんなことを言った。火鉢の灰を掻《か》き立て炭を足す。

「外はよほど寒いのかい」

権佐は蒲団に身体を横たえながら訊いた。

「ほら」

あさみは炭を足すと、氷のように冷たい手を権佐の頬に当てた。

「うへェ」

権佐は大袈裟な悲鳴を上げた。だが、すぐにあさみの手を取って、しみじみその眼を覗《のぞ》き込んだ。

「お蘭のこと、頼むぜ。おれがいなくなっても、しっかり育ててくれよ」

「何を言うの。縁起でもない」

あさみは握られた手を邪険に振り払おうとしたが、権佐はそうさせなかった。

「真面目に聞いてくれ。おれはもう長くはねェ。そうなんだろ？　だったら、訳がわからなくなる前にお前ェに言っておきてェのよ」

「あたしの留袖は？　お蘭の花嫁衣裳は？　縫ってくれないの？」

そう言いながら、あさみの眼には膨れ上がるような涙が湧《わ》いていた。

「勘弁してくんな」

「うそつき、縫うって約束したくせに。うそつき……」

あさみは権佐の蒲団に突っ伏して泣きながら詰《なじ》る。

「おっ母さん……」

お蘭が襖を開けて声を掛けた。

「ごはんができたって」

「ああ、今行くぜ」

権佐はあさみの代わりに応えた。

「何してるの」

あさみが何も言わないので、お蘭は不安そうな顔をしている。

「お蘭、こっち来い。おっ母さんは外から帰って手が冷てェから、お父っつぁんがあっためてやっているんだ」

「あたいも冷たい」

お蘭は甘えた声で言うと権佐の傍に来て、遠慮もなく権佐の胸に手を差し入れた。今度は本当に頭の芯《しん》が痺《しび》れそうなほど冷たかった。

「あったかい」

しかし、お蘭は安心したように笑った。

「お父っつぁんは温石《おんじゃく》だね」

あさみがようやく落ち着いた声でお蘭に言った。

「あったかい……」

お蘭はうっとりした声でもう一度言った。

あさみはそれを聞くと「じゃあ、おっ母さんも」と、権佐の手を握った。握って、握り返して。権佐はあさみに応えるように精一杯の力を込めた。

つかの間の幸福が親子を満たしていた。外は風の音がした。八丁堀、代官屋敷通りは、その夜、吹雪に見舞われた。

六《ろっ》根《こん》清《しょう》浄《じょう》

一

あさみは今年でき上がったばかりの膏薬《こうやく》を、焼酎《しょうちゅう》で消毒した蛤《はまぐり》の貝に詰めていた。膏薬は長崎にいたオランダ人、アルマンスという医者の正伝で、医家によって、それぞれに秘法があった。

蘭方《らんぽう》外科医の主な仕事は手術と膏薬の投与にあると言っても過言ではない。八丁堀代官屋敷通りの麦倉《むぎくら》家でも、毎年の膏薬作りは大切な仕事だった。

門の外に土竈《どがま》を設《しつら》え、焼き芋《いも》を拵《こしら》える時のような大釜《おおがま》をその上にのせ、黄蠟《おうろう》、胡麻油《ごまあぶら》、鹿《しか》脂《あぶら》、松脂《まつやに》、椰子油《やしあぶら》、乳香《にゅうこう》（薫陸《くんろく》という樹脂）、その他、諸々の薬草から抽出したものを煮詰めるのである。

懇意にしている染井《そめい》の植木屋は春に咲いた薬草を摘《つ》み、それを干して麦倉家に届けてくれる。並行して油屋からも様々な油が届けられる。材料が揃《そろ》ったところで膏薬作りが始まるのだ。

夏の盛りではないことがまだしもましというものの、何んとも嫌《い》やな臭いが辺りに漂う。しかし、近所の住人達は顔をしかめこそすれ、あからさまに文句を言う者はいなかった。火傷《やけど》や切り傷を負った時は誰しも膏薬の世話になるからである。

その期間は、あさみの兄である麦倉洞順《どうじゅん》の屋敷からも手伝いの者が訪れるので、彼等《かれら》の中食《ちゅうじき》の仕度、茶菓《さか》の用意など、あさみは大忙しであった。

膏薬作りは、およそ五日ほど掛かる。煮立てて煮詰めた膏薬をすっかりさまし、半分は洞順の屋敷へ納める。洞順は、さる大名屋敷の侍医《じい》である。殿様を始め、奥方様、お子様達、奉公する家来衆の治療薬として使われるのだ。残った半分の内、八丁堀の役人の家、毎年引き合いのある刀鍛冶《かたなかじ》の家、包丁と火を使う料理茶屋などに膏薬を納めると、あさみは残りを大事に小分けして患者と自分の家族のために使う。

膏薬作りに使った道具を始末して何日も経つのに、未《いま》だに油臭い饐《す》えた臭いが家の中にこもっていた。その臭いはともかく、あさみが苛々《いらいら》するのは、この頃、娘のお蘭《らん》に聞き分けのないことだった。

六歳のお蘭は花見に行きたいと駄々をこねてあさみを困らせていた。花見など医者を生業《なりわい》にする麦倉家には無用のことである。今までも家族揃って出かけたことはなかった。しかし、お蘭は花見に行って来たという友達から話を聞いて、途端に羨《うらや》ましくなったらしい。

口を開けば、そのことばかりである。いい加減、うんざりしたあさみは、お蘭にまともに口を利《き》かなかった。すると、なおさらうるさく花見花見と騒ぐのである。

お蘭の声は蒲団《ふとん》に寝ている権佐《ごんざ》にも聞こえていよう。身体が元気なら権佐はすぐにでもお蘭を連れて行ったはずである。

その日も、午後からあさみが往診に行く時になって騒ぎ始めた。女中のおすずが一緒になって宥《なだ》めても、お蘭は得心しなかった。

業を煮やしたあさみはお蘭の襟首《えりくび》を掴《つか》んで権佐の部屋に連れて行った。

「お前さん、説教しておくれ。もう、どうしようもない子だよ」

権佐なら柔らかくお蘭を諭《さと》してくれると思ったのだ。権佐はあさみに顎《あご》をしゃくり、身体を起こさせた。権佐は起き上がると胡座《あぐら》をかいてお蘭を睨《にら》んだ。

「ほら、お父っつぁんの言うことをよく聞くんだよ」

あさみは権佐の睨みだけで十分に効果があると思った。後は了簡《りようけん》しな、という権佐の言葉にお蘭が素直に肯《うなず》くだけだった。しかし、権佐はいきなりお蘭の頰を張った。お蘭は悲鳴を上げた。何もそこまで。あさみは慌ててお蘭を庇《かば》う。

「あさみ、手ェ、放しな」

権佐は容赦がなかった。庇ったあさみまで睨む。

「お前さん、もうわかったから。もうお蘭はようくわかったから。ね、お蘭、そうだろう？」

あさみは早口でお蘭に訊《き》いた。お蘭は泣き声を高くするばかりで返事をしなかった。権佐はお蘭の細い腕を摑んで引っ張り上げた。

「手前《てめ》ェ、どういう了簡でいるんだ。おれがこんな身体だから小馬鹿にして我儘《わがまま》を言うのか？　手前ェ、六月には手習い所に通うというじゃねェか。もう餓鬼《がき》じゃねェんだぜ。おっ母さんも爺《じ》っちゃんも病人の世話をしなけりゃならねェ。どこに花見に行く暇があるというんだ。おう、答えやがれ」

権佐の怒りは相当のものだった。普段とは様子が違って見えた。お蘭は叱《しか》られたことより、その剣幕に驚き、脅《おび》えていた。

「いいか、お蘭。おれはもうすぐ死んじまうんだぜ。おれが死んじまったら頼るのはおっ母さんと爺っちゃんしかいねェんだ。だが、爺っちゃんにしたところで、いつまでもお前《め》ェの傍《そば》にはいられねェ。寿命が尽きればあの世ゆきだ。お前ェの頼りはおっ母さんただ一人だ。そのおっ母さんの言うことを聞かねェで、お前ェがまともな大人になれると思うのか？　年頃になったら、おっ母さんはもうお前ェをひっぱたくこともできねェ。お前ェは勝手気儘をやるだろう。夜遊びはする、男は拵える。そんな悪戯者《いたずらもの》の娘はいやというほど見ているぜ。おう、お前ェもその口か？」

「違う！」

お蘭は必死で口を返した。

「何が違う。そいじゃ、この中《じゅう》からの花見騒ぎはどういうことよ」

そう言いながら権佐は胸を押さえた。興奮したために心《しん》ノ臓《ぞう》の動悸《どうき》が高くなったのだろう。

「お前さん、落ち着いておくれ。あまり頭に血を昇らせると具合が悪くなっちまう」

あさみは見兼ねて口を挟《はさ》んだ。

「具合が悪くなってもいい。おれは死んでも喋《しゃべ》るぜ」

権佐は鋭い視線であさみに言った。

「お蘭、聞いたかえ？　お父っつぁんは命がけでお前に説教しているんだよ。お前を叱ることはお父っつぁんの命を縮めることにもなるんだ。後生だからいい子にしておくれ」

宥めるあさみも自然に涙声になった。権佐は自分の寿命が尽きることを知っているのだろう。だから顔色を変え、声を励ましてお蘭を叱っているのだと思った。権佐の気持ちを知っているのか知らないのか、お蘭は泣き続けるばかりであった。

二

数寄屋橋御門内《すきやばしごもんうち》の南町奉行所では緊張した空気が漂っていた。近々、石川島の人足寄場《にんそくよせば》から一人の男が舞い戻ることになっていたからだ。本来なら死罪の沙汰《さた》を受けても当然の、押し込み強盗を働いた男であった。

南町奉行所が目星をつけた商家に密偵《みってい》を送り込み、苦労して捕らえた下手人であった。

この下手人が罪一等を免《まぬが》れたのは、その商家を襲う前に、川にはまって溺《おぼ》れた子供を助けたことによる。奉行所は、このことを重く見て寄場送りの沙汰を下したのである。下手人の年齢が高いことも考慮されたようだ。

霞《かすみ》の重蔵《じゆうぞう》——世間ではそう呼ばれていた。

重蔵は飛驒《ひだ》の山奥で枝打《えだう》ちの仕事をしていた男であった。両端に一尺ほどの木の棒をつけた縄を操《あやつ》り、どんな高い樹木にも登って行く。そうして途中の余分な枝を払うのである。枝を払うことにより曲がりのないまっすぐな樹木に生長するらしい。枝を払った樹木から身軽に隣りの樹木へ移ることもできた。枝打ちを終えると、幹を抱き込むような形で逆さまに滑り降りるのである。とても人間業とは思えなかったという。この重蔵がどういう訳か押し込みの仲間に入って江戸へ出て来たのである。戸締まりの頑丈な土蔵だろうが何んだろうが、重蔵は、おめず臆《おく》せず仕事をした。

重蔵に目を付けられたら、たとい江戸城の金蔵でもなす術《すべ》はないだろうと、南北両奉行所は重蔵が捕まるまで恐れていた。重蔵を捕らえるまで三年もの時間を要したのは、怪しい物音を一つとして立てない鮮やかな仕事ぶりにあった。大抵は翌朝になるまで気がつかないことが多かった。ために霞の重蔵という渾名《あだな》で呼ばれるようになったのだ。

その重蔵が娑婆《しやば》に舞い戻ると、元の仲間達はまたぞろ重蔵を頼りに悪事を企むに違いない。奉行所の役人達はそのことを案じていた。

だが、重蔵もそろそろ六十の声を聞く。とても昔のような仕事はできないだろうし、重蔵自身も余生をのんびりと暮らしたいと洩《も》らしているという。

重蔵には娘が一人いた。重蔵が通《かよ》っていた八丁堀の一膳めし屋に奉公していた女中との間に生まれた娘である。その女中は重蔵が寄場送りになる少し前に病で死んだという。残された娘は一膳めし屋の養女になって店を手伝っていた。年は十六である。養父母はその娘に婿《むこ》を迎えて跡を継がせるつもりでいるようだ。八丁堀、提灯《ちょうちん》掛《が》け横丁《よこちょう》の「卯《う》の花《はな》」がその店である。南町奉行所の吟味方与力、菊井《きくい》数馬《かずま》は、もちろん、そのことを承知していた。

数馬がお務めを終えた後でふらりと卯の花に立ち寄ったのは重蔵の娘のおみさに、それとなく重蔵が戻ることを知らせるためだった。

子煩悩な重蔵がまっさきに会いたいのは、おみさであろう。卯の花の周りがそれによって何やら物騒になることを数馬は心配していた。お務めの恰好《かっこう》ではなく、普段着で伴《とも》もつけなかったのは、おみさを警戒させたくなかったからだ。

「おう」

数馬は気軽な言葉を掛けて卯の花の縄暖簾《なわのれん》をくぐった。

藍木綿《あいもめん》の単衣《ひとえ》に茜襷《あかねだすき》、花柄の前垂れを着けたおみさは白い歯を見せて笑った。無骨な重蔵の顔とは似ていない。泣きやんだ後のような潤んだ眼をして、その年頃にしては大人びて見える娘だった。

「いらっしゃいませ。お一人ですか？」

おみさは数馬に確認するように訊いた。その店を訪れる時、決まって権佐が伴をしていたからだ。店は間口二間で、衝立《ついたて》で仕切られた小上がりの座敷があるだけである。

晩飯の時分には独り者の職人が山盛りの丼飯《どんぶりめし》を掻《か》き込んでいる。しかし、数馬が訪れた時は時刻が早いせいで客は誰もいなかった。

奥の板場から亭主の卯助《うすけ》が顔を覗《のぞ》かせて頭を下げた。女房のおいちは洗い場専門である。

「お酒ですね？」

おみさは心得たように訊いた。

「うむ。熱燗《あつかん》で頼む」

「わかっておりますよ。菊井様のお好みは熱燗、生温《なまぬる》いのは気持ちが悪いのですよね？」

「うむ」

「お父っつぁん、熱燗一本！」

おみさは張りのある声で卯助に言った。あいよ、という気軽な返答があった。

「権佐親分、まだ具合が悪いのですか」

酒の燗がつく間、盆を抱えた恰好でおみさが訊いた。

「うむ。正月からこの方《かた》、寝ついたままだ。このまま起き上がれぬかも知れぬ」

「そんなに悪いのですか」

「何しろあの傷だ。どこが膿《うみ》を持っても不思議ではない」

「でも奥様もお舅《しゅうと》さんもお医者様だから心配ないのでしょう？」

「…………」

「もしものことがあったらお蘭ちゃんが可哀想……」

おみさはしんみりとした声で言った。

「六つだからのう。まだまだ、てて親に甘えてェ頃だ。お前ェだってそうだったろう？」

「さあ……あたしの実《じつ》のお父っつぁんは、ろくに家にいたためしのない人だったから、寂しいとも甘えたいとも思ったことはありませんよ」

おみさは突き放したような言い方で応《こた》えた。

「奴は帰って来るぜ」

数馬はぽつりと言った。おみさが何か言い掛けた時、「燗がついたよ」という卯助の声が聞こえた。

戻って来たおみさは慌てて下駄の音をさせて板場に向かった。

戻って来たおみさは盆にちろりと猪口、青菜と油揚の炊き合わせが入った小鉢をのせていた。数馬の前に猪口を置いて酌をする。注《つ》がれた酒はほかほかと湯気を上げた。数馬はそれをひと息で喉《のど》に流し込んだ。

「あの人、あたしの所に来るのかしら」

「そりゃあ、たった一人の娘なら会いてェと思うんじゃねェのか？」

「あたし、迷惑なんです」

おみさは数馬の顔を見ずにまた酒を注いだ。

「もう、ここの娘になったから、関わりたくないんです」

「まあな。寄場送りになったてて親なんざ、あまりありがたくはねェが、それを言っちゃ、幾ら重蔵でも気の毒だ」

「あたし、どうして獄門《ごくもん》にならなかったのか悔しいのよ。いっそ、ひと思いにくたばっちまった方が諦《あきら》めがついていいのに……妙な仏心《ほとけごころ》を起こして子供を助けたりするから……」

「そいじゃ、おみさ坊は溺れた子供が死ねばよかったと思っているのかい」

「そうは言ってませんよ。だけど……」

おみさは俯《うつむ》いて言葉を捜していた。重蔵と会った時、どうしたらいいのか迷っている様子でもあった。

「何もいまさら、てて親面して一緒に暮らそうなんざ、奴も思ってはいめェ。お前ェが嫁に行く時に差し障りがあるから、どうぞ卯助さん、おみさのてて親になってくれと、ここの親父に頭ァ下げて頼んだんだ。奴はそれを忘れてはいねェよ。この三年、奴が寄場で安心して働いてこられたのも、卯助にお前ェを任せていたからだ。真面目な働きぶりに、お上も存外に早く娑婆へ帰すことを決めたのよ。なあに、ここへ来た時は、にっこり笑って酒の酌をしてやりゃいいんだ。そいで気持ちがありゃ、ご苦労さんの一つも言ってやってくれ」

数馬は噛《か》んで含めるように言った。

おみさは数馬の言葉に応えず、黙ってちろりの酒を注いだ。その表情は何事かを思案しているふうでもあった。その内に仕事帰りの職人達がどやどやと訪れたので、数馬は飲み代《しろ》を払って店を出た。出しなに、怪しい奴がうろちょろするような時は自分に教えろと念を押すことを忘れなかった。

三

霞の重蔵は数馬が卯の花を訪れた二日後に船で行徳河岸《ぎょうとくがし》へ着いた。そのまま奉行所と町の差配が用意していた裏店《うらだな》に向かった。

だが、重蔵は卯の花に顔を出す様子はなかった。しばらくの間は仲間の目をくらますために身を隠しているつもりだったのだろう。

権佐の母親のおまさが真っ青な顔をして麦倉家を訪れたのは、暮六つ（午後六時頃）の鐘が鳴った後だった。春の夕暮れはまだ仄白《ほのじろ》い光を残していたが、商家の軒行灯《のきあんどん》がぽっと灯り、おおかたの子供達は晩飯のために家に入り、通りはひっそりとしていた。

「お蘭は戻っていないかえ」

おまさは呉服町《ごふくちょう》、樽新道《たるしんみち》から駆けて来たようで荒い息をしていた。その日、お蘭は弥須《やす》につき添われて次郎左衛門《じろうざえもん》の家に遊びに行っていた。

仕事をしていた大工が古釘を踏み、放って置いている内に膿を持ってしまった。麦倉洞海《どうかい》は、ぱんぱんに腫《は》れた大工の踵《かかと》を切開する手術をしなければならなかった。あさみがその助手を務めるので、お蘭が邪魔になっては困ると思い、権佐は弟の弥須に言いつけてお蘭を両親の所へ預けにやったのだ。

弥須は午前中、仕立ての仕事をこなすと、午後からは数馬の配下の同心の伴をして見廻りに出てしまった。お蘭はおまさに相手をして貰《もら》いながら弥須の帰りを待っていたが、おまさが晩飯の仕度をしているほんの少しの間に姿が見えなくなったという。

手術を終えて、ほっとひと息ついていたあさみは、それを聞くと慌てて外に飛び出した。遊び友達の髪結床《かみゆいどこ》の娘や、菓子屋の娘の所にも寄ったが、その日は誰もお蘭を見ていなかった。そのまま海賊橋《かいぞくばし》を渡って呉服町に向かおうとした時、弥須も小走りでこちらにやって来るのに気がついた。

「やっちゃん、見つかった？」

あさみは通り過ぎる人が振り向くほど大きな声で訊いた。弥須は力なく首を振った。

「お父っつぁんも、兄ちゃん達も近所を捜し廻っているよ。お蘭はしっかり者だから一人で遠くへ行くなんてことはねェよ。その内に戻って来ると思うが」

権佐の父親の次郎左衛門と兄貴分の弟子の徳次《とくじ》も心配して捜してくれているようだ。

「義姉《ねえ》さん、お蘭は迷子札《まいごふだ》をつけているよな？」

弥須は確かめるように訊いた。それを聞いてあさみは、はっとする思いだった。

『八丁堀代官屋敷通り、仕立て屋権佐の娘、蘭』――居所《いどこ》と名前を記した木札を用意して、いつもなら腰のところに付けていた。しかし、その朝、あさみがそれをお蘭に付けてやったかどうか覚えていなかった。仕事に気を取られていたせいだ。

「わからないのよ。付けてやったような気もするし、忘れたかも知れないし……」

「困っちまったなあ。こんなこと初めてだよ」

弥須はやり切れないような吐息をついた。

お蘭は同じ年頃の子よりしっかりしているといっても、まだ六歳と幼い。それに権佐に叱られて、ふて腐れているような表情をしていた。半ば自棄《やけ》になって遠くに行ってしまうことも考えられた。

「やっちゃん、お蘭はお花見に行ったのかも知れない」

「何んだって？　まさか……」

弥須は呆《あき》れたようにあさみを見た。

「だって、この間から行きたい行きたいと騒いでいたから」

「何んぼ何んでも……しかし、そうなると向島《むこうじま》や上野のお山も当たらなきゃならねェな」

「もしも、このまま行方が知れないようだったら、ご苦労だけれど、そっちへ行っておくれ」

「あ、ああ。だが、どうだろうなあ」

弥須はつるりとした顎《あご》を撫《な》でて思案顔をした。

あさみの心配をよそに、お蘭は夜になっても見つからなかった。いつもは早寝する洞海も弓張り提灯を持って夜中までお蘭の行方を捜し廻った。鉦《かね》と太鼓を鳴らし「迷子の迷子のお蘭やーい」と呼び歩く声が八丁堀界隈《かいわい》に悲しげに響いていた。それは呉服町の次郎左衛門も同じだった。二人の年寄りは孫の行方を涙をこぼしながら案じていた。

権佐とあさみは一睡もできなかった。お前さん、少し横におなり、と勧めても、権佐は床の上で懐手《ふところで》をして、じっと知らせを待っていた。

やり切れない夜が明けた。洞海は疲れが出たのか朝飯の時になっても蒲団から起きて来なかった。あさみはそんな洞海に代わって通いの弟子とともに、いつものように患者の手当をした。

昼前の四つ（午前十時頃）になった時、南町奉行所の定廻《じようまわ》り同心、藤島小太夫《ふじしまこだゆう》が中間《ちゆうげん》を伴って麦倉家を訪れた。女中のおすずは藤島を権佐の部屋に上げた。中間は外で待っている様子である。

藤島は眠られずに青黒くなった権佐の顔を気の毒そうな眼で眺めると「心配だろうな」と、低い声で訊いた。

「色々、お世話になりやす。申し訳ありやせん。何しろ、こちとらの身体が言うことを利きやせんので、気持ちが焦《あせ》るばかりで」

権佐は頭を下げて応えた。

「ところでな、気になることがある」

藤島はそう言いながら羽織の裾を捌《さば》いて胡座をかいた。権佐は怪訝《けげん》な顔を藤島に向けた。

「昨夜、町木戸が閉じる頃に提灯掛け横丁の卯の花からも届けがあってな、おみさという十六の娘が行方知れずになったそうだ」

「卯の花のおみさ……旦那、その娘は霞の重蔵の……」

「ああ」

「もしかして重蔵は娑婆に戻ったんですかい」

「ああ、その通りだ」

「そいじゃ、重蔵の仲間は娘を餌《えさ》に、また重蔵を仲間に引き入れるつもりでいるんですかい」

「仲間の何人かは重蔵と一緒に捕まえてお裁きがあったというものの、他にも仲間は何人もいるからな。今までは江戸の外に身を隠していたようだが、重蔵が戻ったという噂《うわさ》が拡《ひろ》まれば、江戸に出て来て、また盗みを働く魂胆をするだろう」

「旦那、重蔵の娘と、うちの娘は何か関わりがあるんですかい」

　権佐はそれが肝腎とばかり、ぐっと身を乗り出して藤島に訊いた。権佐の切羽詰まったような表情にたじろいで、藤島は細い眼を二、三度、しばたたいた。お蘭が迷子になっている時に藤島がわざわざ、おみさの失踪を知らせに来るはずがない。それでなくても、具合の悪い権佐が気を遣わないようにお務め向きの話はなるべく権佐の耳に入れないようにしていたのだ。それは権佐も十分に察していたことだった。

「新場《しんば》の塩魚《しおうお》問屋の番頭が、おみさとお前ェの娘が一緒にいたのを見ているんだ」

　卯の花は店で出す魚を海賊橋の傍にある新場から仕入れていた。新場には魚問屋、塩魚問屋が軒《のき》を連ねている。魚河岸よりも安値で仕入れることが多いので、小さな魚屋や卯の花のような一膳めし屋は新場で品物を調達することが多い。二日に一度、おみさは大きな買物籠《かご》を持って魚を仕入れに行く。問屋の番頭とも顔なじみになり、卯助が行くより負けてくれることが多かった。そのせいもあって、一年ほど前からおみさが問屋に仕入れに行くようになっていた。新場は夕方の方が賑《にぎ》やかだった。熱心な魚屋は、朝に魚河岸で仕入れた魚を売り捌き、夕方に新場で仕入れて、もうひと稼ぎする者もいた。

おみさも小売りや仲買の男達の間に混じって必死でよい品物を手に入れようとする。そんなおみさが目に付きやすいと言えば、そう言えたのだろうが。

「お前ェの娘が魚屋の様子を眺めていた時に、ちょうどおみさが仕入れにやって来て、近所で顔見知りだったたから、声の一つも掛けたんだろう。それでおみさは、お前ェの娘を家まで送ってやろうとでも思ったんだろう」

「そいじゃ、うちの娘は、そのおみさと一緒にどこぞに連れ去られたという訳ですかい」

「うむ。考えられるのはそれだ」

「………」

「おれはこれから新場に行って、もう少し詳しい話を聞いてくるつもりだ。もしかして、二人が連れ去られるのを見ている者がいるかも知れねェからな」

藤島は努めて事務的な口調で言った。権佐は、しゃがれた声で「霞の重蔵の居所《いどこ》を教えて下せェ」と言った。

「ならぬ。それは奉行所からきつく口止めされておる。たとい、お上の御用をする小者《こもの》といえども教える訳にはゆかぬ」

「うちの娘の命に関わることなんですぜ。それでも明かさねェおつもりですかい」

権佐の追及に藤島はつかの間、黙った。

「旦那、おれはこの身体だ。手前ェで捜し廻ることなんざできやせん。だが、事情は知っていてェんですよ。後生だ、旦那、居所を教えて下せェ」

権佐は藤島の羽織の袖を摑んで縋《すが》った。藤島は天井を向いて吐息をついた。

「お前ェも岡っ引きの端くれだからな……」

無理もないと藤島は言っていた。

「他言無用だ。おれから聞いたとも言ってくれるな」

「へい」

「小網町《こあみちょう》の甚助店《じんすけだな》にいる。寄場で覚えた縄細工や草鞋《わらじ》作りをして生計を立てているそうだ」

「…………」

「まだ、奴には娘のことを知らせていねェ」

小網町は茅場町の鎧《よろい》の渡し場から日本橋川を越えたところにある町だった。八丁堀からもごく近い。重蔵は娘を案じて、そんな近くに住まいを決めたのだろう。あるいはお上の采配《さいはい》でそうなったのだろうか。

「よく知らせておくんなさいやした。お礼申し上げやす」

「なに。おれもできるだけのことはするから、お前ェもあまり心配しねェで待つことだ。もしも二人が一緒だとすれば、お前ェの娘はまだしも心細い思いはしねェだろう。まあそれが不幸中の幸いというものだ」

藤島はそんなことを言って腰を上げた。権佐はじっと自分の手許《てもと》を見つめていた。そこにはお蘭の迷子札があった。洞海が拵えたものだった。権佐は藤島が麦倉家の門を出た後で、その迷子札をしたたか柱に投げつけた。

「何が不幸中の幸いだ！」

おみさに出くわさなければ、お蘭は今頃、権佐の傍にいて、お手玉でもしていたはずなのだ。よりによって、霞の重蔵が舞い戻った後に、お蘭はおみさに声を掛けられ、それを見ていた重蔵の仲間が二人を一緒に根城《ねじろ》に連れて行ったのだ。

夕方、麦倉の家に弥須が戻ると権佐は事情を話して着替えを始めた。他言無用と釘を刺されたが、弥須の手助けは必要だった。

「やっぱ、行くのかい」

弥須は諦めたように訊く。

「ああ」

「具合が悪くなるぜ」

「もう、とっくに悪くなってるわ」

「仕方ねェな。兄貴はお蘭の親だから」

「ああ、死に損《ぞこ》ないの親でも、娘の一大事にはじっとしていられねェ」

「飯を喰《く》ってからにしようぜ。腹に力が入らねェから。おれ達がいなくなったら麦倉の親父も義姉さんも飯を喰わねェよ。義姉さん、倒れちまうぜ」

弥須はあさみの身体に気を遣う。今夜、洞海はまたお蘭捜しのために外を廻るようだ。

「わかった。おすずさんに早めに晩飯にしてくれと言ってくれ」

「合点！」

腹減らしの弥須は張り切った声で応えた。

四

風はなかったが、妙に冷え込む夜だった。花冷えというのだろう。

小網町は武家屋敷に囲まれた一郭《いっかく》である。箱崎橋《はこざきばし》の傍は霞の重蔵が人足寄場から船で戻った行徳河岸である。夜の小網町は武家屋敷の門も堅く閉ざされ、仕事帰りの職人達が集《つど》う居酒屋や一膳めし屋の軒提灯がぼんやり光を放っているだけだった。

甚助店は小網町一丁目にあり、稲荷《いなり》のお堂の横から入った場所だった。裏店の門口をくぐり、一番奥にある煤《すす》けた油障子の前に来ると、弥須は背中から権佐を下ろした。権佐は「父っつぁん、いるかい？　おれァ、仕立て屋の権佐というもんだ。覚えているだろう？　斬られの権佐だよ」と、気軽な言葉を掛けた。

しかし、中から返答はなかった。権佐は弥須に油障子を開けろと顎をしゃくった。

立て付けの悪い戸は、がたぴしと嫌やな音を立てて開いた。九尺二間の塒《ねぐら》は灯りが消えていた。

「留守なんじゃねェのか」

弥須は暗い部屋に眼を凝《こ》らして言った。だが権佐は人のぬくもりをふっと感じた。ついさっきまで重蔵は確かにここにいたと思う。

そして、今もこの部屋のどこかから自分達を見つめているような気がした。権佐は覚《おぼ》つかない足取りで土間口《どまぐち》に入ると、「てェへんなことが起きちまったぜ。おみさが行方知れずになっちまったんだ。おおかた、父っつぁんの昔の仲間が連れて行ったんだろう。困ったことに、おれの娘まで一緒にさらわれちまったんだ。父っつぁん、後生だ。手ェ貸してくれ」と、老木のうろのような闇に向かって喋った。弥須は後ろで溜め息をついた。誰もいないのに、そんなことを喋ってどうするというような感じだった。だが、しゅっと擦《こす》るような音が聞こえ、部屋の中に灯りがともった。しみのある壁に男の黒い影が映った。

案の定、重蔵はそこにいた。

「権佐親分、お久しぶりでござんす」

存外に澄んだ声が親しげに響いた。

「い、いた！」

弥須は驚いた声を上げた。

「静かにしろ」

権佐は振り向いて弥須を制した。

「むさ苦しい所ですが、どうぞ上がっておくんなせェ。そちらさんは？」

重蔵は怪訝な眼を弥須に向けた。丸顔は、額が少し禿《は》げ上がっているせいで、なおさら丸く見える。ちょいとつっ突きたくなるほど、ふっくらとした頰《ほお》をしている。三角に生えた眉の下に小さな眼がある。身体もずんぐりして、全体に太めの男である。とても身軽に木登りをするようには思えない。重蔵は筒袖の上着に共布のたっつけ袴《ばかま》を着け、紺足袋を穿《は》いていた。

「忘れちまったのかい。おれの弟よ」

「やさ吉さんでしたか」

重蔵の言葉に弥須はぷっと噴《ふ》いた。

「弥須だよ、父っつぁん」

権佐は柔らかい口調で訂正する。

「戸を閉めておくんなせェ」

重蔵は権佐に応える前にすばやく弥須に命じた。ぐいっと向けた視線は鋭かった。

権佐は這《は》うような恰好で座敷に上がると荒い息をついた。

「どうしたんで？　具合が悪いんですかい」

重蔵は心配そうな顔で訊いた。

「父っつぁん、おれもそろそろ年貢の納めどきのようだぜ」

権佐の軽口に重蔵は応えなかった。黙って小さな火鉢の上から鉄瓶を取り上げ、茶の用意を始めた。

「構わねェでくれ」

権佐は気を遣って言った。

「病人は水物を取った方がいいですよ。その方が小便がよく出る」

重蔵は権佐と弥須の前にほうじ茶を淹《い》れた湯呑《ゆのみ》を差し出した。少し喉が渇いていた権佐には大層うまく感じられた。

「それで、おみさは、いついなくなったんで？」

娘が行方知れずになったというのに重蔵は落ち着いているように見える。

「昨日の夕方、おみさは新場に仕入れに行っている。それから戻っていねェ。卯の花が届けを出したのは夜遅くなってからだ」

「親分の娘さんはどうしてまた新場なんぞに」

「呉服町の樽新道におれの親父とお袋がいるのよ。昨日は嬶《かか》ァが仕事で忙しかったもんだから、そっちに預けたんだ。娘は退屈して新場に遊びに行ったんだろう。そこでおみさに会ったらしい」

「すまねェことです。親分の娘さんがうちの娘に会わなかったら、巻き添えを喰うこともなかったでしょうに」

重蔵は権佐の胸の内を知り尽くしているように頭を下げた。謝られて、権佐は鬱陶《うっとう》しいものが少し晴れるような気がした。

「なあに。おみさも、うちの娘もたまたま、そんな巡り合わせになっちまっただけでさァ。父っつぁん、二人の居所に心当たりはありやすかい」

そう訊いた権佐に重蔵は湯呑の中身を啜《すす》っただけで返事をしなかった。

「仲間に義理立てして喋らねェんですかい」

権佐はぐいっと身を乗り出して覆《おお》い被《かぶ》せた。

「いや……」

「心当たりを明かしてくれたら、八丁堀の役人に繋《つな》ぎをつけて、奴等を捕まえに行きますよ」

「向こうは人質を取っているんですぜ。切羽詰まれば何をするか知れたもんじゃない」

重蔵は相変わらず澄んだ声で淡々と話を続けた。目の前の重蔵と盗賊であった重蔵が何んともそぐわないと思った。

「そいじゃ、どうしたらいいんだ。おれがもうすぐくたばっちまうというのに、娘まで道連れにしたんじゃ、嬶ァが可哀想だ」

権佐は吐息混じりに言った。

「わしに任せて下さい」

「父っつぁん一人で？」

「へい。悪党はどこまでも悪党でさァ。仲間は四人残っておりやす。四人なら、まあ、何んとかなりまさァ」

「だが、父っつぁんは三年ほど昔の商売はしていねェ。ちょいと勘が狂うってことも……」

権佐の言葉に重蔵の三角の眉がきゅっと持ち上がった。腰を上げ、流しの下に置いてあった瓶《かめ》の蓋《ふた》を開け、中から縄を出してきた。それから神棚に上げていた木の棒を二本取り上げると、すばやくそれに縄を掛けた。両端に木の棒がぶら下がる形になった。

「これをこうしてね」

土間口の柱に木の棒を真横に押さえ、周りを縄で括《くく》った。重蔵はその上に足を掛けた。両足を乗せると、縄をたぐり、もう一方の木の棒を同じように柱に押さえ、同じように縄を掛ける。二つ目の木の棒に足が乗ると、下の木の棒の縄をほどく。そうして同じ作業をしながら高い所へ登って行くらしい。物音を立てないのは、山の動物達を驚かせないために自然についた癖だという。

「てェしたもんだなあ、父っつぁん」

権佐は心底感心した声を上げた。

「前の女房は、わしが山で仕事をしている間に山師に手ごめにされて殺されちまったんでさァ。山師は女房が先に色目を遣ってきたと言いやしてね。それを諌《いさ》めている内に弾《はず》みで死んだんだと屁理屈《へりくつ》をこねやしたよ。わしはその山師から仕事を貰って暮らしを立てていたんです。仲間は親方に背《そむ》いては暮らしができないから辛抱しろと言いやしたが、それはどうしてもできなかった」

重蔵は縄のついた木の棒を器用に束ねるとぽつぽつと語り始めた。

「代官様に訴えたが、わしの言い分は通らなかったんでさァ。それどころか、仕事も住んでいた家も取り上げられちまった。わしは仕方なく仕事を捜して村を出たんです。途中の宿場で、行商の男と一緒になりやした。それがむら雲《くも》組の親分だったんですよ」

むら雲組の親分とは、むら雲の稲蔵《いなぞう》と言って、関東一円を股に掛ける盗賊集団の親方だった。重蔵はこの一味に入って盗賊の腕を磨いたのだ。

「もちろん、最初は盗賊だとは思いやせんでした。親身に話を聞いてくれましたよ。鷹揚《おうよう》な顔で、ちょいとこらしめてやるべェか、なんぞと言いましたよ。わしは一も二もなく、女房の敵《かたき》を討って下せェと縋った。その夜の内に山師の宿に仲間が押し入り、大枚の金を巻き上げ、山師は足腰立たない身体になっちまった。親分はわしにぽんと二十両の小判をよこしやした。今まで、そんな大金は目にしたこともねェ。うまい物を喰って、酒を浴びるほど飲み、女を買った。気がついたら、わしは仲間に引き入れられて、いっぱしの盗賊になっていたという寸法でさァ。なあに、親分は、最初《はな》っから、わしの木登りの技《わざ》に目を付けていたんでさァ」

むら雲の稲蔵はとっくにこの世にいない。

お縄になることはなかったものの、旅の途中の宿で病で死んだのだ。最期は哀れなものだったと重蔵は自嘲《じちよう》的に語った。稲蔵が死んだ後は仲間と組んで今まで通り盗みに手を染めていた。しかし、稲蔵がいなくなってから仲間の仕事ぶりは陰惨なものになった。以前は決して殺しをしなかったものだが、その仁義も破られることがしばしばだった。重蔵自身は、殺しをしたことはないという。

「足を洗いてェと思ったことはねェのかい。おみさも生まれたことだし」

権佐は急須に湯を注いだ重蔵に訊いた。

「そりゃあ、何度も思いやしたよ。だが、今日は江戸、明日は武蔵国《むさしのくに》と、あちこちを歩き廻っているわしに人並の暮らしはできねェ相談です。こいつはお縄になるまで足は洗えねェと悟りやした。時々、娘と女房の所に金を届けに行きやした。卯の花の店が終わってから、こっそり、二階の三畳間に忍び込むんですよ」

「その縄で？」

「へい」

「女房は帰り際になると寂しい顔で、また行くのね、なんて恨み言を言いましたよ。娘に分別がついてくると、これがまた厄介で、わしを嫌やな眼で睨むんでさァ。もはや、後戻りはできねェと、わしは決心を固めてお裁きを受けようと思ったんでさァ。死ぬ覚悟はできておりやしたよ」

「そいじゃ、父っつぁん。三年前、お前ェさんはわざと捕まったと言いてェのか」

権佐は驚いた声を上げた。重蔵は悪戯っぽい眼で笑った。

「ところが、捕まる前にちょいと子供を助けたのが仇《あだ》になり、死にそびれてしまいましたよ」

「まだ、腕は衰えていねェということか……」

権佐は独り言のように呟《つぶや》いた。弥須は低く唸《うな》った。

「世の中も変わりやした。昔のように仕事も簡単にはゆかない。残った仲間は焦っているんでしょう。どうせ一度は覚悟を決めたこの命。いまさら惜しいとは思いやせん。娘のためになるんなら喜んで投げ出しまさァ」

重蔵はそう言って小粒の歯を見せて笑った。

「父っつぁん、おれが一緒にいちゃ、足手まといかい」

権佐がためしに訊くと、重蔵は笑顔を消した。

「わかっているよ。おれはこの身体だ。何ができる訳でもねェ。父っつぁんが仕事をしている近くにいてェんだよ。それで首尾よくおみさとうちの娘を助けられたら、おれは娘に、もう大丈夫だ、安心しなと、言葉の一つも掛けてやりてェんだよ。父っつぁん、うちの娘はまだ六つなんだ」

権佐は縋るような眼で言った。重蔵はそれでもしばらく返事をしなかったが、やがて「向島に奴等の根城がありやす。近くにゃ水茶屋も多い。花見が終わりゃ閑古鳥《かんこどり》が鳴くが、今は存外に賑やかだ。親分、花見に繰り出しやすかい」と静かな声で言った。

「あ、ああ。父っつぁん、もしかして、それがおれの最後の花見になるかも知れねェ。恩に着るぜ」

権佐は深々と頭を下げた。

「今夜はここに泊まって下せェ。夜が明けたら、わしは舟を頼みやす。それに乗って向島に行きやしょう」

重蔵はすぐに段取りをつけて言う。弥須は「困っちまったなあ」と嘆息した。今晩、家を空けたとなると、またあさみに何んと言い訳したらいいのかという表情だった。

「弥須、酒を買って来い。ちょいと景気をつけようぜ」

しかし、権佐は呑気《のんき》な声で弥須に命じた。

五

向島は花の終わりを迎えていた。風もないのにはらはらと花びらが散りこぼれる。空は薄く雲に覆われ、薄陽《うすび》がぼんやりと射《さ》していた。重蔵と弥須に身体を支えられるようにして舟を降りた権佐は、地面に足を踏み出して少しよろけた。それでも昨夜、重蔵が飲ませてくれた薬が効いているようで、いつもより身体は軽い。何んの薬だと訊くと熊《くま》の胆《い》と応えた。胃の薬である。普段は南蛮渡来の痛み止めを飲んでいたので胃の腑《ふ》も弱っていたのかも知れない。存外に効果を発揮しているようだ。

重蔵は葭簀《よしず》張《ば》りの水茶屋の一つで足を止め、中に声を掛けた。水茶屋の亭主とは顔見知りらしい。亭主は四十がらみの男だった。小声で話す重蔵に相槌《あいづち》を打ちながら、時々、権佐と弥須にうさん臭い眼を向けた。

重蔵は話を終えると振り返り、「親分、この見世《みせ》の奥で待っていておくんなさい。そうですね、一刻《いっとき》（約二時間）ほどで片《かた》がつきやすでしょう」と、自信たっぷりな口調で言った。長年、同じ釜の飯を喰った仲間なので、相手のやり口は心得ているようだ。重蔵の作戦を権佐は訊《たず》ねなかった。たとい、重蔵に不足があろうとも、今の権佐には、なす術《すべ》はない。ここは重蔵を信じるしかなかった。

「気をつけてやることだ。もう少ししたら見廻りの役人も顔を出すだろう。後はそいつ等に任せる。肝腎なのは仲間をやっつけることじゃねェ。無事に娘達を助けることだ」

権佐は念を押した。重蔵はにッと笑うと小太りの身体を揺するようにして細い道を歩いて行った。手甲《てっこう》、脚絆《きゃはん》、草鞋履きの重蔵はそのまま桜の枝打ちをする人足だった。懐には例の木の棒をつけた縄と、枝打ちに使う鎌《かま》を携《たずさ》えていた。

権佐は見世の奥の小上がりに身体を横たえた。衝立で仕切られているのでさほど人目には立たない。

「兄貴、おれ、ちょいとひと廻りして来らァ」

弥須は横になった権佐を見下ろして言う。

「そうだな。手前ェ、ついでに桜餅《さくらもち》なんぞを買うつもりかい」

「ゆで卵だ。兄貴も喰うかい」

「いいや。あれは喉詰まりすらァ」

「そうだな。ゆで卵で喉詰まりしてお陀仏《だぶつ》になったら洒落《しゃれ》になんねェし」

弥須は馬鹿馬鹿しい冗談を言って出て行った。

午前中の水茶屋は客の姿もなく、ひっそりとしている。亭主も茶酌女《ちゃくみむすめ》も退屈そうに欠伸《あくび》を洩らしていた。女達は、酔っぱらってからんでいた質《たち》の悪い客のことをこき下ろし、けらけらと笑った。権佐は葭簀の隙間《すきま》から桜の樹《き》を眺めながら、お蘭は花見ができたのだろうかと考えていた。

「ねえ、昨夜も子供の泣く声が聞こえていたでしょう？　裏のお稲荷さんの方よ。あたし、様子を見に行こうとしたら、おせんさんが、お狐さんに化かされるからよしなよしなって」

三人いる茶酌女の内、一番年若の女がそんなことを言った。権佐はむっくりと起き上がった。寺島村《てらしま》の川岸には舟着場があって、先刻、権佐達はそこで舟を降りた。民家がぽつぽつと建っている傍に、馬小屋か納屋を無理やり改造したような木賃宿《きちんやど》があった。花見時だけ商売をする者の宿に使われている。水茶屋の亭主も茶酌女達もそこに寝泊まりしているのだろう。その近くに稲荷があるようだ。重蔵は、仲間の根城はそれよりずっと先の料理茶屋のある一郭と言っていた。もしも、稲荷を根城にしているとすれば、重蔵は見当違いをしたことになる。

権佐はよろよろと女達の傍に近づいた。

「姐《ねえ》さん、本当に稲荷から子供の泣き声が聞こえたんですかい」

権佐は若い茶酌女に訊いた。

「え、ええ……」

まともに権佐の顔を見て、その茶酌女は脅えたような表情で応えた。

「おれの娘が迷子になって、どうやら向島にいるらしいと聞きやした。おれは床に寝ていることもできずにここまでやって来たんですよ。ちょいと姐さんの話を小耳に挟んで、どうもうちの娘のような気がしてきたんでさァ」

そう言うと亭主も茶酌女達も気の毒そうな顔になった。

「おゆき、お客さんについてってやれ。一人じゃ無理だ……いや、おれが行こう」

亭主は思い直して権佐の腕を取った。もしも権佐が歩けなくなったら、その茶酌女の手に余ると考えたのだろう。権佐はこくりと頭を下げ、懐から小銭を取り出して亭主に握らせた。

「こいつはどうも」

亭主はうさん臭い表情を愛想のよさにすり替えた。

「こんな身体になっちまって……」

権佐は亭主に手を取られながら独り言のように言った。

「何をおっしゃいやす。これから陽気がよくなるんで具合もよくなりやすよ。お客さんはまだ若けェですから」

亭主はしっかりした腕で権佐を支えながら応えた。

「お前ェさんは重蔵と昔からの顔見知りかい」

ゆっくり歩きながら権佐はさり気なく亭主に訊いた。

「顔見知りというより、義理の兄弟でさァ」

「え？」

「あいつの女房はおれの妹なんですよ。三年前に死んじまいやしたが」

「…………」

「どうかしやしたかい」

「重蔵はお前ェさんに何も言って行かなかったのかい」

「何んのことです？」

亭主は呑み込めない顔を権佐に向けた。

「おみさが重蔵の仲間に連れ去られたんだ」

「そいつァ……」

驚きで二の句が継げず、亭主は黙り込んだ。

下り道を川岸に向けて行くと、木賃宿から少し離れた所に稲荷のお堂があった。宿の裏手からお堂まで茶色っぽい道が繋がっている。

お堂の後ろには背の高い杉の樹が鬱蒼《うっそう》と繁り、何やら気味が悪い。人を化かす狐が出ると言われても不思議はないような気がした。

しかし、お堂の横の枝垂《しだ》れ桜が地面に、はらはらと花びらをこぼしているところは、さすがに桜の名所の向島だと思う。人影はあまりなく、しんとした静けさが漂っていた。

お堂は低い石の囲いがしてあった。

「中を覗いてきますよ」

亭主は権佐の腕を放すと囁くような声で言った。

「待て。仲間がいるとしたら危ねェ。お参りに来たように振る舞うんだ」

権佐と亭主はお堂の前で賽銭《さいせん》を上げて拝んだ。それが済むと亭主は右手に廻り、権佐は左手に分かれた。権佐は注意深くお堂を横目に見ながら歩みを進めた。高床式の造りだが、羽目板の腐れも目立った。初午《はつうま》の日以外は訪れる人もいないようだ。吹き寄せられた桜の花びらが薄汚れてあちこちに散らかっている。

ふっと息をついた時、目の前の羽目板の隙間から微《かす》かに臙脂《えんじ》の色が見えた。気のせいかとも思ったが、じっと見ているとその色は上下に動き、ついで人の目玉がこちらを見ている。臙脂はお蘭の着ていた着物の色だった。

「お父っつぁん……」

蚊の鳴くような声も聞こえた。権佐は唇に人差し指を押し当てた。

「お客さん、何かありやしたかい」

水茶屋の亭主がやって来て権佐の耳許で低く訊いた。権佐は顎をしゃくった。亭主もお蘭の動く様子に気づいたようだ。

「重蔵を呼んできますよ」

「おう……ついでにおれの弟を見かけたら、こっちィ来いと言ってくんな。図体のでかい奴が一緒にいただろ？」

「へい」

亭主は足音を忍ばせて水茶屋の方に向かった。

「お父っつぁん!」

お蘭は少し声を高くして呼んだ。その拍子に頬の鳴る音が聞こえた。お蘭は激しく泣き声を上げた。権佐の胸は締めつけられるようだった。

「乱暴はやめて下さい!」

おみさの庇う声も聞こえる。どうやらおみさも無事らしい。ほっとしたのもつかの間、

「けだもの!」

おみさの罵《ののし》る声が続いた。娘盛りのおみさの身体が狙われている。その一歩手前で男が踏み留まっていたのは、重蔵を仲間に引き戻す大事な人質だったからだ。仲間は重蔵の居所を突き留めていたのだろうか。あるいは、おみさを連れ去ったと重蔵が知れば、勘のいい重蔵は黙ってでも根城にやって来ると当たりをつけているのだろうか。盗賊一味のあうんの呼吸は、権佐にはわからない。

権佐はしゃがんで中に耳を澄ました。どうやら見張りは一人らしい。他の仲間は別の所で重蔵と交渉するつもりなのだ。相手が一人なら、最後の力を振り絞って喰らいついて行けば、おみさはその隙にお蘭を連れて外に逃げ出せるかも知れない。権佐はそう考えると躊躇《ちゅうちょ》することなくお堂の正面に戻った。

賽銭箱の前には格子の仕切りがあった。それをまたぎ越えるのに呆れるほど時間が掛かった。

(こんな身体になっちまって)

水茶屋の亭主に言った台詞《せりふ》を権佐はもう一度、胸で呟いた。仕切りを越えてもお堂の扉の前まで階段がついていた。権佐は這いながら上がった。ようやく戸口の板の間に辿《たど》り着くと、全身は汗まみれになった。権佐はそこで息を調《ととの》えた。もう一歩も動けない気がした。

「誰だ？」

甲走《かんばし》った声が訊いた。権佐は返事をせずにじっとしていた。

「兄《あに》ィかい」

男は心細い声で訊く。

「まさか……」

男は外にいるのが霞の重蔵ではないかと疑ったようだ。権佐はその場にしゃがんだままだ。とても立つことなどできない。観音開きの赤い戸が細めに開くと、雪駄《せった》を突っ掛けた汚れた足が見えた。爪の間が黒い。

権佐は咄嗟《とっさ》に男の足を取った。体勢を崩した男は、つんのめり、階段の下へ転がった。

その拍子に権佐は、いざりながら中へ滑り込み、錠を下ろした。

「お父っつぁん」「親分」、二つの声が重なった。

「もう大丈夫だ。おみさ、お前ェの父っつぁんもいるし、伯父さんも近くにいる。心配することはねェぜ」

権佐は二人を安心させるように言った。だが、頭に血を昇らせた男は力まかせにお堂の戸を蹴る。おみさはお蘭を抱き寄せて眼を瞑《つぶ》った。

嫌やな音を立てて戸が破れ、怒りに燃えた赤黒い顔の男が荒い息をさせて突進して来た。ものも言わず権佐の腰を蹴る。権佐はまた、その男の足を取り、臑《すね》に嚙みついた。

「くそッ、放しやがれ。この化け物！」

男は吠えた。次の瞬間、権佐の胸に焼けるような痛みが走った。おみさが悲鳴を上げた。何が起きたのか定かに判断できなかった。しかし、その焼けるような痛みにはなぜか覚えがあった。それはあさみを助けるために武士から受けた刀の感触だった。

「人殺し！」

おみさは叫んだ。

「殺しはしない約束じゃないか。何よ、うそつき！　匕首《あいくち》なんて使って……」

おみさは気丈に叫んだ。うるせッ、と叫んだ男が再び匕首を構えた時、男の首に縄が絡《から》みついた。そのまま、ずるずると外に連れ出された。ようやく重蔵がやって来たのだ。

権佐は胸を押さえたが、そこから夥《おびただ》しい血が噴き出た。

「権佐親分、あたし、人を呼んできます」

おみさはお蘭を権佐の傍に座らせてから言った。

「おみさ、まだ危ねェよ」

権佐は弱々しい声でそれでも言った。

「大丈夫。お父っつぁんが来たんですもの。お父っつぁん、絶対にヘマはしないわ」

「何んだ、すっかり信じているじゃねェか」

「そうよ、霞の重蔵だもの」

おみさは少し興奮していたのだろう。豪気に言って外に出て行った。外で争う声がする。重蔵と弥須が男を押さえ込んでいるようだ。

「痛い？」

お蘭が心配そうに訊く。

「ああ、少しな」

「あたい、罰《ばち》が当たったんだね。おっ母さんの言うことを聞かないから」

殊勝に言ったお蘭に権佐は鼻を鳴らした。

「だが、お前ェは花見ができてよかったじゃねェか」

「あたい、花見嫌い」

お蘭は権佐の羽織の袖を摑んで泣いた。

「もう泣くことはねェよ。これから家に帰って、その顔をおっ母さんに見せてやりな」

「うん……これからいい子にする。もう花見に行きたいって言わない」

「毎年、桜は咲くんだ。その内にゆっくり花見ができる時が来るってもんだ……お蘭、おっ母さんのこと頼むぜ。おっ母さんはなあ、あれで寂しがりやだから、お父っつぁんがいなくなったら、おいおい泣くかも知れねェからよ。そん時はお蘭、お前ェが慰めてやるんだぜ」

「うん」

「それでよう、お前ェが嫁に行く時は、なるべくおっ母さんの近くにしてくれよな」

「あたい、お婿さんを取る」

「そうか……そいつは何よりだ」

「弥須のおいちゃんを呼んで来るよ」

「もう取り込みは済んだかなあ」

権佐がそう言うと、お蘭はそっと外の様子を窺《うかが》った。

「もう大丈夫みたい。あの男、縄で縛られている。あ、菊井のおじさんも来た……」

家を空けた権佐と弥須のことをあさみが数馬に伝え、数馬が藤島を問い詰めれば重蔵の塒に行ったことが知れよう。さらに近くの船頭は三人を向島に運んだと明かすだろう。権佐は数馬が向島にやって来た理由を頭の中でぼんやり考えていた。

そのまま出て行こうとしたお蘭を権佐は呼び留めた。

「お蘭、さっき、おれが言ったこと忘れんなよ」

「わかってる」

お蘭は外に出ると「おいちゃん、お父っつぁんは血がいっぱい出ている。早く、早く」と、甲高い声で叫んだ。

もう大丈夫だ、もう……安堵《あんど》の思いが権佐の胸に拡がった。お堂の板の間は埃《ほこり》にまみれ、所々、ささくれがあった。蕗《ふき》のように細かい筋の入った板だ。その細かい板が目の前に近づく。おっと危ねェ、頭ァ、ぶつける。頭ァ、ぶつけたら、また怪我をする。そう思いながら板の間は限りなく権佐に近づく。痛ッ、と顔をしかめた瞬間、権佐の視界は闇に閉ざされた。

六

（おれが言ったこと忘れんなよ）

権佐の言葉が時々、お蘭に甦《よみがえ》った。十《とお》の時も、十五の時も、十八、二十歳《はたち》、そして三十歳になった今も。お蘭は権佐の亡くなった年齢をとうに越した。それでも、父親の言葉は、ことあるごとにお蘭の耳に聞こえた。母親を庇うために斬られ権佐と呼ばれる身体になり、そして最後は娘の自分を庇ったために命を落とした。

お前のせいじゃないよ、母親のあさみはお蘭に言った。あそこでお陀仏にならなかったとしても、早晩、命は尽きる宿命だったと。

五十歳を過ぎたあさみは、まだまだ矍鑠《かくしやく》として患者の手当をしている。しかし、外科手術の大半はお蘭の夫である麦倉洞雄《どうゆう》が執刀するようになった。麦倉洞雄は元、南町奉行所与力、菊井数馬の次男であった。お蘭より二つ年下の洞雄は麦倉家に養子に入ってから雄蔵《ゆうぞう》を改め、洞雄を名乗っていた。

洞雄はあさみと同じように十五歳の時から二十歳まで長崎へ遊学して蘭方医学を学んだ。江戸へ戻って来てからお蘭と祝言を挙げたのだ。お蘭と洞雄の間には三人の子ができた。お蘭は家の中のことをしながら、内職に仕立ての仕事をしていた。それは祖父の次郎左衛門から仕込まれたものだった。もはや二人の祖父も祖母も鬼籍に入って久しい。呉服町の家は、もう誰もいなかった。

弥須は権佐の亡き後も菊井数馬の小者として働いていたが、頼りの兄がいなくなってから箍《たが》が外れたようになった。お上の御用も仕立ての仕事もおざなりになり、その内にふいっと姿が見えなくなった。実の両親の葬儀にも顔を出さなかった。どんなに捜しても弥須の行方は知れなかった。大好きな兄のいない町にいることが堪《た》えられなかったのだろうか。もともと風来坊のような男でもあった。母親のおまさは弥須を案じて泣きながら死んだのである。お蘭はあさみの代わりにおまさの面倒をよくみた。お蘭は行方の知れない弥須を今でも待っている。

花嫁衣裳は次郎左衛門の弟子の徳次に任せたが、あさみの留袖はお蘭が縫った。驚いたことにあさみの留袖は反物を裁《た》ち、印付《しるしつ》けがしてあった。あさみの身体の寸法を、すべて権佐は頭に入れていたのだ。それにしては、お蘭の方は手つかずのままだった。成長したお蘭の体型までは、さすがの権佐も見当がつかなかったらしい。

「お父っつぁん、心底、おっ母さんに惚《ほ》れていたんだねえ」

お蘭が、しみじみとした口調で言うと、あさみは声を上げて泣いた。権佐の葬儀では涙一つこぼさなかったのに。

お蘭はあれ以来、花見に繰り出したことは一度もなかった。花見の季節が巡って来る度に権佐の最期を思い出してしまうからだ。

洞雄が友人と花見に行く時、何度か誘われたこともあるのだが、お蘭はいつも理由をつけて断っていた。それはあさみも同じだった。

また今年も花の季節が巡って来た。恒例の膏薬作りが一段落つくと、あさみは「お蘭、どうだえ、向島に行ってみないかえ」と、意外なことを言った。あさみが晩飯を摂《と》っている時のことだった。子供達が一緒だと食べ物が背中に入ったようで食べた気がしないというあさみは、いつも子供達がそれぞれの部屋に引き上げてからゆっくりと食事する。毎夜、一合の酒を欠かさない。あさみの長生きの秘訣《ひけつ》はそれにあるのかも知れない。お蘭の方は、全く酒は駄目だった。

「悪いけど、あたしはいいわ。おっ母さんが行きたいのなら、菊井のお義父《とう》さんでも誘えばいいのよ」

菊井数馬は隠居して、今は静かに余生を送っていた。俳句を詠《よ》んだり、鶯《うぐいす》を飼ったり、庭の手入れなどをしている。お務めの頃には決して足を踏み入れたことのない芝居小屋にも通うようになった。仕事が忙しくない時は、あさみも同行することが多い。

「この間、数馬様に誘われて芝居を見たんだよ」

「中村座でやった新作狂言でしょう？」

お蘭は訳知り顔で言った。

「ああ。『与《よ》話情浮名横櫛《わなさけうきなのよこぐし》』という外題《げだい》だった。その中でさあ、まるでお父っつぁんみたいな奴が出て来るんだよ」

「切られ与《よ》三《さ》ね」

「ああ。顔中傷だらけで、おかみさんへ、ご新造《しんぞう》さんへ、いやさ、お富、久しぶりだなあ、って見《み》得《え》を切るんだよ」

「自分が言われたような気がしたの？」

小意地悪く訊くと、あさみは皺《しわ》深い顔を緩めてふっふと笑った。

「数馬様、あたしに見せたかったのさ。あたしが喜ぶと思って……」

「ごちそうさま」

「何をぷりぷりしているのだえ。もはや数馬様もあたしも色気はとうに抜けているよ」

「でも、菊井のお義父さんは、ずっとおっ母さんのこと、好きだったんでしょう？」

「さあ、どうだか」

「はぐらかしても駄目よ。あたし、ちゃんと気がついていたんだから」

「お前はおませな子だったからねえ。いやだ、その目付き、お父っつぁんとそっくりだ」

あさみに対する数馬の思いは今でも変わっていないだろう。しかし、お互い年を取り、子供同士が所帯を持つと、その思いは自然に形を変えて行ったらしい。今はよき友人として、あさみとつき合っているようだ。

「それでねえ、お父っつぁんが最後に見た向島の景色が見たくなったんだよ」

あさみは湯呑の酒を飲み干すと続けた。

「もう花時は終わりよ」

「ちょうど今頃だったよ。花びらがほろほろ散る時だったもの」

「…………」

「ねえ、行こうよ。二度は言わないからさ」

「あたしとおっ母さん二人で？」

「嫌やかい？」

どうせなら洞雄と子供達も連れて花見に行きたい。だが、あさみはお蘭と二人っきりで行きたがっているようだ。

「帯、買ってくれる？　梅田屋《うめたや》さんでいいのを見つけたのよ。花見なら少しは恰好をつけたいじゃないの」

あさみの懐をあてにしてお蘭は言う。

「あいあい。好きなのをお買いよ」

「嬉しい」

「昔からお前は抜け目のない子だよ。誰に似たんだか」

あさみは皮肉を込めたが、眼は笑っていた。

お蘭は舟宿のお内儀に舟を頼んだ。朝早く舟に乗り、舟着場で船頭を待たせ、ぐるっとその辺りを廻って夕方には戻る段取りをつけた。

当日、洞雄は子供達と一緒に留守番を引き受けてくれた。一緒に行くと駄々をこねる子供がいなかったのは、子供達があさみを煙たがっているからだ。医者を長いこと生業《なりわい》にしてきたあさみは、よそのお婆様とは違う。何んとなく近づき難《がた》い気持ちでいるのだ。それでも子供達は病気になった時だけは、お婆様、傍にいて、と甘える。あさみが傍にいることで安心するらしい。あさみもそれだけでいいと思っているようで、その他はろくに孫の相手もしなかった。

向島はあの時のように、ぼんやりと花曇りの日だった。舟が近づくにつれ、お蘭は何んとなく息苦しいような思いに捉えられた。

舟着場のすぐ近くに、その場所があった。

木賃宿はいつしか取り壊され、民家に変わっていて、稲荷のお堂も赤い鳥居しか残っていなかった。

「ここ？　こんな所でうちの人は倒れたのかい」

あさみは驚いた声を上げた。あまりに辺りは殺風景であった。後ろの杉の森はさらに鬱蒼と暗く見える。枝垂れ桜も半分枯れていた。

「ここに昔はお堂があったの。あたしとおみさ姉さんは、そこに押し込められていたのよ。お腹は空くし、夜は寒いし、本当に心細かった。だけどおみさ姉さんは、きっとお父っつぁんが迎えに来ると言ってあたしを励ましたのよ」

「お父っつぁんというのは誰のことを言っていたんだろうね。霞の重蔵のことだろうか、それとも、うちの人？」

おみさが言ったのは、もちろん、霞の重蔵に外《ほか》ならない。しかし、あさみはそれが権佐だと思いたいらしい。

「多分、両方のお父っつぁんという意味だったんでしょうよ」

お蘭はあさみを喜ばせるためにそう応えた。

露店の並ぶ通りに出て、お蘭は子供達の土産に長命寺《ちょうめいじ》前の店から桜餅を買った。それから水茶屋の一軒に入って、お蘭はあられ湯を、あさみは冷《ひ》やの酒を飲んだ。床几《しょうぎ》に座った二人は言葉が少なかった。それぞれに権佐の思い出に浸っていたからだろう。

水茶屋を出て、舟着場に向かう途中、二人はもう一度稲荷の跡を見た。

「もう、ここには来ないだろうね」

あさみは鳥居を撫でながら言う。

「一度でたくさんじゃない」

お蘭は突き放すように言った。

「そうだねえ……」

それでもあさみは鳥居を振り返り、振り返りして舟に向かった。お蘭は煙管《きせる》を吹かしていた船頭に桜餅を持たせた。余分に買ったものを与えたのだ。

「こいつは畏《おそ》れ入りやす」

年寄りの船頭は嬉しそうに相好《そうごう》を崩した。

波もない湖のような大川を舟は八丁堀に向けて滑り出したが、船頭は両国橋まで本所側に沿って舟を漕《こ》いでいた。

「さんげ、さんげ、ろっこんざいしょう、おしめにはつだい……」

お蘭とあさみの耳に低く念仏を唱える声が聞こえてきた。東両国の垢離場《こりば》で水に入っている男女の姿が目に付いた。

「あれは？」

お蘭は怪訝な顔をあさみに向けた。

「垢離を掻《か》いているんだよ」

あさみは低く応えた。

「病人を抱えた者やお産を控えた女房がいる亭主は、あすこで垢離を掻いて大山石尊《おおやませきそん》に祈願するんでさァ」

年寄りの船頭もお蘭に教えた。

「ろっこんざいしょう……」

お蘭は呟いた。

「本当は六根清浄《ろっこんしょうじょう》と言うんだよ。いつの間にか違う文句になっちまったんだねえ。まあ、それでも信ずる気持ちに変わりはないから」

「六根清浄はどんな意味があるの？」

「眼、耳、鼻、舌、身体、心、六つのことを六根と言うんだ。そこからくる一切の迷いを断ち切って心身を清らかにするということだよ。山で修行する山伏《やまぶし》がよく唱える文句だよ」

あさみはお蘭にわかりやすく説明した。

「身体と心を清めてお祈りすれば、病人が回復できると思っているのね」

「ああ、そうさ。あの人達は感心なもんだ」

春とはいえ、そうして大川に浸《つ》かっているのは辛いだろう。お蘭は気の毒な気持ちで垢離場の人々を眺めた。

「お蘭、あたしもあれをすればよかったよ」

あさみは低い声で言った。

「何よ、いまさら。お父っつぁんは寿命だったのよ。それは、おっ母さんが一番知っていたことじゃないの」

「でも、垢離を掻けば、もう少し長生きできたような気がするよ。よその病人ばかり手当して、あたしはたった一人の亭主も助けられなかった。あたしは悪い女房さ」

あさみの言葉に船頭はしゅんと洟《はな》を啜った。

生きていれば、権佐は船頭と同じぐらいの年だろうか。生きていれば、今頃、権佐は、ちくちくと身体を揺らしながら縫い物をしていたはずである。声を掛けると、こちらを向くが、その時、白眼を剝《む》いたようになる。友達がそんな権佐を見て、気持ちが悪いと言ったことがあった。だが、お蘭は気丈に「お父っつぁんは、おっ母さんを助けるために斬られ権佐になっちまったんだよ。あんたのお父っつぁん、おっ母さんのためにそんなことできる？　できないよね。さしずめ、あんたのお父っつぁんは、ぶるぶる震えて逃げちまうだけさ」と、口を返したものだ。

生まれた時から父親がそういう姿だったから、お蘭は格別に権佐の容貌を異常と思ったことはない。むしろ、傷もあざもない、つるりとしたよその父親の顔が妙に思えたほどである。

お蘭は権佐の最期の言葉を忠実に守った。

あさみの傍にいること、寂しがりやだから傍にいること。だが、お蘭は、それをあさみに言ったことはなかった。言えば、あさみの心の重荷になるだろう。だから言わなかった。

軽口を叩《たた》き合って、時々、あさみに着物や帯をねだり、せいぜい、いつまで経《た》っても手の掛かる娘を演じてやるつもりだった。

（お蘭、おれが言ったこと忘れんなよ）

権佐のしゃがれた声がお蘭の耳に聞こえた。

だが、垢離場から聞こえる念仏がすぐに、その懐かしい声をかき消してしまった。

「さんげ、さんげ、ろっこんざいしょう、おしめにはつだい、おおてんぐ、こてんぐ……」

春の終わりは朧《おぼ》ろにたそがれていた。

解説

藤　水名子

読了後しばらく、途方に暮れてしまった。これはすごい小説だ。

いや、すごい連作短篇集だ。

時代小説・時代劇が子供の頃から大好きだった。なので、通常、江戸時代を舞台にした連作短篇集なら、だいたいこんなふうな話だろうと、ある程度の予測はつく。剣豪もの、捕物帖、或《あ》るいは下町の人情や男女の色恋をテーマにしたもの。等々。

だが、この物語は、それらのどれとも違っていながら、同時にそれらすべての要素を併せ持っている。こんな離れ技を軽々とやってのける宇江佐真理さんとは、なんと凄い作家なのだろう。いや、ひどい作家といったほうがいいかな。物語の後半、私は、まるで娘の卒園式のときみたいに大泣きしてしまって、しばらく部屋から出られなくなってしまったのだから。こんなひどい泣き顔、誰にも見せられないではないか。ここまで人を泣かせるなんて、ひどいと言わずしてなんと言おう。

とまれ、この物語は実にさまざまな性格をもっている。

そのため、誰もがよく知るお馴染《なじ》みの話のような懐かしさを感じると同時に、とても新しい、現代的な匂いをも漂わせているのだ。物語の背景、人物設定の随所にそれが溢れている。

たとえば、大事故に遭うなどして九死に一生を得た男（女でもよし）が、その奇跡故に超人的な能力を得る。ために、爾後己《じご》の命をかえりみず、世のため人のために巨悪と戦う。「仮面ライダー」「サイボーグ００９」……海外ドラマの有名どころでは、「バイオニック・ジェミー」等々、子供の頃に熱狂した、人造人間という名の荒唐無稽《こうとうむけい》なヒーローたち。斬られ権佐の基本設定は、まさにそれではないか。

それが、先《ま》ず、この物語を懐かしく思う理由の一つ。しかし権佐は、九死に一生を得たといっても、改造されて不死身の体になったわけではないので（当たり前だが）、その大怪我の後遺症に、いまなお苦しんでいる。さながら、「はぐれ刑事」の平幹二朗が、後輩刑事の沖雅也に誤射された弾丸を、いろいろ差し障りがあるので手術で取り出すことができず、そのため心臓近くのとても危険な位置に常在する弾丸のせいで、クライマックス近くで必ずお約束の苦痛に襲われ、苦悶の表情で胸を押さえるシーンを思い出す。

また、体の不自由な夫を健気に助ける妻といえば、不慮の事故で（勿論《もちろん》、最愛の妻を救うために）半身不随となった箱車の夫・中村敦夫を介護し、なんと斬り合いの場にまで妻・ジュディ・オングが同行しちゃう『おしどり右京捕物車』。

もう、このあたりを連想すると、懐かしさ爆発だ。

しかし、ライダーやサイボーグたちがなんの疑問も抱かず、個人の幸福を犠牲にしても世界平和のために戦っているのと比べると、権佐はちゃんと幸福な家庭を築いているし、そのかけがえのない家庭を大切にもしている。とってもとっても、マイホームパパだ。

そして、『おしどり右京』のジュディ・オングは、ごく普通の夫唱婦随の妻だったけれど、権佐の妻のあさみは歴とした職業婦人（古いかな？）、有能な女医であり、その職業柄、自分の亭主よりも、仕事を優先する傾向は多々ある。そんな妻をしっかり支え、子育てにも全面協力している斬られ権佐。

なんて現代的な話なのだ。実際、仕事を持つ母親にとって、権佐のような夫の存在はどれほどありがたいことか。

「けど、これ、江戸時代の話でしょ？　あり得ないんじゃない？」

と言うような、もの知らずな人がいたら、あえて私が断言しよう。

「江戸時代にだって、子煩悩なお父さんは大勢いたんだよ」と。

いや、寧《むし》ろ、現代よりも、自分の人生に於《お》ける選択肢が少ないぶん、人は、もっと自然な感情に身をまかせて生きていたはずだ。愛しいと思う気持ちに忠実に、そして、愛しいと思うものを存分に愛しく思えるだけの自由もあった。ひと口に封建社会というが、実際には、それほど不自由な時代でもなかったのである。

自由恋愛だって、もちろん成立した。もしかしたら、いまよりずっと明快で、そしていまよりもっとせつない形で。

この連作中、私が最も好きな一編でもある「赤縄《せきじょう》」。将来夫婦になる運命の男と女は、生まれたときから、足と足を赤い縄でつながれている。その元ネタは、中国唐代の伝奇小説集『続玄怪録』に見られる。日本では、「赤い糸」の伝説として巷間《こうかん》に伝わった。

切ろうと思えば苦もなく断ち切れてしまうか細い「糸」ではなく、その絆が、より強固な「縄」であることに、原典を知った当初、私は驚いた。

縄を切るには、余程怪力無双の持ち主でない限り、素手では到底無理である。斧や鉞《まさかり》なら、あっさり断ち切ってくれるだろうが、そこまでして絆を断ち切りたいと思うのは、相当深い懊悩《おうのう》の果てだろう。ということは、一度決められた夫婦の絆とはそれほど強く、厄介なものでもある。

そして、その絆の強さは、ときに世間の常識とか、この時代にはなにより大切なはずのしきたりといったものをも、あっさり乗り越えてしまう。

最終話まで読了したとき、これはなんと悲しい物語なのだろう、と思った。

それから、とてもゆっくりではあるが、この物語が、実は究極のハッピーエンドであることに気づいて愕然とした。

お伽話《とぎばなし》の最後は、いつもハッピーエンドだ。

いろいろつらいことや悲しいことはありましたが、お姫様と王子様は、いつまでも幸せに暮らしました。だが、本当にそうなのだろうか。男と女は、ただ結ばれさえすれば、それで永久に幸せでいられるのか。私たちが本当に知りたいのは、実はお伽話が完結した、そのあとの話なのではないのか。理想の男を夫としたシンデレラや白雪姫が、その後、果たしてどんな人生を歩んだか。

この物語は、その疑問に、一つの答えを示してくれている気がする。

主人公の権佐をはじめとして、本編の登場人物たちは皆、特殊な技能をもつ人造人間でもなければ、意識レベルの高い特別ご立派な人たちでもない。

死に損ないの権佐は、自分がいつ死んでもおかしくない存在だと承知しているので、己の運命すら達観した者として、あまり感情移入できないのだが、彼以外の他の登場人物たちは、本当に、なんの不思議もなく自分の身近にいそうな人たちばかりだ。

権佐の女房となり、一児の母でありながらもなお医者の仕事を続けているあさみ、そんな彼女にいまなお岡惚れしている与力の菊井数馬《きくいかずま》も、権佐の弟の弥須《やす》も皆、煩悩にとらわれた憐《あわ》れな人たちだ。だからこそ、いとおしい。

初恋のひとをいつまでも忘れられない、いけずな男。男よりも仕事優先のキャリア女。自分がなにをしたいのか、なにをすべきなのかもわからぬモラトリアム青年。等々。

気がつけば、自分のすぐ隣にいてもおかしくないくらい身近な人たちが、きりりと帯を締め、ごく普通に、江戸のまちを歩いている。

懐かしさと新しさが同居していて当然。デビュー作の「幻の声」をはじめ、「髪結い伊三次」シリーズ、「おろく医者覚え帖」、等……。江戸のまちをとても身近なものに感じさせてくれるというのが、宇江佐真理作品の真骨頂なのだ。

それにしても、「おっこちきれた」とは、なんとも不思議な語感だ。作中の説明には、

おっこちきれたのおっこちは遠近《おちこち》の訛《なま》ったもので、きれたがつくと、男女の間では、その垣根が取り払われたことになり、親しい関係を意味する。下世話に言えば、ぞっこん惚れたということである。

とある。当時の流行語だというが、なんと江戸らしい、小粋な言葉なのだろう。さしずめ私は、この作品で、宇江佐真理さんという作家に「おっこちきれた」かな。

さて、以下は蛇足ながら。

私は先年、時代小説のアンソロジー作りにかかわった。編集者に代わって、作家さんへの原稿依頼のようなこともやってみた。貴重な体験だった。とても楽しい経験でもあった。一時代小説ファンの私が、自分が読みたいと思うテーマを決め、好きな作家さんにお願いし、原稿をもらう。とてもわがままで贅沢《ぜいたく》な本が出来上がった。

ちなみに、その際、宇江佐さんには、「恋愛」をテーマにした一冊に、「掘留の家」という佳作をご寄稿いただいた。

これがまた、泣かせるのなんのって。宇江佐真理ファンの皆様は必見。是非お買い上げくださいますよう（笑）。

この作品は二〇〇二年五月、集英社より刊行されました。

宇江佐真理

なでしこ御用帖

〝斬られ権佐〟を祖父に持つ、八丁堀の町医者の娘、お紺。大酒飲みの捕物好きで、事件と聞いてはじっとしていられないが、そこは花もはじらう十七歳。恋の話もちらほらと……。

集英社文庫

宇江佐真理

深川恋物語

集英社文庫

思う人と思う通りに生きられたら、これ以上のことはないのに――。江戸・深川を舞台に、市井の人々の胸にひそむ切ない想いを描く、珠玉の短篇集。吉川英治文学新人賞受賞作。

宇江佐真理

聞き屋 与平

江戸夜咄草

集英社文庫

日暮れの江戸・両国広小路で、薬種屋のご隠居が始めた「聞き屋」。「お話、聞きます」の文句に惹かれてやってくる老若男女が、それぞれ胸の内を明かす。胸に沁みる時代小説連作集。

集英社文庫

斬《き》られ権佐《ごんざ》

2005年4月25日　第1刷
2024年6月17日　第9刷

定価はカバーに表示してあります。

著　者　宇江佐真理《うえざまり》

発行者　樋口尚也

発行所　株式会社　集英社
東京都千代田区一ツ橋2-5-10　〒101-8050
電話　【編集部】03-3230-6095
【読者係】03-3230-6080
【販売部】03-3230-6393(書店専用)

印　刷　TOPPAN株式会社

製　本　TOPPAN株式会社

フォーマットデザイン　アリヤマデザインストア　　マークデザイン　居山浩二

ISBN978-4-08-747809-9 C0193